암 전문 수의사는
어떻게 암을 이겼나

암 전문 수의사는
어떻게 암을 이겼나

개 고양이를 암에서 구하고
스스로 암에서 생존한 수의사

세라 보스턴 지음 | 유영희 옮김

책공장더불어

진단

치료

회복

진단

나는 늘 인간의 제도에 대해 조금 비판적이다.
우리는 지금보다 더 잘해야 한다. 스스로를 더 잘 보살펴야 하고,
더 노력해야 한다. 우리는 개에게 하는 만큼 우리 자신을
소중히 여겨야 한다.

1
나는 개가 되고 싶다

목에 만져지는 이게 뭐지?

내가 개라면 얼마나 좋을까? 개라면 엄지손가락을 안으로 접을 수도 없고, 좋아하는 아이폰도 못 쓰겠지만, 조만간 개를 위한 아이퍼(iPaw, 동물의 발인 Paw와 iPod의 조합) 같은 앱이 개발될 것이다. 물론 반려견 옷 시장이 아무리 급성장했다고 해도 지금처럼 멋지게 차려입는 일은 그립겠지만. 하지만 자아실현이나 인간의 인지력 같은 건 그립지 않을 것 같다. 생각해 보니 개가 된다는 건 힘든 일일 게 분명하지만 그래도 나는 여전히 개가 되고 싶다.

그 일요일 밤, 나는 평소 하던 대로 잠자리에 들 준비를 하고 있었다. 목살이 처지는 것을 예방하기 위해 나는 늘 값비싼 화장품을 발랐다. 목에 생기는 주름은 보톡스나 성형수술로도 막을 수 없는데 다행히 서른여덟 살인 나는 스물다섯 살의 목을 갖고 있다. 나는 내 외모가 어느 정도 될까 생각하며 이마, 눈가, 입가의 주름을 거쳐 목으로 손을 옮겨갔다. 잠깐, 그런데 이게 뭐지, 뭔가 불룩한 것이 만져졌다.

혹이나 멍울이 아니었다. 부종도 아니었다. 훈련이 잘 된 내 손가락들은 그것이 오른쪽 갑상샘에 난 결절임을 금방 알아챘다. 없었던 것이다. 안 좋은 게 분명했다. 그때 나는 집을 떠나 캐나다 남부의 캘거리에 머물고 있었다. 곧장 친구의 침실로 달려가 목을 만져보라고 했다. 의학전문기자인 친구는 부종을 의심했다. 11시가 다 된 늦은 밤이라 당장 할 수 있는 게 없었다. 남편에게 전화를 걸었지만 전화기가 꺼져 있었다. 뜬 눈으로 밤을 샜다.

월요일 아침 일찍 나는 예약이 없어도 갈 수 있는 워크인클리닉(walk-in clinic, 의료보험 미가입자들이 예약 없이 저렴하게 이용할 수 있는 동네 병원)을 찾았다. 대기실에는 사스 마스크를 착용한 남자와 머리에서 피가 흐르는(천으로 대충 싸매고 있었다) 초췌한 여자, 전염병이 있는 것처럼 보이는 서너 명의 환자가 대기하고 있었다. 그들 모두 '목에 혹이 만져져서 찾아온 과민한 수의사'보다는 위급해 보였다. 환자들이 소떼처럼 차례를 기다리는 동안 간호사들은 자기들끼리 수다를 떨었다. 접수 후 예상 대기 시간이 얼마나 될지 물어보았지만 규정상 말해 줄 수 없다고 했다.

"그래도 대략적인 시간은 말해 줄 수 있잖아요? 직장에 알려야 해서 그래요."

"규정상 말하지 못하게 되어 있습니다."

"좋아요, 그럼 평균 대기 시간은 말해 줄 수 있죠? 가령 15분쯤 걸린다든지 아니면 3시간 정도 기다려야 한다든지."

"죄송하지만 규정상 말씀드릴 수 없습니다."

어쩜 그렇게나 친절하신지. 임시로 일하고 있는 병원으로 전화를 걸었더니 환자가 나를 기다리고 있다고 했다. 결국 병원을 그냥 나가려 했지만, 병원의 권고를 무시하고 그곳을 떠난다는 서류에 서명해야 해서 시간이 더 지체되었다. 여기에 온 것 자체가 실수였다. 서명을 했다. 한 주 후에 집으로 돌아갈 예정이었으므로 주치의에게 연락해서 월요일 아침 예약을 잡았다.

임시로 일하고 있는 동물병원에 도착했다. 나는 종양외과 수의사이다. 예약된 몇 건의 진료를 마치고, 장기와 함께 종양을 적출해야 하는 복부 종양 환자를 입원시켰다. 내과, 종양내과, 방사선종양과를 전공한, 수의사 사이에서는 스타 같은 동료가 있어서 그의 진료실을 찾았다. 내 목을 만져 본 그의 표정이 심상치 않았다.

"손가락들이 놀라운 얘기를 들려줄 때가 있어요."

자리에 앉아 이 결절이 낭종일지, 증식증일지(정상세포의 증식), 암종일지(갑상샘암)에 대해 의견을 나눴다. 우리는 갑상샘암을 의심했다. 동료는 내 연령대에서는 갑상샘암의 예후가 좋은 편이라면서, 전형적인 갑상샘암 같으니 살고 있는 곳으로 돌아가는 것이 좋겠다고 했다.

결국 예정보다 일찍 캘거리의 병원 일을 그만두었다. 평생 처음 있는 일이었다. 건강은 생각하지 않고 언제나 일을 끌어안고 살던 나였다. 내가 없으면 병원이 돌아가지 않을 거라는 강박증이 있는 일중독자였다. 수요일에 출발하는 비행기 표를 예약하고, 주치의에게 연락해 목요일에 급히 면담 약속을 잡았다. 지금 이 순간에도 결절은 자라고 있을 게 분명했다.

15년 가까이 의료계에서 일했는데도 이럴 때 연락해 볼 만한 의사가 없었다. 토론토에서 두경부 외과의로 일하는 형이 있다는 동료에게 도움을 청했더니 먼저 내분비 전문의를 만나 정밀검사를 받아 보라는 조언과 함께 오크빌에 있는 의사를 추천해 주었다.

목요일에 주치의를 만나러 갔다. 임시 대진의로 일하며 받는 높은 월급, 그곳에서 얻게 될 명성, 로키 산맥에서 스키를 타며 보내는 눈부신 하루를 포기하고 찾아왔는데 주치의의 반응은 덤덤했다. 그가 무슨 생각을 하는지 짐작이 갔다.

'건강염려증 환자가 틀림없어. 늘 암에 걸린 개를 다루다 보니 몸에 작은 이상만 나타나도 자동적으로 암이라고 생각하는 모양이군.'

지난 2년간 작은 점 하나만 생겨도 병원으로 달려가 당장 없애 달라고 졸라댔으니 주치의에게 히스테리와 건강염려증 환자 같은 이미지를 심어 줬을 것이다. 그렇다. 나는 매일 암을 상대하는 수의사이니 최악을 예상하지 않을 수 없다. 모든 멍울이 암으로 판정되는 건 아니지만 왠지 이번 것은 암일 것만 같았다.

지금까지 내가 치료한 갑상샘암에 걸린 개를 세어 봤다. 백 마리도 넘었다. 나는 갑상샘암을 진단하고 암 전이 여부를 살핀 후 수술로 제거했다. 지난주엔 개의 갑상샘암에 관한 연구 논문을 제출했다. 이 연구에서 발견한 사실 하나는, 암의 조기 발견과 제거는 예후에 상당한 영향을 미친다는 점이었다.

내 주치의는 나보다 열 살 정도 어린데 나이는 어려도 그는 좋은 의사이다. 하지만 주치의가 갑상샘암을 한 번도 진단해 본 경험이 없다는 느낌을 받았다. 갑상샘암 판정이 극히 드문 일이라는 점만 오랫동안 설명하고 있었다. 그러나 그는 내 목과 림프절에 뭔가 잡히는 게 있다고 말했다. 그 점은 확실해졌다. 이번 면담은 우리 두 사람의 역설적인 관계의 시작에 불과했다. 그는 내 주치의이지만 갑상샘암에 대한 지식은 내가 훨씬 많았다. 나는 많은 논문을 읽고 초음파 사진을 들여다봤으며 직접 수술을 해왔다. 슬며시 불안이 올라왔다.

주치의는 걱정할 건 아니지만 '만일'에 대비해 검사를 해보는 게 좋겠다고 했다. 혈액검사와 초음파 검사를 의뢰하더니 혹시라도 '비정상' 소견이 있으면 연락을 주겠다고 했다. 나는 혈액검사에서 '비정상' 소견이 나올 가능성은 거의 없다는 사실을 알고 있다. 갑상샘암일 때 갑상샘 수치는 정상일 수도 높거나 낮을 수도 있다. 혈액검사는 갑상샘암의 진단이나 예후에 신뢰할 만한 정보를 준다고 보기 어렵다. 필요한 검사이긴 하지만 지금 효용이 있는 건 아니다.

초음파 검사 의뢰서를 들고 추천받은 병원 세 곳에 전화를 걸어 최대한 빠른 예약 날짜를 문의했다. 마침 한 곳에서 예약 취소자가 있어서 일주일 후에 가능하다는 답을 들었다. 날짜를 더 당기고 싶었지만 주치의가 응급 요청을 하지 않는 한 불가능하다는 답변이 돌아왔다.

나는 자기주장이 분명한 편이고 원하는 걸 요구하는 데 거리낌이 없다. 그런데 요즘 들어 내가 중요한 문제에 자기주장을 하지 못하는 성격이 아닌가 의심이 든다. 의뢰서도 안 받고 주치의 병원을 나섰으니 말이다.

늘 암을 다루다 보니 암을 의심하게 되었을 뿐 어쩌면 단순 낭종이 빨리 자란 것일 수도 있다는 생각이 들었다. 하지만 나흘 만에 결절은 손으로만 만져지던 크기에서 거울 앞에서 고개를 돌리면 눈에 띌 정도로 커져 있었다. 기도가 눌리는 느낌과 함께 때때로 기침이 났고 삼키는 것도 불편했다.

집에 왔지만 마음이 진정되지 않았다. 나는 대동물 수의사인 남편 스티브를 졸라 휴대용 초음파 기기를 집에 가져다 달라고 했다. 일주일 안에 초음파 검사를 받는 게 불가능하다면 내가 직접 초음파 촬영을 하는 게 최선이라고 생각했다. 스티브는 망설였다. 수의사가 사람을 진단하는 것도, 직접 자기 병을 진단하는 것도 현명한 처사는 아니기 때문이다. 하지만 나는 이 상황을 결절이 아닌 단순 낭종이라는 한바탕 소동으로 최대한 빨리 끝내고 싶었다. 그것으로 캐나다 사회의료제도의 지지부진한 일처리를 참아내고 싶었다. 낭종은 대부분 액체로 가득 차 있고 다른 세포조직과는 완전히 다르기 때문에 초음파로 쉽게 진단할 수 있다.

나는 홀로 주방에 있었다. 불을 끄고 결절을 살펴보기 시작했다. 크기가 커서 찾기 쉬웠다. 스크린에 경동맥과 후두, 기도, 정상 갑상샘 조직이 보였다. 오른쪽 갑상샘 내 3~4센티미터 정도의 결절을 자세히 살폈다. 액체가 거의 없는 것으로 보아 낭종은 아니었다. 갑상샘과는 확연히 구별되는 단단한 조직이었다. 결절은 암처럼 보였다. 왼쪽에도 작은 결절이 있었다. 1센티미터 정도의 크기였는데 양성처럼 보였다. 초음파 검사는 나를 조금도 안심시켜 주지 못했다.

계속해서 잠 못 이루는 날들이 이어졌다. 인터넷 검색을 통해 소개받은 내분비 전문의에 대해 알아보고, 주치의의 온라인 진료 의뢰서를 위조하느냐 마느냐 갈등에 시달렸다. 부유한 사업가만 상대하는 캐나다 주재 개인병원도 검색해 보고, 버팔로에 있는 내분비 전문의를 미친 듯이 검색하기도 했다. 펍메드(PubMed, 미국 국립생물정보센터에서 운영하는 논문검색 시스템)에서 갑상샘암에 대한 논문을 내려받고, 친구들에게 우울하고 이상한 이메일을 쓰기도 했다. 초음파를 이용해 양성과 악성을 구분하는 법에 관한 논문을 죄다 찾아 읽기 시작했다. 조직검사를 하지 않고 초음파 검사에서 발견되는 특징만으로 갑상샘암을 진단하지는 않지만 내 목의 결절은 암을 의심할 수 있는 대부분의 기준을 충족시켰다. 이렇듯 자가 초음파 검사는 갑상샘암이라는 자가 진단으로 나를 이끌었다.

내가 개였다면 더 좋은 의료체계의 도움을 받았을 것이다

다음 날 아침 8시, 나는 남편과 함께 초음파 영상이 담긴 USB를 들고 눈물을 쏟으며 다시 주치의 병원을 찾았다. 다행히 주치의를 즉시 만날 수 있었다. 나는 목에 난 결절이 점점 커지고 있고, 지난밤 남편과 함께 초음파 검사를 했다고 말했다.

"오른쪽 갑상샘에 주위 조직에 비해 에코가 낮은 3.5센티미터가량의 결절이 있었어요. 석회화가 일부 섞인 혼합 에코도 확인했어요. 너비보다는 길이가 크고요. 커다란 혈관이 한가운데를 지나고 있고 작은 낭종도 있어요. 영상 판독 결과 대부분이 초음파 검사에서의 악성 기준을 충족하고 있습니다. 그러니 내분비 전문의에게 보내는 응급 의뢰서를 써 주세요. 정말 걱정이 돼요."

나는 의사에게 USB를 건네며 함께 보지 않겠느냐고 제안했다. 의사는 방사선 전문의한테 초음파 검사를 받아야 하니 그럴 필요 없다고 대답했다. 나는 주치의가 의과대학에 다닐 때 본 것 말고는 갑상샘 초음파 영상을 단 한 번도 본 적이 없지 않을까 하는 생각이 들었다. 인간 병원의 의사들은 내가 하는 것처럼 검사 결과를 가지고 환자들에게 자세히 설명할 여유가 없다.

수의사인 나는 초음파 영상을 확인한 다음, 방사선 전문의와 함께 CT 스캔을 하고, 환자를 수술하고, 병리과 전문의와 조직병리 검사(병리 전문의가 실시한 현미경검사) 결과를 함께 살펴본다. 하지만 인간 의학계에서는 초음파 검사, 생체검사, 혈액검사 결과가 병리 전문의와 방사선 전문의가 핵심만 적어 놓은 단순한 보고서 형태로 제출된다. 그러니 경험이 없는 의사는 결절이 어떻게 생겼는지 감도 잡지 못한다.

주치의와 나의 역설적인 관계는 계속 이어졌다. 보통은 의사가 환자에게 암이 있다고 말한다. 그런데 나는 주치의에게 내가 암에 걸렸으니 그걸 인정하라고 하고 있었다. 그래야만 응급 의뢰서를 받아 다음 단계로 넘어갈 수 있었기 때문이다. 칼자루는 주치의가 쥐고 있었다.

그는 내가 즉시 조직검사를 받아야 한다는 점에 동의했다. 그는 두경부 외과의에게 조직검사를 의뢰하고 응급 의뢰서를 써주겠다고 했다. 미적거렸다간 내가 미쳐 버릴지도 모른다고 생각해서 그랬을 지도 모른다. 검사는 다음 주에나 가능했다. 또 두경부 외과의를 만나기 전에 초음파 검사를 받을 수 있도록 예약을 앞당겨 주겠다고 했다. 오후에 간호사가 일정을 알려 줄 거라고 했다. 나는 신경안정제 처방을 부탁했다. 잠이 필요했다.

종일 마음을 진정하려고 애썼다. 요가를 하고 페디큐어 서비스를 받았다. 엄청 비싸고 멋진, 필요하지도 않는 부츠도 구입했다. 나는 가끔 필요와 욕구를 구분하는 데 어려움을 겪는다. 가끔 현실과 가상을 잘 구분하지 못해 디즈니월드 같은 곳에도 가지 않는다. 나는 결절이 양성이라면 부츠가 새로운 삶을 축하해 주는 선물이 될 것이고, 악성이라면 미래를 위해 돈을 모을 필요가 없으니 잘 빠진 부츠쯤 사도 괜찮다는 식으로 소비를 정당화했다. 사실 나는 늘 정확한 수명을 안다면 쇼핑 예산을 세우기가 편하겠다고 생각해 왔다.

2시 30분, 한참 신발을 고르는데 간호사한테서 전화가 왔다. 간호사는 두경부 외과의가 휴가 중이어서 초음파 검사 예약을 앞당기는 것이 불가능하다는 소식을 전했다. 다행히 쇼핑 덕분에 세로토닌 수치가 한껏 올라가 있던 터였다. 나는 간호사에게 원래 만나려고 했던 내분비 전문의를 연결해 달라고 부탁했다.

잠시 후 나는 예약을 위해 내분비 전문의 병원에 전화를 걸었다. 내 주치의는 아직 의뢰서를 보내지 않은 상태였다. 나는 담당자에게 내 상황을 설명했고 목요일에 예약을 잡았다. 나는 주치의 병원에 다시 전화를 걸어 진료 의뢰서를 보내 달라고 했다. 이제 기다리는 일만 남았다. 겨우 6일이지만 쉽지 않을 것이다. 진단과 치료의 첫 단계를 내딛었을 뿐이다.

나는 내 경험과 내 환자들을 비교해 보았다. 갑상샘암으로 내게 치료를 받으러 오는 개들은 아침에 와서 예약한 뒤, 당일에 흉부 엑스레이 촬영과 혈액검사, 경부 초음파 검사를 받는다. 결과에 따라 역시 당일에 조직검사를 하고, 그날 오후에 병리 전문의의 소견서를 받는다.

다음 날에는 CT 촬영과 수술 일정을 잡고, 수술은 대략 30분 내에 끝난다. 나는 재미있고 신속하게 끝낼 수 있어 갑상샘절제술을 좋아한다. 제거된 조직 모양이 고환과 비슷해 나는 이것을 '목 중성화수술'이라고 부른다. 결절 조직을 조직병리과로 보내면, 보호자는 24시간 안에 결과를 받아볼 수 있다.

개들은 집중치료실에서 회복한 뒤 다음 날 퇴원한다. 10~14일 후 봉합선 제거를 위해 내원하고, 그때 종양내과 전문의를 만나 조직병리 검사 결과에 대해 상담하고 화학요법 시행 여부에 대한 권고도 받는다. 화학요법은 당일에 시작할 수 있다.

이것이 내가 개라면 얼마나 좋을까 하고 생각한 이유이다. 내가 개였다면 지금보다는 훨씬 더 나은 의료적 보살핌을 받았을 터였다.

늘 이렇게 말하던 고객들이 있었다. 그들은 병이 나면 우리 병원에 와서 치료를 받고 싶다고 말했다. 사람 병원보다 더 좋은 치료를 빨리 받을 수 있고 서비스도 훨씬 좋기 때문이다. 물론 농담으로 하는 말이다. 다음 한 해 동안 나는 암 환자이자 암 치료자, 즉 의사이자 환자로 시간을 나눠 쓰게 될 것이다. 한 번도 바란 적이 없는 상황이지만 어쩔 도리가 없었다.

나는 늘 인간의 제도에 대해 조금 비판적이다. 우리는 지금보다 더 잘해야 한다. 스스로를 더 잘 보살펴야 하고, 더 노력해야 한다. 우리는 개에게 하는 만큼 우리 자신을 소중히 여겨야 한다.

2
수의사가 된 건 다 나의 첫 개,
너트메그 덕분이다

수의사가 되기로 결심한 결정적 순간

나는 수의 종양외과의, 쉽게 말해서 소동물 수의사이다. 아이들은
한번쯤 수의사를 꿈꾼다. 동물을 살리고 아픈 강아지와 고양이를 치
료해 주는 직업이 멋지다고 생각하는 것이다. 사람들은 내게 언제
수의사가 되려고 했는지 묻는다. 그러면 나는 여섯 살 때라고 대답
한다. 나는 여섯 살 때 동물을 돕는 직업을 가지고 싶다고 공책에 적
었다. 구체적으로 수의사가 되겠다고 결심한 적이 있는지는 기억이
나지 않지만 나는 항상 그 생각을 갖고 있었다. 많은 수의사들은 내
말을 이해할 것이다. 동물을 사랑하고 이해하고 돕고자 하는 마음이
야말로 수의사의 일부이기 때문이다.

계시나 갑작스런 깨달음으로 직업을 선택하지는 않았다. 얼마 전
내 반려견과 함께 동료 수의사, 수의대 학생들과 야외 술집에 갔다.

그런데 젊은 부부가 데려온 두 살배기 아기가 소리를 지르며 우리 쪽으로 다가왔다. 아기는 개를 보고는 흥분을 감추지 못하고 기쁨에 겨워 계속 소리를 질러댔다. 아기는 어떤 두려움도 없이 개와 대화를 하려고 했다. 아기는 양손과 무릎을 땅에 댄 채 눈을 동그랗게 뜨고는 얼굴을 개의 코앞으로 바싹 들이밀었다. 그리고 둘은 우리가 절대 이해할 수 없는 대화를 나눴다. 아마도 이 장면이 내가 언제 수의사가 되기로 결심했는지 기억 못하는 이유일지 모른다. 수의사가 되기로 한 결심을 사람들에게 설명할 수 없을 만큼 너무 어렸거나 개와 진지한 대화를 나누느라 너무 바빴을 것이다.

나는 내가 언제 수의사가 되기로 결심했는지 알아보려고 가족들을 인터뷰하기 시작했다.

"아버지, 제가 언제 수의사가 되겠다고 했는지 기억나세요?"

내 질문에 아버지는 예상했던 반응을 보였다. 질문을 핑계로 하고 싶은 이야기를 하거나 충고하기. 보통은 질문에 대한 적절한 답변이 아닐 때가 많다.

"나는 항상 네가 수의사가 되도록 응원했지. 왜 그랬는지 아니?" (아버지는 내 대답을 기다리지도 않았다.) "왜냐하면 수의사가 되는 건 직업 보증서나 마찬가지였거든. 그래서였어. 아무도 네게서 그걸 빼앗아갈 수 없으니까."

나는 자격증의 필요성에 대해 어린 시절부터 지겹도록 들으며 세뇌당해 왔다. 대학에 가는 것만으로는 부족했다. 반드시 변호사나 교사, 수의사, 의사, 그밖에 다른 종류의 전문가가 되어야 했다. 타인에 의해 잘리지 않는 직업을 가져야 했다.

"네가 여덟 살 때 우리는 너트메그를 훈련시키려고 운전해서 밴프 국립공원에 가곤 했지."

너트메그는 나의 첫 번째 개이다. 골든리트리버 종으로 가족의 개였는데, 사실은 내 개였다. 너트메그가 날 선택했기 때문이다. 내침대 곁에서 잠을 자고 내가 슬플 때면 위로해 주고, 함께 놀고 산책도 언제나 나와 함께했다. 나는 너트메그가 말하지 않아도 모든 걸 이해했다. 내가 학교에서 돌아오면 너트메그는 가장 좋아하는 장난감이나 입에 물 수 있는 거라면 뭐든 찾아서 물고는 (입에 뭔가를 무는 것이 애정표현의 핵심이다) 미친 듯 낑낑 소리를 내며 하도 크게 웃어서 양쪽 귀가 옆으로 설 정도였다. 이러한 행동은 10분쯤 이어졌다. 그것은 순수한 기쁨이었다. 너트메그의 말을 인간의 언어로 번역해 보면 이렇다.

"집에 왔구나! 어디 갔던 거야? 널 사랑해! 다시 만나서 정말 행복해! 보고 싶었어! 내 장난감 볼래?"

가족들은 너트메그의 훈련사로 나를 점찍었다. 너트메그와 나는 연습을 게을리 하지 않았다. 어쩌면 우리 둘의 유대가 남달랐거나 내가 재능 있고 뛰어난 훈련사였을 수도 있다. 아니면 골든리트리버가 놀라울 정도로 훈련에 적합한 종이기 때문이었을 수도 있다. 이유야 어쨌든 훈련은 기적을 낳았다. 우리는 개 훈련소를 뒤흔들었다.

"마지막 수업 시간에 졸업 시합이 있었지. 최종 라운드에 너와 너트메그, 중년의 독일 남성과 허스키만 남았어. 마지막에 '앉아, 기다려!' 명령으로 승패를 가렸는데 허스키가 압박감을 떨쳐내지 못하고 자리를 뜨는 바람에 네가 우승했지! 너와 너트메그가 훈련생 중 최고가 된 거야! 꼬마 여자 아이와 골든리트리버에게 져서 자존심이 상한 독일인이 찌푸린 얼굴로 이를 악문 채 '축하한다'고 말하던 모습이 생생하구나. 그때 난 속으로 이렇게 말했지. '우리는 세계대전에서 두 번이나 당신들을 이겼는데…… 오늘 밤 또다시 당신들을 이겼구려'라고."

아버지는 웃느라 마지막 말을 제대로 잇지 못했다. 이 대목에서 기분이 상했을 독일인들에게 용서를 구한다. 내 아버지는 무척 영국적인데다가 나이도 아주 많다.

아버지 말처럼 정말로 그때가 결정적인 순간이었을까? 그래서 이번에는 어머니께 물었다.

"글쎄, 그때 넌 아주 어리고 굉장히 조숙했어. 우리는 널 캔모어에 있는 지역 동물병원에 데려갔는데, 너는 겨우 여덟 살 때 그곳에서 자원봉사를 시작했지."

확실히 여덟 살은 내게 중요한 해였다. 생각해 보면 여덟 살짜리 자원봉사자라니 조금 우습기도 하다. 아마 1980년대 소도시라서 가능한 일이었을 것이다. 하지만 동물병원에 매료된 나는 주말과 휴일을 오롯이 그곳에 바쳤다. 도움이 된다면 어떤 일도 기쁘게 했다. 바닥을 쓸어도 행복했고 수의 간호사들을 따라다니며 시키는 일이라면 무엇이든 했다.

그 시절의 진료 환경은 훨씬 열악했다. 주사기를 씻어 재멸균을 하느라 많은 시간을 보내야 했으니까. 나는 진료실을 청소하고, 개들을 산책시키고, 알약을 세고, 케이지를 청소하고, 병원에서 지내는 고양이들과 놀아 주고, 쓰레기를 내다 버리고, 전화를 받았다. 열 살이 되면서부터는 주말에 입원 환자들을 보살피러 혼자 병원에 가는 것도, 깡충거리며 집에 돌아오는 길에 은행에 들러 입금하는 것도 허락되었다.

가장 흥분되었던 일은 수술하는 모습을 지켜보는 것이었다. 대부분 중성화수술이었지만 가끔 고양이 농양제거술을 보았다. 어쩌면 그때가 결정적인 순간일지도 모른다. 동물 환자의 냄새 나는 커다란 농양을 째며 야릇한 기쁨을 느끼지 않는 수의사를 본 적이 없기 때문이다. 그것은 속이 후련해지는 일이다. 그곳에서 보내는 두 번째 여름방학이 끝나갈 무렵 수의사 카라 선생님은 그동안의 노동에 대한 보상으로 내게 150달러를 주었다. 무려 150달러씩이나! 동물을 돕고서 그렇게 많은 돈을 벌 수 있는지 상상도 못했다. 자신의 열정을 따르라, 그러면 돈은 저절로 따라오리라(사실 수의사는 생각보다 돈을 많이 버는 직업은 아니다).

"최근에 카라 선생님이랑 연락한 적 있니? 연락해 봐라. 네가 어떻게 지내는지 궁금하실 거야."

"수의대학을 졸업하던 1996년 이후로 한 번도 연락하지 못했어요. 네, 그렇게 할게요."

"넌 자원봉사 일을 마치고 집에 와서는 저녁 식탁에 앉아 그날 네가 본 온갖 수술 얘기를 꺼내 가족들을 모두 구역질 나게 했지. 하지만 넌 정말 재미있어 했어. 넌 특히 수술을 좋아했어."

그런 다음 어머니는 "엄마, 오늘 내가 뭘 봤는지 알아요?"라며 가족들에게 그날 본 수술 이야기를 재잘대는 내 목소리를 흉내 내기 시작했다. 그건 사실이다. 나는 수술 장면 보는 걸 좋아했다. 그것은 내 힘든 노동에 대한 보상이었다. 나는 중성화수술 전에 고양이의 배털을 밀고 소독하는 등 수술 준비를 곧잘 도왔다. 성격이 까칠한 한 간호사는 내가 고양이 젖꼭지 주변을 조금만 거칠게 민다 싶으면 내게 소리를 지르곤 했다.

"젖꼭지 조심해! 젖꼭지 조심하라고!"

그녀는 내가 별로 맘에 들지 않았거나, 조숙한 여덟 살짜리 애가 자기 일을 떠맡는 것이 탐탁지 않았을 것이다. 그때의 충격으로 지금도 나는 고양이의 배를 면도할 때마다 그녀의 목소리가 머릿속에서 윙윙댄다. 그전까지 나는 고양이에게 젖꼭지가 있다는 사실도, 그렇게 많이 있다는 사실도 몰랐다. 분명히 말하는데 당시 고양이들의 젖꼭지는 모두 무사했다. 내가 젖꼭지를 아주 조심스럽게 다뤘기 때문이다.

수술이 진행되는 동안 나는 한쪽에 있는 목제 의자에 앉아 수술 과정을 지켜보며 질문을 하곤 했다. 그때 나는 우리가 먹는 고기가 동물의 근육이라는 놀라운 사실도 깨달았다. 개와 고양이의 근육은 우리가 먹는 고기와 비슷했다.

내가 육식을 완전히 끊은 것은 그로부터 몇 년 후였다. 그리고 수년간 가죽 제품을 기피하기도 했지만 지금은 염치없는 위선자로 살고 있다. 채식주의자를 위한 동물 가죽을 사용하지 않는 신발 디자인이 정말 형편없기 때문이다.

냉장고 속 새끼 돼지

내가 언제 수의사가 되기로 결심했는지 아느냐고 오빠에게도 물었다.

"몰라. 넌 항상 수의사가 되고 싶어 했어. 부모님이 오타와로 이사한 뒤 네가 집에 새끼 돼지를 가져와서 말도 없이 냉장고에 넣어 놨던 일밖에 기억 안 나. 내가 배가 고파서 음식인 줄 알고 꺼내서 열었다가 약물 처리된 새끼 돼지가 나와서 기겁했지! 그걸 보고 나니 배도 고프지 않더라고."

오빠와 나의 관계가 별로 좋지 않았던 시절이다. 나는 12학년에 올라가고 오빠는 대학 신입생이 될 무렵 부모님은 온타리오 주 오타와로 이사를 갈 예정이었고, 나와 오빠는 서스캐처원에 남아 함께 학생 아파트에서 생활하게 된다는 생각에 부풀어 있었다. 오빠는 변화를 싫어해 서스캐처원에 남기를 원했고, 나는 다음의 여러 가지 이유로 남기를 원했다.

1. 3년 전 우리는 앨버타 주 캔모어에서 이주해 왔는데, 당시 10대였던 나는 이주의 충격으로 총체적인 어려움을 겪었고 막 벗어나기 시작한 때였다.

2. 캔모어를 떠날 때 부모님은 서스캐처원이 서부 캐나다 지역에서 수의대가 있는 유일한 곳이라고 날 설득했었다. 또한 당시 열세 살이었던 나는 혼자 아파트에서 살 수 없었기 때문에 오빠와 함께 사는 것에 마지못해 동의했다.

3. 당시 고등학생이었던 나는 학교 임원이었다. 학급 반장인 내

게 학급 전체가 의지하는데 내가 어떻게 떠날 수 있겠는가?

4. 나는 학교에서 무척 인기가 많았다. 모범생이었지만 불량 학생, 인기 있는 여학생, 밴드부원과도 골고루 친했다. 누구와도 스스럼없이 어울렸다.

5. 새로운 고등학교에서 나의 사회 적응력과 재치, 리더십이 두각을 나타내지 못한 채 인기 없는 학생으로 전락하게 될까 봐 걱정되었다.

6. 부모님이 이주하려는 도시에는 수의대가 없다.

7. 당시 온타리오 학제는 13학제로, 고등학교 과정이 4년이 아닌 5년이었다. 따라간다면 온타리오 정부에 1년을 뺏기는 셈이었다. ◆

8. 나는 운전면허도 땄고 고양이 두 마리를 기를 예정이었다. 부모 없이 사는 데 필요한 모든 걸 갖춘 셈이었다.

그래서 나는 오빠와 서스캐처원에 남았다. 우리는 집안일에 익숙했지만 완벽하지는 않았다. 나는 새끼 고양이 두 마리, 버려져 심리적 상처가 있어서 훈련이 불가능한 강아지 한 마리를 보호소에서 입양했다. 동물이 없는 집에서 사는 것은 가구 없는 집에서 사는 것이나 마찬가지였으니까.

◆ 책의 나이는 모두 만 나이이다. 캐나다는 만 4~5세가 되면 원할 경우 1~2년간 유치원을 다니며, 모든 어린이는 만 6세에 1학년(Grade 1)에 입학한다. 일반적으로 초등학교 1~8학년(Grade 1~8), 고등학교 9~12학년(Grade 9~12)으로 모두 12학년을 마치게 되어 있다. 학교에 따라 초등학교 (Junior High School, 1~6학년) 또는 중학교(Middle School, 7~8학년), 고등학교(High School, 9~12학년)로 구분하기도 한다.

다시 돼지 이야기로 돌아가면, 12학년 때 생물 선생님은 해부학적 구조를 가르치기 위해 학생들에게 폼알데하이드 처리된 해부용 새끼 돼지를 나눠 줬다. 돼지를 차가운 상태로 보관해야 하며 한 사람당 한 마리씩 가져가라고 했다. 우리는 새끼 돼지를 아기를 돌보는 것이 얼마나 힘든 일인지 알려 주기 위해 인성교육 시간에 여학생들에게 나눠 주는 아기 인형처럼 조심히 다뤘다.

집에는 폼알데하이드 처리된 새끼 돼지를 냉장고에 넣으면 안 된다고 알려 주는 어른이 없었다. 내 기억에 생물 선생님은 돼지를 차가운 장소, 예를 들어 냉장고 같은 곳에 두라고 권했으므로 내 잘못된 결정에 선생님도 일조하지 않았나 싶다. 그래서 나는 폼알데하이드 처리된 새끼 돼지를 음식 옆에 두는 일을 저지르고 말았다. 폼알데하이드는 독성 물질이다. 논란의 여지는 있지만, 폼알데하이드는 기형아 출산과 암까지 유발하는 것으로 알려져 있다.

그래서 어쩌면 나는 방부 처리된 새끼 돼지를 잘못 보관한 탓에 암에 걸렸는지도 모른다. 폼알데하이드가 잠복기를 거쳐 갑상샘암을 유발한 사례는 교과서에도 나와 있다. 나는 왜 새끼 돼지를 그냥 바깥에 두지 않았을까? 당시 내가 사는 서스캐처원의 기후는 80퍼센트는 냉동고, 19퍼센트는 냉장고와 같았으며, 단 1퍼센트만 따뜻했다. 새끼 돼지는 밖에 뒀어도 괜찮았을 텐데 밖에 두면 누가 가져가거나 야생동물이 건드릴까 봐 걱정되었다.

새끼 돼지에 대한 내 집착은 6학년 때 실패한 밀웜 과학 과제 때문이기도 했다. 선생님은 우리에게 밀웜을 가져가 생명주기를 관찰하라고 했다. 아버지가 밀웜이 병을 탈출할 수 있으니 집에 두지 말라고 해서 나는 밀웜을 차고의 히터 곁에 두었다. 다음 날 아침 나는 찜통더위로 죽은 밀웜을 발견했다. 결국 밀웜의 생식과 유전에 대해 아무것도 배우지 못한 나는 새끼 돼지 과제는 절대로 실수하지 않을 거라고 다짐했다.

이 사건 이후 오빠는 자신이 생물학을 혐오한다는 사실을 확인하고는 철학으로 진로를 결정했고, 나는 과학과 수의학을 향한 내 여정을 계속했다. 보호소에서 데려온 신경이 예민한 개와 고양이, 그들로 인해 벌어지는 사건, 누가 그들을 보살필지, 엉망이 된 집을 누가 치울지 등에 대한 설전은 끝이 없었다. 우리 남매는 억지로 둘이서 살아야 하는 시기를 보낸 덕분에 좀 더 가까운 사이가 되었다.

수의사 부부

언제 수의사가 되기로 결심했는지에 대한 조사는 남편인 스티브에게로 넘어갔다.

"나와 만났을 때 당신은 이미 수의사였어."

"그래도 뭐 짐작되는 거 없어?"

"동물을 정말 사랑해서 수의사가 된 거겠지."

"그런 것 같아. 당신은 왜 수의사가 됐어?"

"글쎄, 처음에는 수학과 통계를 전공했어. 회계사가 되려고 했다가 문득 그 일이 끔찍하게 지겹고 따분하다는 생각이 들었어. 그러다가 어렸을 때 할아버지의 농장에서 말을 돌보던 일이 떠올랐고 수의사가 되기로 결심했지. 동물들과 일하고 싶었고 무엇보다 밖에서 하는 일을 하고 싶었거든."

매일 사무실에 틀어박혀 보험회사를 위해 사망, 상해, 재해에 대한 통계나 확률을 계산하는 스티브를 생각하니 웃음이 났다. 스티브를 아는 사람이라면 누구라도 그럴 것이다. 제임스 해리엇(평생을 시골 동물병원의 수의사로 일한 영국의 유명 수의사이자 작가)이 정장에 넥타이를 매고 일터로 향하는 상상이 말도 안 되는 것과 마찬가지이다. 가끔 꿈을 좇기 위해 용기가 필요할 때가 있다. 스티브는 현재 소와 말을 치료하는 대동물 수의사로 일하고 있다. 대동물 수의사가 코끼리나 기린처럼 거대한 동물을 진료한다는 의미는 아니다.

내가 인턴으로 있을 때 수의대 상급생이었던 스티브를 만났다. 흥미로운 사건이나 스캔들 하나 없는 채로 17년째 함께 살고 있다. 수의사 커플을 특이하게 생각하는 사람들도 있지만 그냥 흔한 일이다. 비슷한 사람끼리 만나 어울린 것이니까. 나는 변호사나 유명한 예술가와 결혼해서 멋진 집에서 살고 싶다는 바람을 갖고 있었지만, 푸른 눈을 가진 예비 대동물 수의사를 만나고 나니 그건 의미가 없어졌다.

사람들은 둘이 함께 병원을 개업하라고 하지만 내 대답은 아니오이다. 스티브는 소와 말을 다루고 나는 개와 고양이를 다루니 둘이 함께 진료를 보는 것은 불가능하다. 그는 큰 동물의 임신을 돕고 아플 때 기운을 차리게 해 주고, 나는 작은 동물의 종양을 전문적으로 제거한다. 그래서 우리의 협업은 근본적으로 불가능하다.

수의사와의 결혼은 매우 만족스럽다. 동물을 사랑하는 마음이 같고, 동물을 사랑하지 않는 사람들에 대한 실망도 같기 때문이다. 진단과 치료가 때로는 엉뚱한 방향으로 흘러가기도 하고, 시간이 더 좋은 결과를 가져다주기도 한다는 공통의 이해를 갖고 있다. 진료할 때마다 스스로 느끼는 압박감, 고객이 주는 압박감, 완벽함에 대한 열망, 일이 잘 되지 않았을 때의 실망감 역시 공유한다. 집에 돌아왔을 때 그날 하루가 어땠는지, 많은 설명을 하지 않아도 진심으로 이해해 주고 대화를 나눌 누군가가 있다는 건 행복한 일이다.

나의 첫 강아지 너트메그는 오래전에 세상을 떠났으니 내가 왜 수의사가 되었는지 물어볼 수 없다. 하지만 만일 내가 묻는다면 너트메그는 이렇게 대답할 것이다. "나 때문이야. 나 때문이라고."

너트메그가 옳다. 전적으로 '그녀' 덕분이다.

3
암 환자를 괴롭히는 최고의 방법, 기다리게 하기

의사가 환자를, 수의사가 보호자를 금방 파악하기

목에 결절이 생긴 종양외과 전문 수의사의 마음은 요동쳤고, 초조했다. 목에 난 결절을 발견하고 스스로 초음파 촬영을 하고 주치의를 닦달해 내분비 전문의를 소개받은 지 5주가 지났다. 그런데 5주동안 아무런 진전도 없었다.

진정제의 도움을 받아야만 겨우 잠들 수 있었다. 부족한 수면과 진정제 부작용, 스트레스로 인해 기억력과 판단력이 흐려졌다. 당시 나는 운전도 일도 억지로 해 나가고 있었다.

사람들은 앞다퉈 이런저런 충고를 했다. 가령 "하고 있는 일에 집중해서 병을 잊어 봐."라는 식이다. 하지만 내가 하는 일은 개와 고양이의 암을 진단하고 치료하는 것이다. 며칠 후 나는 갑상샘암에 걸린 개에 대해 동료에게 자문을 하느라 CT 사진을 봐야 했다. 사진이 한 장 한 장 넘어갈 때마다 암이 폐와 림프절로 전이된 게 분명했다. 나도 CT 촬영을 했다면 내 사진도 이것과 똑같을지 모른다는 생각이 들어 공포가 엄습했다. 개는 넓은 부위에 걸쳐 전이가 진행된 상태라 수술로 갑상샘을 제거하는 일이 무의미했다. 나는 동료에게 말했다.

"안타깝지만 수술로 해결될 일이 아닙니다. 제가 할 수 있는 일이 없네요."

몇몇 친구는 요가를 해보라고 했다. 그래서 요가를 하러 갔다. 하지만 스트레칭을 하고 균형을 잡고 심호흡을 하는 동안에도 툭 튀어나온 결절이 비친 거울에 자꾸 눈이 갔다.

푹 쉬고 잘 먹으라는 충고도 들었지만 음식을 넘길 때마다 결절이 의식되었다. 잠을 자려고 해도 불편해서 잘 수가 없었다. 결절은 늘 있어 왔던 것처럼 목을 압박하면서 계속 거기에 있었다.

4주 전에 처음으로 내분비 전문의를 만났다. 의사는 아주 친절했다. 초음파 사전 검진을 하더니 암은 아니라고 장담했다. 내 무릎을 두드리며 "암은 아닙니다."라고 하는 그의 말에 안심이 되면서 눈물이 났다. 나는 그를 믿었다. 친절한 내분비 전문의는 전화기를 들더니 일을 착착 진행시켰다. 그날 오후에 드디어 초음파 검사가 결정되었다. 다음 주 세포검사를 위한 초음파 유도 생검도 예약했다.

그러더니 의사는 예전에 진료했던 임산부 얘기를 들려주었다. 나와 같은 경우였는데 그는 임산부에게도 암이 아니니 조직검사를 해볼 수 있지만 걱정할 필요는 없다고 말했다고 한다. 그래서 아기를 낳은 다음에 조직검사를 받기로 했는데 남편이 하루라도 빨리 조직검사를 받으라고 다그쳐서 검사를 받은 결과, 림프절로 전이가 진행된 갑상샘암이었다고 했다. 흥미로운 얘기였지만 나는 의사가 이런 얘기를 왜 하는지 이해가 되지 않았다. 자신을 믿지 말라는 건가? 아니면 의료체계의 험난한 길을 헤쳐 나가려면 옆에 누군가가 있어야 한다는 건가? 어느 쪽이든 나는 조직검사를 원했다.

의사는 나를 파악하는 능력이 대단히 뛰어났다. 암 전문 수의사, 의료 지식이 많아 골칫거리 환자가 될 가능성이 큼, 자녀가 없음, 서른여덟 살이지만 스물여덟 살처럼 행동함, 목의 결절을 진작 없앴어야 했다고 생각함, 줄 서서 기다리는 것을 싫어함, 참을성 없음.

나도 비슷한 방식으로 동물 환자의 보호자를 평가한다. 40대 중반의 여성, 독신, 유쾌한 성격이지만 스트레스가 심하고 잘 운다. 개가 그려진 셔츠를 입고 동물병원이나 개 관련 행사에 참가하고, 개는 곧잘 어질리티, 도그쇼, 훈련, 사냥견 대회의 챔피언이 된다. 개는 그녀에게 삶의 일부가 아니라 삶 자체이자 동반자이며 취미이자 기쁨이다.

다른 보호자는 게이 커플. 한 사람은 깔끔한 정장을 입었고 좋은 직장에 다니며 수입이 아주 많다. 개는 희귀 견종으로 와이마라너나 초콜릿 래브라도리트리버로 추정. 정장 쪽은 불안한 성격으로 요구가 많으며 쉽게 좌절한다. 다른 한쪽은 좀 더 순한 성격으로 걱정과 슬픔으로 제정신이 아니어서 아무때나 눈물을 흘린다. 그에게 개는 자녀와 마찬가지이다.

다음 보호자는 내가 아주 잘 아는 사람, 바로 나이다. 30대 여성. 스스로 매력 있다고 생각한다. 나름 영향력 있는 직업을 가졌으며 오랫동안 대학에 있었다. 주로 수컷 대형견을 길러 왔다. 지금까지의 인생사를 개와 함께했다. 개는 보호자가 바쁘게 사는 동안 언제나 동반자이자 보호자로서 늘 불평 없이 곁을 지켜주었다. 울다가 이내 운 걸 사과하고, 휴대전화를 만지작대다가 또 울고, 다시 사과하고 말한다. "원래 이러지는 않아요. 이 개 때문이에요." 그녀에게 개는 영혼의 동반자이다.

세 번의 양성 판정

면담이 끝나자 의사는 나를 즉시 다른 의사에게 연결해서 생검 예약을 할 수 있게 해 줬다. 그는 환자가 '동료'이니 최대한 빨리 검사해 달라고 부탁했다. 의사들의 말은 가끔 모호해서 그것이 친근한 표현인지 조롱인지 확실치 않다. 병리 전문의는 앞으로 12일 동안은 예약이 꽉 차 있다고 했다.

내가 2주 전에 초음파 유도 생검을 받을 때 생검을 한 병리 전문의는 내 목에 난 결절이 양성인 것 같다고 말했다. 하지만 내가 받은 세포검사가 갑상샘암의 양성과 악성을 판별하는 정확한 방법은 아니라고 했다. 종양이 어떤 종류인지 알려면 수술로 결절을 제거한 뒤 조직병리 검사를 해야 한다고 했다. 물론 나도 이미 아는 내용이다.

"이렇게 걱정이 많은데, 왜 진작 수술하지 않으셨습니까?"

기가 막힌 질문이었다. 그래서 나는 내가 원하는 게 바로 수술로 결절을 제거하는 것이다. 그런데 조직검사를 받기 전까지 외과의사 얼굴조차 볼 수 없더라고 말했다.

그는 결절을 살펴보기 위해 초음파 검사를 시작했다. 두 개의 결절을 확인할 수 있었다. 오른쪽에 있는 큰 결절이 이 모든 소동의 주범이었고, 왼쪽의 1센티미터 남짓한 결절은 별문제가 없어 보였다. 나는 작은 결절은 걱정하지 않았지만 담당의는 양쪽을 모두 검사하고 싶어 했다.

이제 무의미하고 불분명한 검사 결과가 두 개 나올 것이고, 결국은 판독이 어려우니 확진을 위해 수술과 조직병리 검사를 하자고 할 것이다. 의사는 내 목 후두와 기도 바로 옆에 바늘을 찔러 넣었다. 절대 침을 삼키거나 움직이거나 말을 해서는 안 된다고 했다. 그렇지 않으면 자칫 기도나 그 근처를 지나는 경동맥이 찢어질 수 있다고 했다. 당연한 얘기라서 조금도 움직이지 않았다. 그런데 아팠다. 그것도 아주 많이!

담당의는 초음파 영상을 보면서 바늘을 결절 속에 집어넣은 뒤 흡입해 조직 샘플을 채취했다. 나는 이 과정을 겪으며 내게 똑같은 검사를 받았던 용감하고 불평하지 않았던 모든 개들이 떠올랐다. 마음속으로 앞으로 절대 개 환자들에게 진정제나 진통제 없이 갑상샘 조직검사를 하지 않겠다고 다짐했다. 수의사들은 목에 바늘이 들어가는데도 우리를 믿고 가만히 누워 꼬리로 테이블을 탁탁 치는 착한 개들을 매정하게 다룬다. 저항하는 녀석들은 성질이 사나워 진정제를 투여해야 하는 '나쁜 개'로 치부하는데 정작 나는 진정제를 투여받고 싶은 마음이 간절했다.

나는 일주일 전에 내분비 전문의로부터 전화를 받았다. 그는 세포검사 결과가 양성이라는 아름다운 소식을 전해 주었다.

"그런데 이미 알고 있지 않았나요?"

나는 안도했지만 마음을 완전히 놓을 수는 없었다. 여전히 결절을 제거하고 싶었다. 내 의견은 무시당하기 일쑤였고, 암에 대해 너무 많이 알고 있어서 건강염려증 환자처럼 군다는 말도 들었다. 사실 나는 암에 관한 정보를 많이 알고 있다. 나는 세포검사가 양성과 악성 종양을 구분하는 최고의 방법이 아니라는 사실도 알고 있다. 여성의 갑상샘 결절의 85퍼센트가 양성이라는 사실도 알고 있다. 반면에 결절의 지름이 2센티미터가 넘으면(지금 내 목에 있는 것은 3.8센티미터이다) 악성일 가능성이 커지므로 제거가 최선의 방법이라는 것도 알고 있다. 여러 의사로부터 양성일 것이라는 말을 아무리 많이 들어도, 세포검사 결과가 양성으로 나와도, 수술로 제거된 결절이 암이 아니라는 병리검사 보고서를 받기 전까지는 암일지도 모른다는 생각을 머릿속에서 지워 버리지 못할 것이다.

5주 동안 내가 받은 의료 서비스라고는 초음파 검사 두 번(내가 검사한 것까지 합하면 세 번), 별로 신뢰할 수 없는 세포검사를 위한 초음파 유도 생검 한 번, 세 명의 의사(주치의, 내분비 전문의, 병리 전문의)에게 들은 암이 아니라는 말이 전부였다.

친절한 내분비 전문의는 마침내 나를 내 동료의 형제인 외과의에게 보내 주었다. 외과의를 만나려면 다시 또 일주일을 기다려야 하고, 수술은 4주에서 6주 후에나 가능할 듯했다. 이 모든 일을 겪으며 배운 것이 있다. 종양외과 환자를 괴롭히는 확실한 방법은 목에 결절이 생기게 한 다음 기다리게 만드는 것이라는 사실 말이다.

4
골수암에 걸린 세인트버나드 카니

카니의 보호자에게서 온 이메일 한 통

암에 관한 한 모든 기다림은 힘겹다. 암에 걸린 사람이 당사자라면 말할 것도 없고, 친구, 가족, 반려동물이어도 마찬가지이다.

대학에서 일하는 수의사는 이메일이 공개되어 있다. 그러다 보니 나도 이메일을 많이 받는다. 수많은 이메일 중에는 무리한 요구를 하는 무례한 이메일도 있지만 나는 그 안에서 반려인의 슬픔을 발견하곤 한다. 내 직업적 자아는 일일이 답장하지 말고 이메일을 담당자에게 넘겨 면담 예약을 잡으라고 속삭이지만 그렇게 하지 못한다. 그들이 암에 걸린 사랑하는 개를 바라보며 희망을 찾고자 노력하고 있다는 사실을 알기 때문이다.

자신에게 무조건적인 사랑을 주는 개를 살리고픈 희망은 너무 쉽게 바스라질 수 있다. 잘못된 진단, 선의 혹은 악의를 가진 지인의 조언, 개에게 적극적인 암 치료는 불필요하다고 생각하는 수의사, 불경기. 이 모든 것이 우리에게서 희망을 빼앗아간다. 가족 중 한 사람이 암에 걸리면 가족은 단합하지만 개가 암에 걸리면 가족은 양극으로 갈라지고 고립된다. 의견이 첨예하게 갈리고, 암에 걸린 개 살리자는 데 윤리 문제가 등장하고, 돈이 얼마나 드는지, 병원 돈 벌어 주는 거라는 등 근거도 빈약한 논쟁이 이어진다.

그러다 보니 항상 이메일을 외면하지 못하고 답장을 보낸다. 이 것은 어쩌면 정서적 의존 반응일 수도 있고 의식적 행동일 수도 있다. 시간은 많이 들지 않는다. 만나서 직접 개를 살펴보고 싶다고, 가능성 있는 모든 방법을 찾아보자고 짧게 써서 보낸다. 나는 그저 언제나 방법은 있다는 사실을 알려 마음을 편하게 해 주고 싶다. 희망은 재빨리 사라지는 것만큼이나 빠르게 되살릴 수 있다. 그렇게 나는 카니를 만났다.

제목 : 제 개가 골수암에 걸렸습니다

보스턴 선생님. (호칭부터 마음에 든다. 사람들은 '친애하는 세라'라고 이메일을 시작할 때가 많다. 사람을 진료하는 의사도 그렇게 부를까?)

저는 마티라고 합니다. 선생님께서 혹시 저희 개 카니를 만나 봐 주실 수 있을까 싶어서 메일을 드립니다. 카니는 여덟 살 된 세인트버나드 종으로 제게는 세상의 전부입니다.

카니는 앞발에 골수암 진단을 받았습니다. 담당 수의사는 다른 방법이 없으니 곧 안락사를 시켜야 할 것 같다고 했습니다. 선생님께서 골육종을 연구 중이라는 얘기를 듣고 혹시 카니가 선생님의 연구를 위한 후보견이 될 수 있지 않을까 싶어서 문의드립니다. 저는 뉴욕에 살지만 시간을 내 주신다면 언제든 찾아뵐 수 있습니다. 참고로 카니의 엑스레이 사진을 첨부합니다.

마티 드림.

RE : 제 개가 골수암에 걸렸습니다

마티 씨, 메일 잘 받았습니다. 저희 병원에서 마티 씨와 카니를 만나보고 싶군요. 다음 주 월요일과 수요일에 면담이 가능합니다.

엑스레이 사진을 보니 다리에 굉장히 큰 골용해성 병소가 보이는데, 이 경우 다리를 구하려면 기존의 방법으로는 불가능하다고 여겨집니다. 사지절단술 및 저와 제 동료가 진행 중인 화학색전술이라는 새로운 치료법의 임상실험 후보견으로 카니를 평가해 볼 수 있습니다.

이 치료법은 종양에 영양분을 공급하는 대퇴동맥에서부터 소동맥까지 긴 도관을 삽입한 다음 종양에 영양분을 공급하는 동맥에 많은 양의 항암물질을 주입하고, 동시에 혈관을 막는 색전 물질을 주입해 종양으로 가는 혈류를 감소시키는 것입니다.

이 시술을 하면 이론상으로는 종양을 효과적으로 통제할 수 있고, 종양의 축소 혹은 제거까지 기대해 볼 수 있습니다. 그렇게 되면 카니는 사지구제술의 후보견이 될 수 있습니다.

상담을 원하시면 저희 간호사가 예약을 위해 연락할 것입니다.

세라 보스턴 수의사, 수의학박사, 미국수의외과학회 전문의 드림.

나흘 후 마티와 카니를 만났다. 뉴욕에서부터 여덟 시간을 운전해 병원에 도착했을 때 마티는 잔뜩 흥분한 상태였다. 덩치가 큰 남자인 마티는 대형견 카니와 잘 어울렸다. 사랑스러운 세인트버나드 종인 카니는 암을 제외하고도 정형외과적 질환이 있었으며 조금 비만이었다.

다리를 절단하는 방법은 다리 세 개만으로 살아야 하는데 무리에서 소외될 수 있으므로 제외했다. 앞 발목 바로 위 요골에 병소의 용해가 심해서(뼈가 종양에 의해 상당 부분 잠식되었다는 뜻이다) 골절 위험이 높으므로 방사선 치료도 좋은 대안이 아니었다. 병소가 너무 커서 종양이 있는 뼈를 제거하고 그 자리에 금속막대(보형물)와 본플레이트를 삽입하는 사지보존술(limb salvage, 종양 부위를 광범위하게 절제한 후 골결손 부위를 재건하여 사지를 보존하는 수술법) 역시 좋은 대안이 아니었다.

마티는 임상실험을 선택했다. 골육종이 나타난 개를 대상으로 한 우리 연구의 최초 사례가 될 터였다. 또한 세계 최초 사례가 될 실험이었다.

마티는 열정적으로 참여했다. 그는 감사와 원망을 함께 느꼈다. 카니에게 대안이 있다는 사실과 우리 병원을 찾아낸 것에 대해서는 감사했지만, 기존의 수의사가 아무런 대안이 없다고 조언한 것에 대해서는 원망했다.

마티는 이전 수의사에 대한 적의를 드러내며 자신이 총을 갖고 있다고 말했다. 나는 그 부분은 건드리지 말아야겠다고 생각했다. 나는 캐나다 사람이니 내가 모르는 문화적 차이일 수 있었다. 미국 사람이 자신은 화가 났으며 총을 가지고 있다고 말하는 것은 캐나다 사람이 화를 내면서 항의 메일을 쓰겠다고 말하는 것과 비슷한 일일 수 있었다.

마티는 내가 이메일 답장을 보내기 전에 너무 비참한 나머지 카니를 죽이기에 충분한 양의 진통제를 들고 평소 좋아하던 공원에 간 적도 있다고 했다. 카니는 대형견이지만 그 정도 양이면 효과가 나타났을 것이다. 마티를 계속 지켜봐야겠다고 생각했다. 정작 죽음을 기다리는 건 카니였는데 많은 시간 죽음에 대해 이야기하는 쪽은 반려인인 마티인 것 같았다.

출입국관리소를 발칵 뒤집어 놓은 개, 카니

개의 골육종은 치명적인 질환이다. 그런데도 마티는 나와 의료진을 신뢰했으며 지시에 잘 따랐고 고마워했다. 나는 마티와 카니를 위해 할 수 있는 건 모두 해 주고 싶었다.

가장 먼저, 혹시 폐나 다른 뼈에 암이 전이되었는지 알아보기 위해 흉부 엑스레이와 뼈 스캔을 했다. 뼈 스캔은 정맥주사로 몸에 방사성 의약품이나 방사성 동위원소를 주입한 후 감마 카메라라고 불리는 특수 카메라를 이용해서 동위원소가 축적된 부위를 관찰해서 암이 다른 부위로 전이되었는지 확인하는 것이다. 다행히 카니는 뼈 스캔 결과 뼈와 폐로는 전이되지 않은 것이 확인되었다.

덕분에 카니는 하룻밤 입원해야 했다. 방사능에 노출된 상태라 방사성 의약품을 몸 밖으로 충분히 배출할 때까지 격리해야 했기 때문이다. 방사능에 관한 규제는 개와 사람이 다르다. 사람은 스스로 자신을 격리하고 방사성 의약품이 섞인 소변을 변기에 흘려 보낼 수 있기 때문에 뼈 스캔 후 곧바로 집에 갈 수 있다. 하지만 동물은 다르다. 방사능에 감염된 개가 집에 돌아가 주인과 함께 침대로 올라가고, 주인의 몸과 침대 곳곳에 방사성 의약품이 섞인 소변을 묻힐 수 있기 때문이다.

하룻밤을 지낸 다음 날 우리는 카니의 방사능 수치를 확인했다. 퇴원해도 좋을 만큼 낮은 수치가 나와서 마티와 카니는 주말을 보내러 집으로 돌아갈 수 있었다. 그런데 우리는 국경 문제를 깜빡 잊고 있었다. 아니 잊었다기보다는 그들이 뉴욕으로 갈 때 출입국관리소의 방사능 탐지기를 통과해야 한다는 사실을 모르고 있었다. 그리고 그게 그렇게 예민한 기기인 줄도 몰랐다.

그날 마티의 차가 국경을 넘는 순간 출입국관리소의 사이렌이 시끄럽게 울렸다. 카니의 몸에 남은 적은 방사능에 출입국관리소의 방사능 탐지기가 작동한 것이다. 마티의 차는 즉시 총을 겨눈 출입국관리소 직원들에게 둘러싸였으며 마티는 손을 든 채 차에서 내렸다. 다행히 카니는 얌전하게 굴면서 자신이 국가 안보에 전혀 위협이 되지 않는다는 사실을 그들에게 확신시켜 주었다. 그것으로 사건 종료! 카니는 곧 침이 뚝뚝 떨어지고 축 늘어진 사랑스러운 얼굴로 국경 경비대원 전부를 무장해제시켰다. 마티는 이 일을 즐겁게 내게 들려주었다.

다음 주 카니는 수술을 위해 다시 병원을 찾았다. 수술이 길어져 카니는 그날 온종일 마취제에 취해 있었고, 마티는 몇 시간을 대기실에 앉아서 기다렸다. 마티는 불안해하면서도 의료진을 신뢰했다. 원래는 그날 저녁 카니를 집으로 돌려 보낼 생각이었으나 카니가

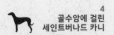

너무 기진맥진해 그날 밤은 병원에서 보내야 할 것 같았다. 마티는 순순히 내 말에 따랐다. 그때뿐만이 아니라 마티는 크고 작은 모든 어려움을 그런 식으로 받아들였다.

카니는 말 잘 듣는 착한 환자였다. 간호사와 의사가 다가갈 때마다 항상 꼬리를 흔들었다. 2주 뒤 나는 카니의 종양이 작아지고 있다는 좋은 소식을 마티에게 알릴 수 있었다. 골육종으로 이 수술을 받은 사람도 같은 효과가 있는 것으로 보고되고 있다. 이 수술 덕분에 사람들은 사지보존술을 받을 수 있었고, 나도 수술을 하면서 카니의 다리를 보강했다. 약해진 뼈가 부러지지 않도록 수술 도중 종양 위아래로 이어지는 본 플레이트를 삽입했다.

종양의 크기가 작아졌으므로 카니는 이제 정상세포를 배제하고 종양 부위에 방사선을 집중적으로 조사하는 정위방사선수술로 사지보존술을 할 수 있는 후보견이 되었다. 정위방사선수술은 높은 사양의 특정 기기를 갖춘 병원에서만 가능했다. 그래서 마티와 카니는 또다시 콜로라도까지 엄청난 거리를 여행해야 했지만 마티에게 지리적·재정적 장애는 아무런 문제가 되지 않았다. 그는 필요하다면 무슨 일이든 했다.

정위방사선수술을 마친 후 화학요법을 위해 카니는 다시 우리 병원에 왔다. 믿기 어렵겠지만 개들은 대부분 전신 화학요법을 잘 참아낸다. 많은 사람들은 화학요법 하면 암 환자를 그린 오래된 영화 〈애정의 조건〉 속 화학요법을 떠올린다. 누구도 자신의 개가 영화 속 암 환자처럼 죽는 것을 원치 않는다. 이해한다. 하지만 요즘 우리가 동물 환자들에게 처치하는 화학요법은 과거 할리우드가 묘사했던 것과는 많이 다르다.

그런데 카니는 화학요법을 힘들어했다. 구역질을 했고 음식을 거의 먹지 못했다. 체중이 많이 줄었는데 부실한 관절과 아픈 다리에 가해지는 압력을 줄여야 했으므로 나쁘지만은 않았다. 그보다는 다리에 심각한 감염이 발생한 것이 더 걱정이었다. 카니를 힘들게 하는 요소가 너무 많았다. 방사선수술, 괴사된 종양골, 본 플레이트, 박테리아, 화학요법, 부족한 혈액 공급 등 이 모든 것이 카니의 다리에 큰 부담을 주었다. 게다가 수술 절개 부위가 벌어지는 바람에 본 플레이트와 뼈가 훤히 드러났다. 다리를 절단하거나 안락사 외에는 다른 대안이 없었다.

개들은 대부분 고난을 잘 이겨낸다

마티는 자신의 생일날 어린 강아지 카니를 선물로 받았다. 그런데 8년 뒤 그의 생일날 우리는 지난 수개월 간 치료했던 카니의 다리를 절단했다. 마티가 수천 달러를 쓰고 엄청난 거리를 이동해 구해 보려고 갖은 애를 썼던 다리였다. 토요일이라 병원은 응급실을 제외하고는 문을 열지 않았다. 카니가 수술을 받는 동안 마티는 눈물을 흘리며 혼자 대기실에 앉아 있었다.

카니는 수술 후 새로운 회복 프로그램을 시작했다. 화학요법이라는 다이어트 덕에 카니는 더 이상 비만견이 아니었으며 수개월 동안 고통을 안겼던 다리에서 자유로워졌다. 카니는 화학요법을 끝냈다.

우리는 카니가 다리 세 개만으로는 잘 지내지 못하리라고 예상했

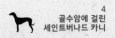

지만 카니는 우리의 생각이 틀렸음을 증명했다. 카니는 적응 기간을 잠시 가진 뒤 잘 대처했다. 마티도 잘 견뎌냈고 카니를 데리고 외출할 때면 자신의 큰 체구로 카니를 잘 보조했다. 마침내 몇 주 지나지 않아서 카니는 혼자서도 잘 걷게 되었다.

카니 덕분에 나는 개가 다리 세 개만으로도 얼마든지 잘 살아갈 수 있다는 사실을 알게 되었다. 우리는 개에게 너무도 많은 걸 기대한다. 그래야 정상이라며. 절단술을 받은 개에게 24시간 안에 일어나 걷기를 기대한다. 하지만 그 기대를 따르지 못한 개들에게도 희망은 있다. 더 많은 정성과 인내가 필요할 뿐, 개들은 대부분 고난을 이겨낸다. 우리는 큰 수술을 받은 사람에게 그토록 많은 것을 기대하지 않으면서 개에게는 너무 많은 것을 기대한다.

카니는 이후 최소한의 처치만 받으며 일 년을 더 살았는데 매우 행복한 삶이었다. 이따금 마티는 카니를 차에 태우고는 병원 식구들과 국경 경비대원 친구들을 만나러 캐나다까지 왔다.

카니는 골육종 진단을 받고 나서 일 년 반 뒤에 떠났다. 골육종을 가진 대부분의 개들보다는 오래 살았지만 나는 마티가 이 일을 어떻게 견뎌낼지 걱정되었다. 카니가 처음 골육종 진단을 받았을 때 죽겠다고 했던 말이 현실이 될까 봐 걱정되었다. 하지만 마티는 카니를 잃은 사실을 받아들였다. 카니의 죽음으로 자신의 삶에 커다란 구멍이 생겼지만 카니를 만나고 자신의 삶이 훨씬 풍요로워졌다면서 다시 그 상황이 와도 같은 선택을 할 거라고 했다.

하지만 운명은 얄궂어서 마티는 지금 암과 힘겨운 싸움을 벌이고 있다. 마티는 미국 최고의 암 전문병원 중 한 곳인 뉴욕 메모리얼슬

론케터링암센터에 입원해 있다. 그래, 카니에게도 마티에게도 최고의 병원이 어울린다. 마티는 지금 열심히 싸우고 있다. 마티에게는 삶을 향한 강한 의지와 힘, 그가 사랑하는 세인트버나드 종 카니에 대한 사랑이 있다.

진단과 치료 과정에서 인내심을 갖기란 힘들다. 환자는 조력자와 문제 사이에서 늘 아슬아슬한 줄타기를 한다. 그 첫 번째 관문은 신뢰할 수 있는 의사를 찾는 일이다. 나는 그 시간이 카니보다 조금 오래 걸렸지만 이제 곧 꼭 맞는 내 의사를 만나게 될 터였다.

5
수술까지 가는 길이
이렇게 멀 줄이야

6주를 기다렸는데 아무것도 얻은 게 없다

거의 6주를 초조하게 기다린 끝에 마침내 토론토에 있는 두경부 외과의와의 만남을 눈앞에 두고 있었다. 기다리는 동안 나는 의사가 내 결절을 만져 본 후 즉시 수술해야 한다고 하면 바로 그 다음 날 결절을 제거하는 상상을 했다. 내 동물 환자들에게는 상상이 아니라 늘 현실로 일어나는 일이니까.

예약 시간에 늦지 않기 위해 일찍 집을 나섰다. 약속 시간에 늦으면 그날 상담을 못 받는 것은 물론이고 이름이 다시 대기자 명단 끝으로 간다. 이럴 때면 나를 제외하고는 그 누구도 나의 갑상샘암을 걱정하지 않는 것 같다.

여러 상황이 내 스트레스 지수를 한껏 높였다. 땀이 흘렀다. 복도에 비치된 모든 손 소독기를 사용했다. 사람이 다니는 병원은 세균 천국이다. 접수를 한 뒤 오랜 시간을 기다렸다. 의사가 수술 중이라서 조금 늦어질 거라고 했다. 나도 환자가 밀렸을 때 자주 그런 변명을 하기 때문에 그 말이 사실인지 확실하지 않다. 그것은 환자가 이의를 제기할 수 없는 가장 확실한 변명이다.

나는 예약된 시간보다 한 시간 반이나 늦게 진찰실에 들어갔다. 진찰실에서 다시 10~15분쯤 기다리자 마침내 의사가 나타났다. 친절한데다 말이 빠르고 행동이 민첩했다. 나도 말과 행동이 빠른 편이라 그가 마음에 들었다. 그는 내게 다음의 세 가지 중 하나를 선택할 수 있다고 했다.

1. 초음파 유도 조직검사를 한 번 더 해서 새로운 샘플을 채취한다. ➡ 내게는 말도 안 되는 소리로 들렸다. 양성으로 확인되었지만 별로 믿을 만한 검사는 아니다. 게다가 갑상샘 조직검사는 너무 고통스러워 다시는 하고 싶지 않다.

2. 결절을 당분간 그대로 두고 살핀다. ➡ 내 의지와 무관하게 그렇게 되었지만 계속 커지고 있지 않은가!

3. 제거해서 정체를 확인한다. ➡ 당연히 세 번째를 선택했다.

의사는 결절이 양성처럼 보이지만 어쨌든 절제해야 할 것 같다고 했다. 커다란 결절은 암일 확률이 큰데 내 것은 지름이 거의 4센티미터나 된다고 했다. 내 말이 그 말이다. 얼른 없애 버리고 싶어 언제 수술이 가능하냐고 물었다. 하지만 다음 날 바로 병실에 입원해 수술 절차를 밟는다는 내 머릿속 계획은 순식간에 사라졌다. 수술을 하려면 한 달쯤 기다려야 한다고 했다. 예약을 위해 일주일 뒤쯤 병원에서 연락이 갈 거라고 했다.

그는 몇 가지 서류를 내밀었다. 첫 번째는 수술 동의서였다. 그는 자신이 수술을 집도할 예정이라고 했지만 서류에는 레지던트들이 할 수도 있다고 적혀 있었다. 어쨌든 서명했다. 종양은행 서류에도 서명했다. 우리 병원에도 종양은행이 있다. 종양은행은 향후 암 연구에 사용될 종양세포를 보관해 두는 곳으로 최근 암 연구 발전의 상당 부분은 종양은행의 혜택을 입었다고 할 수 있다.

서류 중에는 수술을 하다가 일어날 수 있는 합병증 목록도 있었다. 출혈, 숨 쉬고 말하는 데 중요한 후두를 제어하는 신경의 손상, 계획했던 것과 달리 한쪽이 아니라 양쪽 갑상샘을 모두 제거할 수 있고 그에 따라 후두신경 중 하나를 손상시킬 위험이 두 배로 증가하므로 잘못되면 숨 쉬고 말하는 것이 불가능해진다는 내용이었다. 양쪽 신경이 모두 손상되는 경우 평생 목에 커다란 호흡 구멍을 뚫는 기관절개술을 한 채 살아야 하는데 확률은 0.5퍼센트 미만이다. 의사는 자신이 수술한 경우에는 후두신경이 손상된 경우가 없다고 했으며, 내 경우는 한쪽만 제거하게 될 거라고 했다.

또 수술 전에 주치의에게 가서 건강검진을 받고, 새로운 서류를 작성해 와야 한다고 했다. 여기 의사와 이렇게 앉아 있는데 왜 여기서 검사를 해 주지 않는지 궁금했지만 갑자기 코 안으로 내시경이 들어오는 바람에 생각이 중단되었다. 내시경을 홱 빼낸 의사가 내 후두부 기능이 정상이라고 알려 주는데 격렬한 통증이 밀려왔다.

나는 조기 입원 예약 서류와 조기 입원 예약 날짜를 잡기 위해 누군가가 곧 연락을 할 거라는 설명서에 또다시 서명해야 했다. 계획상으로는 수술을 위해 하룻밤 입원하고 4주간 병가를 내야 했다. 목에 난 결절이 암으로 확인되면 두세 달 안에 다른 한쪽도 제거해야 하지만, 의사는 그곳은 양성일 거라고 생각했다. 예약은 빠르게 진행되어 이제 마무리되는 듯 보였다. 의사가 설명할 때 전문용어를 사용한 것이 내가 수의사여서 그랬는지 모르지만 만약 일반 보호자에게 똑같이 설명한다면 사람들은 수술 내용과 그에 따른 위험성을 제대로 이해하기 어려울 것 같았다.

의사는 명함을 건네며 이메일 주소를 적어 주었다. 이메일 주소를 아무에게나 가르쳐 주는 것은 아닐 것이고 내가 그의 형제와 아는 사이여서 그랬을 것이다.

내 동물 환자의 보호자들은 내가 가르쳐 주지 않아도 어떻게든 이메일 주소를 알아내서 밤낮을 가리지 않고 이메일을 보낸다. 메일에는 내가 이미 진료할 때 말한 것을 다시 묻거나 곧 알려 줄 내용을 묻곤 한다. 응급 방문이 요구되는 긴급한 질문도 있는데 이럴 때는 이메일이 아니라 병원에 전화를 걸어야 한다. 다음 날까지 내가 메일을 안 읽을 수도 있기 때문이다. 자신의 반려동물이 아니라 아는 동물에 대한 상담 이메일도 있다.

물론 가끔은 암 수술을 받고서 잘 살아가는 반려동물의 멋진 사진이 첨부된 감사 편지도 있다. 혹시 이런 행복한 내용일까 싶어 매번 이메일을 열어보게 된다.

의사에게 감사를 전하며 헤어졌다. 진료 시간은 12분이었다. 나는 간호사에게 내 세포검사 보고서를 복사해 달라고 부탁했다. 결절은 내분비 전문의의 말처럼 실제로 양성이 아니었다. 보고서에는 '오른쪽 결절 : 비진단적 검체. 왼쪽 결절 : 양성 갑상샘선종.' 왼쪽은 1센티미터 크기의 결절로 두 번의 초음파 검사에서 양성 소견을 보였다. 오른쪽은 3.8센티미터 크기로 빠르게 커지는 결절이다. 비진단적이라는 것은 검체가 불충분해 진단하기 어렵다는 뜻이다.

얼굴이 뜨거워지면서 눈물이 차올랐다. 오랜 기다림과 고통스러운 조직검사의 시련을 겪으며 내가 얻은 게 아무것도 없다는 사실을 깨달았다. 갑상샘암에 걸린 게 틀림없다는 생각이 들었다. 조직검사를 다시 해보자는 의사의 말이 옳았지만 하기 싫었다. 그저 앞으로 나아가고 싶었다.

림프절로 전이가 된 걸까?

상담하면서 의사가 했던 말을 다 알아들을 수 있었던 건 나 역시 의사였기 때문이다. 의사들은 있을 수 있는 모든 합병증과 위험에 대해, 있는 그대로 정확하고 상세하게 설명해야 한다고 생각하는 듯하다. 그런 일이 일어날 확률이 얼마나 낮든 그 말에 환자가 얼마나 놀라든 아무 상관없이 말이다.

그러니 사람 환자들이 의사의 설명을 알아듣는 정도는 아마도 동물 환자들이 내 설명을 알아듣는 정도일 것이다. 다만 내 동물 환자들은 어느 순간이 되면 내가 그들을 사랑하고 도우려 한다는 사실을 이해한다. 머리에 입을 맞추거나 배를 쓰다듬으면 그 효과는 최고가 된다.

사람 환자는 일어날 법한 온갖 합병증에 대한 설명을 들을 수는 있지만 결국 아무런 선택권이 없다는 사실도 놀라웠다. "선생님, 치료 시 발생할 수 있는 모든 위험에 대한 설명을 잘 들었는데요, 이제 저는 치료는 그만두고 제 운을 시험해 봐야겠습니다." 이렇게 말할 수 있는 사람이 누가 있겠는가?

의사와 상담을 마치고 난 후 이틀 뒤, 요가를 하며 거울을 보다가 목에 불룩한 것이 하나 더 생긴 것을 발견했다. 이번에는 왼쪽이었다. 림프절비대였다. 다시 펍메드에서 갑상샘암종과 림프절 전이에 관한 자료를 검색했다. 종양은 대개 같은 쪽에 있는 림프절로 전이된다. 그러니 내 경우는 오른쪽으로 전이되어야 하는데 발견된 림프절비대는 왼쪽이었다. 다행이었다. 하지만 목의 반대쪽 림프절로 전이될 확률도 8.9퍼센트나 되었다. 다시 눈앞이 캄캄해졌다.

림프절비대가 생기는 원인은 다양하다. 진단에 큰 도움도 안 되었던 생검 과정에서 생긴 외상이 림프절 반응을 야기했을 수 있다. 그 경우엔 염증이지 암은 아니다. 하지만 그건 벌써 몇 주 전 얘기이다. 감기 때문일 수도 있지만 나는 너무 건강하다. 페스트의 일종인 림프절페스트에 걸렸을지도 모른다. 이외에도 여러 가지 원인이 있었지만 내게 해당되는 것은 아니었다. 염증이 있는 세포, 종기, 암과 연결된 림프절을 둘러싼 피막이 만져졌다.

3일 후에는 목 중앙의 오른쪽에 좀 더 큰 림프절이 만져졌다. 사람의 목 해부도를 다시 한 번 살펴보았다. 표면에 생긴 경부 림프절이었다. 5일 후에는 반대쪽에 또 뭔가가 느껴졌다. 어디에서고 느껴질 만큼 피막이 퍼진 것이 감지되었다. 미세하고 희미한 통증도 느껴졌다.

전이가 일어난 것일까? 갑상샘에 결절이 생기자마자 치료를 받으러 먼 거리를 달려왔고, 몇 명의 의사를 만나 캐나다 의료체계의 느리고 지리한 일정을 거쳤다. 그런데 기다리는 시간에 림프절에 퍼졌다면 누구를 고소할까, 누구를 죽여 버릴까? 이제 어떻게 해야 할지 아무 생각도 나지 않았다.

망설이다가 림프절비대이면 의사에게 이메일을 보내도 마땅하다고 결론지었다.

제목 : 림프절 관련 문의

친애하는 선생님께.

지난 화요일에 상담해 주셔서 감사합니다. 그날 뵙게 되어 반가웠고 제 담당의로 선생님을 만날 수 있어 안심이 되고 행운이라고 생각했습니다. (다소 비굴해 보이는 이런 태도는 본래의 내 모습과는 거리가 멀다.)

번거롭게 해드려 죄송하지만 오늘 목에 특이한 점이 발견되어 문의드립니다. 왼쪽 빗장뼈 부근에서 작은 결절을 발견했습니다.

크기는 0.5센티미터로 단단하고 유동적입니다. 혹시 림프절비대가 아닌지 걱정이 됩니다. 신체 해부학을 잘 모르지만 제가 보기에 심경부 림프절 위치에 있는 것 같습니다. 사실 갑상샘결절과는 반대쪽에 있지만 선생님을 뵙고 난 후 생겨난 변화라 걱정이 됩니다.

이와 관련해 제가 해야 할 일이 있는지, 혹시 검사 결과에 영향을 줄 수 있는지 알고 싶습니다.

도와주셔서 감사합니다.

세라 보스턴 드림.

휴대전화 : 519-555-5239

다음 날 답메일이 도착했다.

re : 림프절 관련 문의

병원에서 초음파 검사로 살펴보기 전까지 염려하지 않기를 바랍니다.
예약을 위해 월요일 날 에밀리가 전화를 드릴 것입니다.
애덤 드림.

짧지만 답장을 받게 되어 기뻤다. 그의 문장은 간결했다. 그는 의
학학위가 있고 나도 의학학위가 있다. 그는 외과 전공의 과정을 거
쳤고 나도 외과 전공의 과정을 거쳤다. 그는 종양외과 전임 과정을
거쳤고 나도 종양외과 전임 과정을 거쳤다. 그는 사람 암 환자를 치
료하고 나는 개와 고양이 암 환자를 치료한다. 바로 그 뚜렷한 차이
때문에 나는 그를 선생님이라고 부른다.

나는 약속대로 에밀리에게 전화를 받았고, 그녀는 초음파 검사
예약을 한 달 후로 잡았다. 그런데 갑상샘수술 역시 한 달 뒤에 잡
혀 있었다. 나는 그녀에게 초음파 검사를 받는 이유를 설명했다. 갑
자기 생긴 림프절비대 때문에 받는 검사여서 갑상샘수술 전에 받아
야 한다는 점을 설명했다. 그녀는 초음파 검사 예약을 열흘 후로 앞
당겼다. 그녀가 할 수 있는 최선이었다.

나흘 뒤에 이메일이 왔다.

re : re : 림프절 관련 문의

초음파 검사 예약했나요?

애덤 드림.

바로 답장을 보냈다.

re : re : re : 림프절 관련 문의

안녕하세요.

이메일 감사합니다. 일주일 뒤 선생님 병원에서 초음파 검사를 받기로

했습니다. 안 그래도 일주일이나 기다려도 되는지 여쭤 보려다가 혹시

귀찮게 해드리는 게 아닌가 싶어 망설이던 참이었습니다.

형제분한테서 제가 이 일로 무척 걱정한다는 말씀을 들으셨을 거예요.

게다가 림프절비대까지 발견되어 스트레스를 많이 받고 있습니다.

또한 선생님께서 수술 날짜를 결정하는 게 맞는지, 에밀리와 상의해야

하는지 궁금합니다.

다시 한 번 감사드립니다.

세라 보스턴 드림.

이틀 후 답장이 왔다.

re : re : re : re : 림프절 관련 문의

안녕하세요, 세라.

열흘 정도 기다리는 것은 괜찮습니다. 초음파 검사 후 정확한 수술 날

짜를 잡아 보죠.

애덤 드림.

정말 끝내주는군! 새로운 결절 덕택에 목숨을 다투는 긴급 암 수술 환자 목록에 바로 올라가리라고 기대했지만 현실은 오히려 더 오래 기다려야 했다. 초음파 검사일까지 기다려야 하고 다시 검사 결과를 기다린 다음, 그제야 수술 날짜를 예약할 수 있었다. 지독한 역효과이다.

할 수 없이 토론토로 가서 초음파 검사를 받았다. 내가 직접 초음파 영상을 보고 싶었지만 볼 수 없었다. 초음파 기사에게 이것저것 물어봤지만 들을 수 있는 정보라고는 가장 큰 결절의 지름이 1.2센티미터라는 것뿐이었다.

초음파 검사를 받고 나서 이틀 뒤인 금요일 오후, 다소 건방진 이메일을 보냈다.

제목 : 안부

애덤, 잘 지냈나요?

제가 너무 귀찮게 하는 게 아니길 바랍니다. 궁금한 게 있는데, 제 초음파 검사 보고서를 살펴보셨나요?

감사합니다.

세라 드림.

이틀 후에 답장이 왔다.

re : 안부

초음파 검사 결과는 좋습니다. 심각한 림프절은 보이지 않네요. 원래

계획대로 진행하면 되겠습니다.

애덤 드림.

바로 답장을 보냈다.

re : re : 안부

애덤, 안녕하세요?

일요일 밤 보내 주신 이메일 잘 받았습니다. 기대하지 않았는데 고맙

습니다. 초음파 결과는 정말 다행이네요. (심각한 게 틀림없는데 보고서

를 확인은 했는지 따지고 싶었지만 참았다.)

담당의로 선생님을 만난 게 정말 행운 같습니다.

림프절 문제로 수술 일정이 더 늦춰진 것 같은데 언제쯤 수술 날짜를

알 수 있을까요? 괜찮다면 에밀리에게 연락해 알아보겠습니다.

다시 한 번 도움 주셔서 감사합니다.

세라 보스턴 드림.

다시 답장이 왔다.

re : re : re : 안부

에밀리가 내일쯤 전화로 날짜와 시간을 알려드릴 겁니다.

애덤 드림.

즉시 답장을 보냈다.

re : re : re : re : 안부
정말 감사합니다.
잘됐네요.
안녕히 계세요.
세라 드림.

그의 말대로 다음 날 수술이 6일 뒤라는 전화를 받았다. 입원수속을 위한 예약도 다음 날로 잡았다. 그동안 모든 게 느리게 진행되었지만 이제 일주일도 안 남았으니 부지런히 수술 준비를 해야 했다. 일의 진행 속도가 동물병원과 비교하면 턱없이 느렸지만 캐나다 의료체계의 기준으로 보면 빠른 편이었다.

응급실에서 회복하라고?

우먼스칼리지병원에서 다음 날 오전 11시 예약 확인 전화가 걸려왔다. 전화를 건 여성은 12시부터 점심시간이니 늦지 말라고 몇 번이나 당부했다. 물론이다. 나는 한 시간이나 일찍 도착했다. 입원수속 간호사 앨리스를 만났다. 얼마나 못됐는지 나는 그녀를 맬리스(malice, 악의라는 뜻)라 부르기로 했다.

나는 바이탈 사인과 키, 몸무게를 재고 혈액검사를 하고, 그녀에게 내 병력에 대해 얘기하고 주치의가 보내 준 정보를 주었다. 그중에는 마취나 수술에 영향을 미치지 않을 사소한 질병 두 가지가 포함되어 있었는데, 그중 하나가 심장과 관련이 있었다. 미세한 심방사이막결손증이 있는 나는 최근에 부하 검사와 심장초음파 검사, 활동심전도 검사를 했다. 문제를 일으킨 적은 한 번도 없었고 앞으로도 없을 것이지만 맬리스는 만일을 대비해 마취과 의사를 만나보는 게 좋겠다고 했다.

질문이 있으면 하라고 하길래 우먼스칼리지병원은 여성을 위한 병원이냐고 물었다. 맬리스는 최근 병원 조직이 개편되어 요즘에는 주로 남성을 위한 정형외과와 남성 불임 환자의 당일 치료가 이루어진다고 했다. 충격이었다. 내심 내 보험으로 보장되는 2인실 정도의 좋은 병실에서 나와 같은 날 갑상샘절제술을 받은 여자 환자와 목에 난 흉터를 어떻게 가릴지 얘기할 수 있을 거라고 기대했는데 아니었다. 2인실 입원을 보장하는 내 보험 서류를 확인했냐고 묻자 맬리스는 콧방귀를 뀌며 말했다.

"네. 그런데 병실 상황에 따라 배정해 드릴 거예요. 침상이 있으면 다행이죠. 회복하는 동안 응급실에 있을 수도 있어요."

사고와 전염병, 부상, 질병의 소음과 소란함이 끊임없이 이어지는 대도시 병원의 야간 응급실에서 몸을 회복하라고? 그러느니 나는 근처 호텔에 가서 회복하는 편을 택할 것이다. 면회 시간이 언제냐고 묻자 조직 개편을 해서 입원 환자(나만 예외)를 받지 않으므로 잘 모르겠다는 답이 돌아왔다. 맬리스는 조직 개편이 못마땅한 듯했다. 분주한 응급실에서 침상을 확보하려고 애쓰며 회복하고 있는 내 모습을 상상했다. 남편 면회도 안 되고, 발기불능과 불임으로 고통받는 남성들이 가득 찬 대도시 병원의 번잡한 응급실에서 회복하는 모습이라니! 끔찍했다.

　마취과 의사는 나를 보고 조금 당혹스러워했다. 혈액검사 결과가 정상이고, 그동안 한 번도 문제가 없었으며, 작년에 심장 전문의 정밀검사까지 받은 서른여덟 살의 완벽히 건강한 여성이었기 때문이다. 책상 위에 심장 전문의의 최종 보고서가 놓여 있는데 자신이 왜 이 환자를 보고 있는지 모르겠다고 중얼댔다.

　그는 진찰을 시작하며 한쪽이 깨진 청진기를 사용했는데 튜브가 이어폰과 분리되어 있었다. 나는 웃지 않으려고 애썼다. 그는 청진기를 한참 동안 내 가슴에 대고 있었다. 아무것도 안 들렸을 게 뻔했다. 그는 아래를 내려다보더니 그제서야 청진기가 고장 난 걸 깨달았다. 그는 어차피 진찰을 할 필요도 없다고 말했다.

　내가 데메롤(마취 전에 투여하는 모르핀 대용 약제)을 투여받으면 구토가 난다고 했더니 그는 그 약이 다소 역겨운 게 사실이라고 수긍했다. 월요일 날 수술에 마취를 담당하느냐고 묻자 그는 그날은 휴무라 다른 의사가 맡게 될 거라고 했다. 그와의 상담이 더 쓸모없게 느껴졌다. 더 이상 할 말이 없어서 시간을 내주셔서 감사하다고 인사하고 진료실을 나왔다.

6
암에 걸린 개를 위해
크리스마스 날짜도 바꾸는 사람들

동물 환자 보호자들에게 자주 받는 질문

나는 동물 환자들을 진료하며 수술 날짜를 기다렸다. 나와 내 환자를 비교해 보니 비슷한 부분도 있지만 전혀 다른 면도 있었다. 우선 기다리는 시간 대비 진료 시간 비율이 달랐다. 경험해 보니 인간 병원은 5 : 1의 비율로 기다리는 시간이 의사를 만나는 시간보다 훨씬 길었다. 반면 동물병원의 비율은 대략 1 : 5였다. 수의대 부속 동물병원의 주차 환경은 인간 병원의 주차 환경과 비슷하게 열악해서 매시간 동전을 넣어야 하는 주차기는 불안을 증폭시킨다. 미터기에 계속 동전을 넣지 않으면 딱지를 받게 되므로 고객들은 기다리는 시간 때문에 화를 내기 십상이다.

동물이든 사람이든 모든 진료의 공통점은 불안감이다. 이제 나는 전과 다른 의미에서 불안감을 이해하게 되었다. 이전까지는 내 개를 데리고 동물병원에 갔을 때 느끼는 보호자로서의 불안감이었다면 이제는 환자 입장에서의 불안감을 이해하게 되었다. 지극히 정상적인 사람도 불안감 때문에 이상행동을 할 수 있다. 불안감은 어떤 일이 일어날지 모르기 때문에 발생한다.

동물 환자의 보호자들은 무수한 질문을 통해 불안감을 해소하려고 한다. 병원에 오기 전에 미리 전화하고 이메일을 보내 사전에 자문을 구한다. 실제로 내가 자주 받는 질문은 다음과 같다. 종양외과 전문의의 진료를 이해하는 데 도움이 될 것이다.

수술 전 질문

우리 개가 언제 수술을 받게 되나요?

보통은 예약하면서 엑스레이, CT 같은 수술 전 검사를 하고, 다음 날 입원한다. 사람들은 입원한 날 바로 수술을 하지 않는다고 실망하기도 하고, 정밀 진단 검사와 대수술을 받은 개가 그날 저녁에 퇴원하지 못하는 사실에도 낙담한다.

하지만 인간 병원 시스템을 경험했던 사람들은 대부분 생각보다 빠른 속도에 놀란다. 게다가 수술 상담을 하면서 상담만 할 거라고 생각했는데 바로 입원까지 진행되기 때문에 또 놀란다.

이러니 동물병원 시스템에 익숙한 내가 상담 다음 날 입원을 기대했다가 실망한 것은 당연하지 않은가.

개가 수술 하루 전에 입원해야 하나요? 제가 개와 함께 있어도 되나요?

입원 중이거나 수술 전후로 병원에서 개와 함께 있기를 바라는

암에 걸린 개를 위해
크리스마스 날짜도 바꾸는 사람들

보호자들이 많다. 세계적으로 그런 서비스를 제공하는 병원이 몇 곳 있기는 하지만 내가 일하는 병원에서는 불가능하다. 그래서 보호자 가운데에는 수술 전날 밤 개를 혼자 두는 게 싫어서 전신마취를 했거나 진정제를 투여받은 개를 몇 시간씩 운전해서 집에 데리고 갔다가 다음 날 아침 수술 시간에 맞춰 병원에 데려오는 경우가 종종 있다.

환자를 하루 전에 입원시키는 이유는 환자를 단식시켜 다음 날 아침 전신마취를 하기 위해서인데 상황이 이렇다 보니 동물 환자를 수술 전날 입원시키는 일이 점점 흐지부지해지고 잘 지켜지지 않는다.

그래서 나도 대부분 수술하는 날 아침에 동물 환자를 입원시킨다. 그렇게 하는 편이 보호자가 왜 병원에서 개와 함께 하룻밤을 지낼 수 없는지를 설명하는 것보다 편하기 때문이다. 물론 반려인인 나도 불가피한 경우가 아니라면 개를 병원에서 홀로 재우고 싶지 않다. 그것은 너무 슬픈 일이니까.

몇 바늘이나 꿰매나요?

사람들은 수술 부위 봉합에 몇 바늘을 꿰매는지에 집착한다. 그런데 바늘 땀 수를 세어 본 적이 없어서 말해 주기 어렵다. 대신 수술 시간이 얼마나 걸리는지는 말해 줄 수 있다.

이야기가 나온 김에 꼭 말해 주고 싶은 것이 있다. 종양제거술에서는 대부분 환부를 원형으로 절개한 뒤 일자로 봉합하기 때문에 절개 부위 끝에 작게 살이 튀어나온다. 추가 수술로 흉터를 없앨 수 있지만 나는 보통 그렇게 하지 않는다. 이유는 그러려면 절개를 더

해야 하고, 그러기에는 내가 게으르고, 시간이 지나면 튀어나온 부분이 저절로 평평해지면서 절개 부위가 치유되고 그 위로 털이 자라기 때문이다. 비키니 모델도 아닌데 그렇게 흉터에 집착할 필요가 있을까?

어떤 보호자는 그녀의 반려견 코기가 수술 후에 흉터가 생겨서 보기 흉하다며 전화로 한 시간 넘게 내게 소리를 질러댔다. 코기는 악성 종양 두 개를 제거하는 수술을 받았는데(수술은 잘 되었다) 심한 비만인 탓에 절개 부위가 깊어 흉터가 상당히 크게 생겼기 때문이다. 하지만 그 큰 흉터도 시간이 지나면 평평해진다. 그러므로 웬만한 수술 흉터는 곧 괜찮아진다고 생각하면 된다.

우리 개가 보기 흉해질까요?

보기 흉한 커다란 종양이 있는 개였다면 종양을 제거한다고 해도 외모가 예전으로 돌아가기란 어렵다. 하지만 개에게는 털이 있어서 가려지고 개 스스로 외모에 그다지 신경 쓰지 않는다. 사람들은 개가 종양이 제거된 뒤 외모도 정상으로 돌아오고 모든 것이 완벽하게 정상으로 되돌아오길 바란다. 하지만 그건 종양이 어떤 종류이며 어느 위치에 있느냐에 따라 다르다.

병원에 있는 동안 발톱을 정리하고 항문낭을 짜줄 수 있나요?

물론이다. 나는 종양외과 전문의이지만 반려견 미용사가 하는 일을 기쁘게 할 수 있다. 항문낭을 짜는 일은 특히 즐거운 일이라 추가 금액을 받지 않고 해 준다.

마취된 상태에서 치석 제거를 해 줄 수 있나요?

동물 환자는 지금 암이라는 대수술을 받으러 병원에 왔다. 수술과 스케일링을 함께하는 것은 적절치 않으며 암 전문의인 나는 그런 일을 해 줄 수 없다.

현재의 진료와 전혀 상관없는 질문

팔을 소 항문에 밀어 넣습니까?

수의사들이 이런 질문을 얼마나 많이 받는지 안다면 놀랄 것이다. 내가 수의과 학생이던 시절에는 대동물과 소동물 의학이 나뉘어 있지 않아서 전부 다 배웠다. 전부 다 배웠다는 말은 조금 과장된 것이고, 나는 소 항문에 손을 넣기보다는 빗질하는 데 더 많은 시간을 보냈다. 솔직히 성폭행하는 느낌인데다가 번식은 수의대에서나 내 인생에서나 하고 싶은 전공 분야가 아니었기 때문이다. 소의 항문에 팔을 넣어서 느껴야 하는 것은 대개 난소이며, 임신주기를 확인해 출산예정일을 유추할 수 있다는 사실을 나중에 남편한테 들었다.

수의사가 꿈이지만 도저히 안락사를 할 수 없을 것 같습니다. 그런 일을 어떻게 하나요?

수의사란 직업에 대해 사람들이 가장 많이 하는 질문이다. 반려동물을 별다른 어려움 없이 죽일 수 있다고 생각하는 것이다. 하지만 누구도 그 일을 쉽게 하지 않는다. 나도 괜찮을 때도 있지만 정말 힘들 때도 있고, 도저히 할 수 없을 때도 있다. 수의사는 동물을 살리고 건강하게 하는 직업이다. 안락사만 전문으로 하는 동물병원은 비즈니스 모델로 절대 성공할 수 없다고 생각했는데 미국 플로리다에 꽤 번창하는 병원이 있기는 하다.

수의사가 되려면 수학과 과학을 잘 해야 하나요?

많은 사람들이 동물을 안락사시킬 수가 없어서 수의사를 포기했다고 하지만 실제로는 어렸을 적 꿈인 수의사를 포기하는 가장 큰 이유는 성적이다. 특히 수학과 과학은 의학학위를 받는 데 매우 중요한 과목이다.

진료와 상관없는 뜬금없는 질문들

혹시 새로운 암 식이요법(인터넷에 떠도는 것)이나 한방치료 등 홀리스틱 치료법에 대해서 들어본 적이 있나요?

식이요법이나 홀리스틱 치료에 관해 들어본 적이 있는지 묻거나 임상 검증을 마친 믿을 수 있는 자료를 인쇄해 주겠다는 보호자들이 있다. 그러다가 내가 들어본 적이 없다고 말하면 살짝 실망하고, 내가 아는 게 별로 없을지 모른다고 생각하는 것 같다. 암 진단을 받으면 누구나 인터넷에서 치료법을 찾아보게 마련이다. 하지만 인터넷에 제대로 된 암 치료법이 있다면, 첫째, 그것은 그다지 비밀이 아니며, 둘째, 내가 그것을 알고 있을 것이다.

선물을 드리고 싶은데 제가 만든 음식을 드려도 될까요?

우리 병원에 오는 보호자들은 정말 너무 좋은 분들이다. 그들은 많은 음식을 보낸다. 병원에서 가장 많은 음식을 받는 곳이 종양외과이다. 그중 내가 가장 좋아하는 선물은 스타벅스 기프트카드이다. 부담 없이 받을 수 있는 5달러짜리 뜨거운 음료보다 더 좋은 선물은 없다.

고맙다고 수의사를 위해서 빵을 굽거나 요리를 하는 사람이 많다. 냄비 가득 스튜를 만들어 온 사람도 여럿 있었다. 하지만 분주한 동물병원에서 서둘러 먹는 것은 여간 부담스러운 일이 아니다. 게다가 나는 고기를 먹지 않고, 의사로서 강박증이 있어서 위생 점검이 되지 않은 곳에서 만든 음식은 아무리 배가 고파도 먹지 못한다. 그 노력과 성의는 감사하지만 음식은 만들어 오지 않았으면 좋겠다.

우리는 이제 좋은 친구인가요?

미안하지만 내 대답은 '아니오'이다. 의사와 보호자가 친밀감을 느끼는 건 당연하지만 어디까지나 의사와 보호자이며 우리는 친구가 될 수 없다. 물론 나도 개와 많은 시간을 보내고 함께 감정적으로 힘든 시간을 거쳐 왔으므로 보호자가 얼마나 개를 사랑하는지 나만큼 깊이 이해하는 사람도 없을 것이다. 하지만 그렇다고 친구가 되기는 어렵다.

당신을 세라라고 불러도 될까요?

별로 신경 쓰지는 않지만 세라 보스턴 선생님이라 부르는 게 좋다. 이름을 부르는 것은 나를 진짜 의사라고 생각하지 않는 듯한 느낌이 들어서이다. 그런데도 사람들은 나를 세라라고 부른다.

수술 중 상태가 나빠 보이면 그냥 안락사시키기도 하나요?

왜 이런 질문을 하는지 모르겠다. 이런 일은 절대 있을 수 없다. 보호자와 아무런 상의 없이 개를 안락사시킬 수는 없다.

내가 답변하지 않는 질문

이런 질문에는 나는 답을 하지 않는다. 이런 질문에 대한 대답은 모두 '아니오'이기 때문이다.

몰래 내 개한테 실험을 하진 않나요?

낮이든 밤이든 언제라도 연락할 수 있게 개인 휴대전화 번호를 가르쳐 줄 수 있나요?

이메일이나 메시지를 보내면 스마트폰으로 즉시 답변을 해 줄 수 있나요?

오늘 저녁 6시까지 와서 개를 데려가라고 말씀하셨는데 밤 9시까지는 갈 수가 없습니다. 더 늦을 수도 있고요. 괜찮을까요?

수술 후 질문

개가 단단하고 깨끗한 배변을 할 때까지 시간이 얼마나 걸릴까요? 그런 변을 보지 못하면 언제 좌약을 사용하는 게 좋을까요?

수술 후 보호자들이 개가 언제 변을 보는지에 대해 갖는 집착은 상당히 크다. 보호자들은 개가 수술 후에 변을 보지 않는다고 너무 쉽게 좌약을 사용한다. 보호자가 개에게 좌약을 사용했다는 말을 처음 들었을 때 나는 진료실에서 나와 좌약이란 단어를 찾아봤을 정도이다.

물론 수술 후 개가 예정대로 변을 본다면 모든 게 다시 정상이 되었다는 뜻이기는 하지만, 그렇다고 개에게 좌약을 사용하는 걸 너무 쉽게 생각해서는 안 된다. 왜 그런지 자신이 직접 좌약을 사용해본 경험이 있다면 알 것이다.

수술 후 언제 목욕이나 미용을 시킬까요?

많은 보호자들은 수술받기 전에 반려동물을 깨끗하게 목욕을 시키고 미용을 시킨다. 좋은 생각이다. 특히 미용은 수술 후에는 제대로 하기 힘들기 때문이다. 수술 후 2주 정도 지나면 목욕은 시킬 수 있다.

가슴 아픈 질문

제 개가 암에 걸린 게 제 잘못일까요?

보호자를 힘들 게 하는 주요 원인이다. 사람들은 자신이 혹시 형편없는 보호자일까 봐 혹은 의사가 그들을 형편없는 보호자라고 생각할까 봐 걱정한다. 자신의 부주의로 개가 암에 걸린 거라고 자신을 비난의 대상으로 삼는다. 사람들은 반려동물에게 암이 생긴 이유나 원인을 알고 싶어 하지만 몇 가지를 제외하면, 암의 원인은 대부분 보호자와 상관이 없다.

물론 개가 석면이나 담배연기에 오래 노출되었다면 얘기가 다르다. 만일 그랬다면 그것은 보호자의 잘못이다.

비용이 얼마나 들까요? 어떤 결제 방법이 있나요?

치료비를 감당할 수 없을 때 보호자들은 죄책감과 부끄러움을 느낀다. 암 치료 비용은 누구에게나 부담이다. 보호자가 암을 치료할 만큼의 경제적 능력이 없으면 수의사도 갈등을 겪는다. 가족 같은 개를 치료해 주고 싶지만 치료비가 없어서 치료를 포기하는 가족을 볼 때면 수의사도 힘들다.

나는 반려동물을 기르는 것은 육아, 사치품, 취미 활동과 비슷하다고 생각한다. 돈이 많이 든다는 것이다. 따라서 어느 정도 소득이 있은 후에 반려동물을 키우기로 결정하고 반려동물 보험도 준비하면 좋다.

하지만 담배를 피우고, 고급 승용차에 골프와 휴가를 즐기고, 최신형 휴대전화와 가전제품을 쓰고, 하루에 두 번 라떼를 마시고, 명품을 좋아하는 사람이 병원비가 너무 비싸다고 말할 때면 참지 못한다.

치료할 수 있나요?

암 제거가 가능하고 다른 부위로 전이되지 않았다면 수술로 충분히 치료할 수 있다. 바로 이 점이 내가 암 수술에 매력을 느끼는 부분이다.

내 피나 신장, 간을 반려동물에게 줘도 될까요?

이런 보호자들은 반려동물의 치료를 위해서 엄청난 치료비와 긴 시간, 노력을 들이는 대단한 사람들보다 한 수 위이다. 반려동물을 살릴 수 있다면 자신의 피나 장기마저 기꺼이 내주고 싶어 한다. 이것은 새로운 차원의 헌신이지만 대답은 '아니오'이다. 거부반응을 일으킬 게 틀림없으므로 반려동물에게 사람의 신장이나 간을 주는 것은 전혀 도움이 되지 않는다. 어쨌든 좋은 질문이고 훌륭한 자세이다.

올해의 크리스마스는 12월 22일이야

내가 만난 보호자들은 다 좋은 사람들이었다. 그들은 친절하고 감사할 줄 알며 동물 건강에 대한 지식이 있고 개를 위해서라면 무엇이든 하고 싶어 했다. 그들은 진료 중에 휴대전화가 울려서, 자기가 울어서, 늦어서, 그밖에 자신 때문에 생긴 다른 불편함에 대해 미안해했다. 진료와 시술을 위해서 몇 시간 운전을 해서 병원에 오고 진단과 치료가 진행되는 동안 또 몇 시간을 기다리면서도 불평하지 않았다. 그들은 개를 보살피기 위해 자신의 인생을 희생했다. 개가 치료받는 동안 병원 근처로 이사하는 사람도 있다. 치료비로 수천 달러를 지불하면서도 영수증에 서명하며 "뭐 어쩌겠어요," "해야 하는 일이니까요", "당연한 거죠."라고 말한다.

모세와 일라이라는 개 두 마리를 기르는 버펄로에 사는 보호자가 있었다. 모세는 커다란 두개골종양을 가지고 있었는데 종양의 크기가 너무 커서 수술이 불가능했다. 그래서 특별한 방사선치료를 받아야 했다. 12월 말쯤이었다. 보호자는 치료를 위해 12월 23일에 모세와 함께 콜로라도에 있는 병원으로 왔다. 크리스마스부터 새해까지 개의 곁에 머물기 위해서였다. 그는 크리스마스와 새해를 가족과 보내지 못했다.

그에게 크리스마스를 망쳐 속상하지 않느냐고 물어보았다. 개 이름이 모세와 일라이인 걸로 보아 크리스마스를 신경 쓰지 않을 유대인인 것 같긴 했다. 그런데 전혀 그렇지 않았다. 그는 유대인이 아니었고, 네 살 된 딸도 있었다. 그는 딸에게 올해는 크리스마스가 22일이라고 속이려 했다고 말했다. 그런데 슬프게도 똑똑한 딸이 속아 주지 않았다고.

이런 보호자들 앞에서 나는 언제나 겸허해진다. 그들은 어떻게 그토록 헌신적일까? 시간과 돈과 사랑을 끊임없이 쏟아붓는다. 모세를 위해서라면 크리스마스 날짜를 바꾸는 일쯤은 아무것도 아닌 것처럼.

07

수술 전문 수의사가
수술을 받던 날

수의대 병원의 저주

수술 전문 수의사가 수술을 받는다. 수의 종양외과 전문의가 갑상샘종양제거술을 받는다. 내가 수백 차례 집도했던 수술의 대상이 되는 것이다. 역전된 수술실 상황. 물론 개가 수술을 하는 건 아니니 완전한 역전은 아니지만 사실 나는 '개가 해도 좋을 텐데'라고 생각했다! 집중력이 탁월하고 훈련이 잘 된 개라면 오케이이다.

암 전문가가 암에 걸려 암을 두려워하고 있다. 내 동물 환자들은 병원의 케이지 안에서 답답한 시간을 보내다가 사람들이 자신을 날카로운 걸로 찔러댄다는 정도만 알 것이다. 자신이 수술을 받는다거나, 나쁜 일이 일어날 수 있다거나, 목의 결절이 심각한 병일 수 있다는 사실을 모른다. 행복한 일이다. 게다가 수술 후 다시 직장에 나가지 않아도 된다.

3년 전 가까운 동료이자 내 멘토 중 한 분인 쉰다섯의 심장혈관 수의 외과의가 자다가 심장마비로 세상을 떠났다. 최근에는 우리 병원 신경과 수의사로 일하는 동료이자 가까운 친구가 뇌동맥류로 세상을 떠났다. 동료이자 친구인 정형외과 수의사는 십자인대손상을 치료하려고 무려 다섯 번이나 무릎 수술을 받았다. 수의 신장 질환 분야의 개척자 중 한 명은 최근에 자신의 신장을 제거했다. 그리고 지금 암 전문의인 나는 목에 생긴 종양을 제거하려고 암 전문의를 찾고 있다. 으스스하다. 내가 근무하는 수의대 병원이 저주받은 게 아닌지 의심이 생길 지경이었다. 이곳에서 일하는 사람들은 자신이 공부하고 치료하는 질병에 잘 걸리고 유난히 쌍둥이가 많다. 갑상샘암이냐 쌍둥이냐? 수의대 병원 직원들의 쌍둥이 임신과 갑상샘암 사이의 동질성 표를 심심풀이로 만들어 봤다.

쌍둥이 임신	갑상샘암
초기 사건(수정) 이후 세포덩어리가 빠르게 기하급수적으로 는다.	초기 사건(암 형성) 이후 세포덩어리가 빠르게 기하급수적으로 는다.
사람들이 만지고 싶어 한다.	사람들이 만지고 싶어 한다.
출산과 요양 치료가 필요하다.	제거와 요양 치료가 필요하다.
언제든 일을 쉴 수 있는 방법 중 하나이다.	언제든 일을 쉴 수 있는 방법 중 하나이다.
사람들은 그들의 이름을 알고 싶어 한다.	사람들은 진단 결과를 알고 싶어 한다.
죽고 싶을 만큼 힘들 수 있다.	죽을 가능성이 있다.
외모가 급격히 변하고 체중이 늘 수 있다.	외모가 급격히 변하고 체중이 늘 수 있다.
인생을 변화시킨다.	인생을 변화시킨다.

흉터가 없기를 바라는 게 짜증나는 일인가

나는 병원에 일찍 도착했다. 간호사는 친절했다. 내가 항상 추위를 탄다고 말하자 미리 따뜻하게 데운 담요와 실내복을 주었다. 안심이 되었다. 대기실에서 기다리는데 옆의 한 남자와 두 아이가 자원봉사자와 하는 얘기를 들었다. 아내가 수술 중인데 집도의가 나랑 같았다. 그 환자의 수술 결과가 좋다면 안심이 되련만.

그런데 환자 가족에게 수술 정보를 전달하는 일을 자원봉사자가 한다는 사실이 놀라웠다. 의료진이 아닌 자원봉사자를 어찌 믿으라는 말인지. 동물병원에서도 일어날 수 없는 일이다.

대기실에서 기다리고 있는데 맬리스의 모습이 보였다. 나는 담요 속으로 몸을 숨겼다. 오늘은 맬리스를 상대할 여력이 없다. 자원봉사자가 가족들에게 수술이 거의 끝나가고 있으며 경과가 좋다고 알려 주었다. 이제 곧 내 차례이다.

나는 환자 전용 대기실로 옮겨졌다. 간호사가 재빨리 내 병력을 훑어보았다. 지난주에 봤던 마취과 의사가 다가오더니 걱정 말라고 했다. 그러고는 우리 수의대 병원을 방문하고 싶다며 내 이메일 주소를 받아갔다. 이어서 다른 간호사가 와서 점검 목록을 확인했다. 나는 수술 전 사전 계획의 중요성을 강조한 《체크리스트 매니페스토(The checklist Manifesto)》의 저자에게 감사했다. 관계자 전원이 내가 누구이며 내 몸의 어느 부위가 제거되는지 안다는 사실에 안심했다.

마취과 레지던트가 와서 내게 말을 걸었다. 보아하니 이제 막 의대를 졸업하고 레지던트로 보내는 첫 주일 것으로 추측되었다. 레지던트는 나보다 더 긴장한 듯했다. 어쩌면 내가 첫 번째 환자일지도 모른다. 나는 나를 찾는 의료진 모두에게 했던 것처럼 신입 레지던트에게도 내가 잘 토하고 감기도 잘 걸린다고 했다. 레지던트는 오늘 하는 건 티바(TIVA)이기 때문에 괜찮다고 했다. 티바가 뭐냐고 묻자 대답을 못하고 당혹스러워했다. 그래서 어떤 약물을 사용하느냐고 물었더니 또 아무 말도 못했다. 나는 그저 내가 수의 종양외과의이기 때문에 궁금해서 묻는 거라고 말해 주었는데 상황이 더 꼬여 버렸다. 레지던트는 말을 더듬기 시작했다.

"총…정…?"

"총정맥마취요?"

내가 말끝을 자르며 확인했다. 마음이 놓이지 않았다. 신입 레지던트는 풀이 죽은 얼굴로 자리를 떴다.

담당의가 인사를 하러 들렀다. 담당의는 점검 목록을 재빨리 확인한 뒤 펜으로 내 목의 오른쪽에 표시를 했다. 나는 따뜻한 상태에서 구토를 하지 않고 회복되고 싶다는 말을 하고, 목에 흉터가 남지 않도록 수술 부위의 봉합에 조금 더 신경 써 달라고 부탁했다. 목은 얼굴과 아주 가까운 곳이다. 기왕이면 흉터가 없기를 바라는 건 당연했다.

나는 의사가 봉합과 수술 기법에 얼마나 공을 들이느냐에 따라 나만 볼 수 있는 희미한 흉터가 될 수도, 크고 단단히 뭉친 흉터종이 될 수도 있다는 사실을 잘 알고 있다. 담당의는 내 말에 조금 짜증이 난 듯 절개 부위는 종양을 꺼낼 수 있을 정도면 된다고 말했다. 그건 나도 안다. 하지만 내가 말하는 것은 절개 부위의 크기가 아니라 절개 부위의 봉합에 관한 것이었다. 의사가 수술실로 들어가 버리는 바람에 나는 입을 다물어야 했다.

수술실로 들어가자 마취과 의사와 신입 레지던트가 있었다. 의사는 나와 레지던트 사이의 방금 전 일을 안다고 말하며 내 신뢰를 얻으려고 노력하는 것 같았다. 레지던트는 내 손에 정맥주사관을 삽입하는데 정맥주사 삽입을 처음 해보는지 동작이 어설펐고 어디에 꽂아야 하는지도 모르는 것 같았다. 관을 꽂았다 뺐다를 반복했다. 손이 시퍼렇게 멍이 들었고 몹시 아팠다. 결국 의사는 레지던트를 밀치고 관을 뺀 뒤 다른 위치에 꽂았다. 곧 레지던트가 주사기를 들고 다가왔고….

얼마 동안 의식을 잃었는지 모르겠다.

"환자가 쓰러져요!"

내가 쓰러지고 있다. 누군가의 손이 날 잡더니 몸을 들어올려 침대에 눕혔다. 한동안 의식을 잃었다.

회복실이었다. 회복실 간호사인 섀넌이 마약성 진통제인 펜타닐이 필요하냐고 물었다. 반사적으로 필요하다는 말이 튀어나왔다. 당연했다. 의식이 들락날락했다.

"섀에에에너어언, 누가 날 떨어뜨렸나요?"

그런 일이 일어났는지 어쨌는지 알 수 없었다. 섀넌은 대답을 하지 않았다. 문득 병원이 조직 개편을 해서 침상이 모자라기 때문에 환자는 침상이 생기는 곳이라면 어디든 집어넣을 거라던 맬리스의 말이 떠올랐다. 불임 남성들이 있는 응급실에서 회복하고 싶지는 않았다. 마취제와 진정제에 취해 있으니 더 두려웠다.

"섀넌, 응급실에서 회복하지 않게 해 줘요. 병실을 구해 줄 수 있나요?"

그녀는 아마 내가 정상이 아니라고 생각했을 것이다. 섀넌은 응급실에서 회복하지 않을 것이고, 누구도 나를 떨어뜨리지 않았으며, 곧 병실과 침상이 마련될 것이라고 확신시켜 주었다. 안심이 되었다. 나는 다시 수면 상태로 빠져들었다.

다시 정신이 들었을 때 나는 이동 침대에 실려 복도를 지나가고 있었고 뒤에 남편이 있었다. 침대를 옮기는 남자 둘은 농담으로 한 명은 교황에 대해, 다른 한 명은 항문에 상추가 삐져나온 상태로 응급실로 향하던 어떤 남자에 대해 이야기하고 있었다. 응급실에서 일하는 친구에게 들으니 그런 일은 흔히 일어난다고 했다. 설마 내가 항문에 상추가 삐져나온 남자가 있는 응급실에서 회복해야 하는 건 아니겠지?

놀라운 회복력의 동물 환자들에게 경의를!

나는 화장실이 딸린 작은 1인실로 갔다. 방은 따뜻했고, 담당 간호사는 은근한 사투리가 마음을 푸근하게 해 주는 친절한 여성이었다. 정상이 아닌 상태여서 안도감은 더욱 컸다. 인생은 역시 좋은 것이다. 통증도 없고 기분이 마냥 좋은데다, 그동안 날 괴롭히던 목의 결절이 사라진 걸 분명히 느꼈다. 결절이 거기 없다는 사실을 아는 것만으로도 큰 위로가 되었다. 회진을 온 담당의는 수술이 잘 되었으며 종양은 양성으로 보인다고 알려 주었다. 좋은 소식이지만 나는 그 말을 믿지 않았다.

마약성 진통제 하이드로모르폰의 효과가 뛰어나서 나는 밤새 잠들지 못하고 친구들에게 문자를 보내거나 아이패드로 뉴스를 봤다. 그런데 자리에서 꼼짝도 할 수 없었다. 두 시간마다 약을 투여받아야 하는데다 불이 켜져 있어서 잠을 잘 수가 없었다. 몸을 움직일 수 없으니 직접 불을 끄지도, 약에 취해 있어서 불을 꺼달라고 말을 하지도 못했다.

문득 윗입술이 퉁퉁 부은 것 같아 확인해 보니 입술 안쪽에 커다란 상처가 보였다. 그 신입 레지던트가 기관내삽관을 서툴게 하다가 상처를 낸 게 분명했다. 관을 삽입할 때 구개 통로를 확보하기 위해 기구로 내 위턱을 뒤로 밀면서 앞니 근처의 윗입술을 잡았을 것이고, 그때 앞니가 입술에 구멍을 냈을 확률이 다분했다. 나는 또 목구멍이 쓰라리고 입천장이 긁힌 것을 확인했다. 삽관이 제대로 되었는지 의심스러웠지만 지금 이렇게 누워 있는 걸로 봐서는 누군가가 성공시킨 게 분명했다.

나는 또한 화학치료 환자에게 쓰는 강력한 항구토제인 온단세트론이라는 약물을 투여받았다. 담당 외과의나 마취과 의사가 내가 구토 증세를 일으킬 때까지 기다리지 않고 곧바로 약을 투여한 게 틀림없었다. 구토 없이 회복하게 해달라는 내 간청이 확실한 효과를 보았다. 메스꺼움을 전혀 느끼지 않았다. 아주 기분이 좋았다.

11년 전 나는 담낭제거술을 받으면서 구역질 때문에 많이 토하고 눈물을 흘렸다. 당시 구토가 일어나기 전에 관계자들에게 구역질 증상을 알렸는데 아무도 적절한 조치를 취해 주지 않았다. 아무도 내 말을 귀담아듣지 않았던 것이다. 환자의 말을 귀담아듣고 아니고의 차이는 매우 크다.

갑자기 내 동물 환자들은 구역질을 얼마나 많이 느낄까 궁금해졌다. 상태가 아주 나쁘지 않은 한 개들이 느끼는 구역질 정도를 판단하기란 쉽지 않다. 수술 후 개, 고양이가 케이지 구석에 몸을 웅크린 채 음식과 물을 거부하는 이유는 너무 많기 때문이다. 통증? 추위? 두려움? 지침? 잠? 우울? 외로움? 구역질?

구역질이 심해지면 침을 많이 흘리고 구토를 하는데, 이미 손을 쓰기에 늦은 상태이다. 동물 환자들이 얼마나 괴로운지는 표정만 봐도 알 수 있다. 갑자기 이에 대한 연구를 진행하고, 수술 후 동물 환자들의 메스꺼움과 구토를 치료하기 위한 구토억제제 사용을 평가하는 임상실험을 해야겠다는 생각이 들었다. 휴대전화에 메모했다.

다음 날 아침, 담당 간호사와 의사가 나를 한 번 더 점검하더니 퇴원해도 좋다고 했다. 하이드로모르폰을 한 번 더 투약한 뒤 병원을 나왔기 때문에 여전히 약에 취한 채 집으로 돌아왔다. 집으로 돌아온 뒤 마지막 하이드로모르폰의 효과가 지속되는 네 시간이 지나자 기쁨과 행복감은 사라지고 고통과 슬픔이 그 자리를 채웠다.

2주 동안 집에서 회복기를 가졌다. 병가 기간을 알차게 보내겠다는 생각이 무색해지게 영화 한 편 보는 것조차 힘들었다. 유급 병가를 받는 것은 좋았지만 진짜 몸이 아팠다. 타이레놀은 통증을 없애지 못하고 속쓰림만 남겼다. 최대한 빨리 약을 끊고 싶었다. 제대로 생각하고, 감정 조절 능력을 되찾고 싶었다. 변을 보려면 마약성 진통제인 코데인을 더 이상 복용해서는 안 된다는 걸 알면서도 힘들었다. 수술 후 회복은 생각보다 훨씬 더 힘들었다.

이 상황에서 내가 참고할 대상은 갑상샘암에 걸렸던 내 동물 환자들뿐이었다. 내가 수술한 개 환자들은 수술 다음 날이면 거뜬히 회복되었다. 의사인 나를 끌다시피 복도를 지나서 가족을 만나 기쁘게 왕왕 짖으면서 그동안의 얘기를 늘어놓는다. 그런데 나는 그런 행복한 개가 아니다.

나는 동물 환자들에게 경의감과 존경심을 느꼈다. 위엄과 품위를 잃지 않고 수술을 견뎌내고, 불평하지 않으면서 우리가 그들에게 하는 일들에 대해 끝없이 용서해 준다. 비록 보답으로 얻는 것이 제한 급식일지라도 가족의 사랑만 있으면 다 참아 주는 동물 환자들. 그들에게 존경을 보낸다.

컹!

8

비장 수술을 받는
수의사 룰루와 반려견 듀크

속 터지는 캐나다 사람 의료체계

개의 암 수술을 사람과 비교하긴 어렵다. 개의 경우 다음 몇 가지 점에서 좀 더 쉽다고 할 수 있다. 첫째, 개들은 자신이 암에 걸렸다는 사실을 모른다. 둘째, 수술까지의 절차가 훨씬 빠르기 때문에 암에 대해 생각하는 시간이 짧다(애초에 자신이 암에 걸렸다는 사실을 인식해야겠지만).

할 수만 있다면 개들에게 왜 주사기로 찌르는지, 왜 고통 속에서 깨어나야 하는지, 왜 병원 케이지에서 잠을 자야 하는지 등을 설명해 주고 싶지만 그럴 수 없다는 게 가슴이 아프다. 동물 환자들은 매일 밤 사람 가족과 한 침대에서 잠을 자다가 갑자기 병원 케이지 안에 홀로 있는 것이 무척 혼란스러울 것이다. 그러다 보니 인간과 동물 환자의 경험은 엄청난 차이가 있다.

언젠가 학회 때문에 병원을 떠나 있는데 종양외과 인턴으로부터 환자들의 상태를 적은 의례적인 이메일이 왔다.

제목 : 환자들 소식

세라 선생님, 학회에서 좋은 시간 보냈기를 바랍니다.

환자들 소식을 전합니다.

로건 : 한쪽 앞다리 절단술을 받은 로건의 반대쪽 앞다리 팔꿈치에 욕창성 궤양 발생. 일주일 간 붕대 교체와 재점검을 통해 관리할 계획임. 상처가 치유될 때까지 화학치료는 연기.

데이지 : 한쪽 골반이 없으며 다리를 절단한 뒤 다내성 병원균감염 증세를 보였는데 상처 치료에 반응을 보임. 이번 주 퇴원. 조직에 낮은 육종 소견이 보임.

릴리 : 호흡곤란 병력을 가진 열 살 된 암컷 고양이. 흉부 엑스레이와 CT 결과 가슴에서 커다란 종양 발견. 세포검사 결과는 가슴샘종과 일치. CT 영상으로 볼 때 종양의 크기는 크지만 절제가 가능할 것으로 보이며, 대사증후군은 없음. 릴리의 보호자는 현재 전이성 대장암으로 화학치료 중. 상담을 위해 다음 주 내원할 예정.

제이크 : 아래턱에 종양이 생긴 아홉 살 저먼셰퍼드 수컷. 흉부 엑스레이 검사와 머리와 가슴 CT 검사를 받음. 전이의 증거 없음. 대사증후군 음성. 보호자들이 스트레스를 많이 받고 있음. 그러나 치료를 원함. 종양 및 아래턱뼈 제거술을 위해 다음 주 내원 예정.

룰루: 30세 여성으로 방광염 소견 및 앞쪽 복부 통증 병력 있음. 구엘프 대학에 자주 출몰함. 의심되는 신장염이 항생제에 잘 반응하지 않으며 통증 수치가 증가. 복부 초음파와 CT 결과 비장에 9센티미터 종양 확인.

인턴은 유머 감각이 탁월했다. 마지막 환자 룰루는 자기였다. 그녀는 비림프종에 관한 연구를 진행 중이었는데 우리 병원의 저주 때문에 비림프종에 걸린 게 아닐까 하는 생각이 들었다. 그녀는 대다수 온타리오 주민과 마찬가지로 따로 주치의가 없어서 2년간 알고 지낸 응급실 의사에게 진료를 부탁했다.

초음파 검사를 했다. 초음파 기기로 배를 누를 때 느껴지는 통증과 초음파 기사의 심각한 표정, 초음파 기사가 방사선과 의사에게 "영상을 확인해 달라"고 의뢰하는 모습을 본 룰루는 직감적으로 안 좋다는 걸 알았다. 영상을 보니 복부에 커다란 종양이 있었다. 방사선과 의사가 다시 오더니 직접 영상을 촬영했다. 다음 날 CT 촬영 후 의사에게 룰루가 물었다.

"파열 가능성이 얼마나 되나요?"

파열은 개에게 비장종양이 있을 때 우리가 가장 걱정하는 부분이다. 물론 사람과 개의 증세가 똑같지는 않다. 개의 경우 비장종양이 악성일 확률이 사람보다 훨씬 높다. 반면 사람은 대부분 양성이다. 이럴 때 수의사는 망설임 없이 비장제거술을 선택한다. 종양이 양성인지, 비장절제술이 꼭 필요한 심각한 악성인지는 그다지 중요하지 않다.

응급의사는 외과의사에게 전화를 걸어 조언을 구하고 계획을 세웠다. 그리고 해밀턴에 있는 병원에 진료 의뢰를 했다. 룰루가 CT 영상과 초음파 사진을 CD에 담아 진료를 받으러 갈 때 가져가야 하냐고 물으니 응급의사는 진료 의뢰서와 함께 관련 자료를 모두 보낼 예정이니 걱정하지 말라고 했다. 그게 7월 13일의 일이다.

7월 18일에 병원에서 전화가 오더니 7월 30일에 진료 예약이 가능하다고 했다. 정신이 아득해졌다. 7월 2일에 처음 시작된 복통은 날마다 나빠지고 있었다. 그녀는 혹시 서류에 빠른 처치가 필요하다는 언급이 없었는지, 의사를 빨리 만날 수는 없는지 물었지만 전화 너머의 사람은 안 된다며 방사선과 전문의의 보고서를 소리 내 읽기 시작했다.

"다리에 심한 부종….."

워워! 룰루의 병은 다리와는 아무 상관이 없었다. 잘못된 환자 정보였다. 응급의사는 CT와 초음파 사진도 보내지 않은 상태였다. 진료를 빨리 받고 싶으면 응급 환자로 입원하는 방법도 있지만 된다는 보장도 없고, CT랑 초음파 사진도 직접 가져오라고 했다.

상황이 꼬여 가고 있었다. 룰루는 CT 영상과 초음파 사진을 담은 CD를 가지고 해밀턴에 있는 병원으로 향했다. 누구든 만나 비장을 제거해 달라고 설득할 생각이었다. 그녀는 9시간을 기다린 후에야 당직 의사를 만날 수 있었다. 다음 날 초음파 재검진을 받기로 하고 진통제로 타이레놀을 처방받았다. 하지만 의사가 처방전에 온타리오의학협회 전화번호를 기재하는 걸 잊는 바람에 약국에서 처방약을 받을 수 없었다. 약사가 병원에 전화를 걸어 새로운 처방전을 보내 달라고 요구했지만 약국이 문을 닫는 자정까지 답이 없어서 포기했다.

수술까지 너무나 먼 길

다음 날 그녀는 2차 초음파 검사를 받았다. 역시나 크고 심각한 비장종양이 확인되었다. 지름이 무려 12센티미터로 자라 있었다. 응급의사는 감염병 전문의에게 치료받는 게 최선이라는 결론을 내렸다. 룰루가 수의사인만큼 커다란 비장종양이 일종의 기생충감염인 에키노코쿠스(*Echinococcus*)의 포충낭종일 수 있다고 생각한 것이다. 수의사가 인수공통전염병에 좀 더 취약한 것은 사실이지만 이는 비약이다.

기생충감염은 대부분 가열되지 않은 고기나 비위생적인 환경, 가령 인도 같은 나라에서 맨발로 걸어다니거나 배설물을 먹었을 때에나 발생한다. 배설물과 입을 통한 감염은 대부분의 수의사들이 피하려고 노력하는 것 중 하나이다. 하지만 룰루가 많은 시간을 개와 함께 보낸 건 사실이었으므로 가능성 있는 원인 목록의 가장 위에 희귀한 에키노코쿠스의 포충낭종이 오르게 되었다. 내과 레지던트와 기생충에 대해 이야기를 나누고 포충낭 확인을 위해 혈액검사를 한 후 진통제와 값비싼 구충제가 기재된 처방전을 받아서 집으로 돌아갔다. 감염병 전문의와의 진료 예약을 위해 병원에서 전화가 갈 거라는 얘기도 들었다.

그녀는 그 다음 주 복통이 점점 심해져서 응급실에 다시 갔다. 복부초음파 결과 종양은 여전히 그 자리에서 자라고 있었다. 종양 크기와 통증 사이에는 강력한 상관관계가 있다. 종양은 흉곽 아래에 불룩 튀어나와 있어 눈으로도 쉽게 확인할 수 있었고, 통증이 너무 심했다. 걸을 때면 배에서 종양이 까딱까딱 흔들리는 게 느껴졌다.

7월 30일. 외과의는 비장절제술이 필요하다는 결정을 내렸다. 할 렐루야! 그녀는 비장절제술 동의서에 서명하면서 의사 앞에서 눈물을 흘렸다. 외과의는 수술 날짜가 곧 잡힐 것이며 이번 주 안에 병원에서 전화로 수술 날짜를 알려 줄 것이라고 했다. 그녀는 진통제 처방전과 진료실 전화번호를 받고 집으로 돌아갔다. 의사는 필요한 게 있으면 언제든 전화하라고 했다.

룰루는 전염병 전문의에게 연락해 진료 예약을 하려고 했지만 연락이 되지 않았다. 결국 응급실에 갔다가 우연히 만난 포낭충 항체 검사 때 채혈했던 내과 레지던트에게 검사 결과를 들을 수 있다.

"음성이에요, 깨끗해요."

이것으로 가능성이 가장 높다고 했던 기생충 감염은 없던 이야기가 되었다. 진통제가 다 떨어졌지만 필요한 게 있으면 언제든 연락하라던 의사는 전화를 받지 않았다. 룰루는 약을 다시 받지도 수술 날짜를 확정받지도 못한 채 긴 연휴를 맞이했다. 완전히 녹초가 된 채로.

8월 8일 외과의 보조가 전화를 해서는 수술 날짜가 8월 23일로 잡혔다고 알려 주었다. 뭐라고? 수술이 지연된 이유를 물으니 비장절제술 2주 전에 백신을 맞아야 해서 그렇다고 했다. 그렇다면 무려 9일 전에 수술 동의서에 서명할 때 왜 백신을 맞아야 한다는 말을 하지 않은 것일까?

외과의 보조는 주치의에게 가서 백신을 접종하라고 했지만 룰루는 주치의가 없다. 룰루는 폭발하고 말았다. 수술을 하는 병원에서는 백신을 접종할 의사가 없다는 말을 믿을 수가 없었다. 그래서 룰루가 백신을 구하자마자 내가 백신을 접종해 주었다. 폐렴구균, 인플루엔자균, 수막염균 백신. 과민반응이 없는지를 기다렸다가 백신 접종 확인서를 작성하고 수의사라고 적은 뒤 서명했다. 초읽기가 시작되었다. 마침내 수술을 받게 되었지만 점점 심해지고 있는 만성 통증이 룰루를 몹시 괴롭혔다.

동물 환자 듀크와 사람 환자 룰루의 차이

당시 나는 수의대 병원에서 종양의학 서비스를 통해 들어온 사랑스러운 저먼셰퍼드 듀크를 만났다. 듀크는 수의사가 어떻게 비장종양을 다루는지를 보여 주는 좋은 사례이다.

듀크는 8월 16일에 병원에 왔다. 이미 목에 생긴 육종을 세 차례나 제거했는데 수술 때마다 절제면을 크게 한 적이 없어서 매번 암세포가 미세하게 남았다. 그러니 몇 개월 후 암 재발은 예상 가능한 일이었다.

듀크는 종양외과의와 상담한 후 바로 흉부 엑스레이와 혈액검사를 했다. 다음 날에는 흉부를 비롯해 이전에 수술한 부위의 CT를 찍었다. 보호자는 우리가 권유한 복부 초음파는 경제적인 이유로 거부했다. 우리는 보호자와 CT 검사 결과를 놓고 논의를 했다. 암이 폐로 전이된 증거는 보이지 않았다. 우리는 또 다른 재발을 막기 위해 목 부분의 보다 많은 조직을 떼어내는 수술을 하기로 결정했다.

듀크는 8월 22일에 수술하기 위해 입원했다. 우리는 목 부위 수술을 준비하면서 듀크를 마취시켰고 이때 레지던트가 재빨리 듀크의 복부를 촉진했다. 보호자가 복부 초음파를 거부했지만 혹시 다른 이상이 있는지 촉진이라도 할 참이었다. 듀크는 대형견인데다가 의식이 있는 동안은 복부가 긴장되어 있었기 때문에 환부를 정확하게 촉진하기가 불가능했기 때문이다. 마취가 되어서 복부가 이완된 지금이 종양을 촉진할 수 있는 좋은 때였다.

레지던트가 휴대용 초음파 기기로 살펴본 결과 거대한 동공성 비장종양(cavitated splenic mass)이 확인되었다. 우리는 일단 수술을 취소하고 당장 복부 전체 초음파 검사를 받을 수 있는지 방사선과에 알아봤지만 그날은 예약이 꽉 차 있었다. 우리는 보호자에게 복부 전체 초음파 검사를 하는 게 좋겠다고 권했다.

듀크는 다음 날 다시 병원에 와서 초음파 검사를 받았고, 검사 결과 예상대로 지름 10센티미터 크기의 동공성 비장종양이었다. 그밖에 다른 모든 복부의 상태는 정상이었다. 보호자에게 비장절제술을 해도 좋다는 동의를 얻었다. 듀크의 종양은 양성 혈종일 수도 있고 혈관육종이라는 심각한 암일 수도 있었다.

듀크는 짧은 경로를 거쳤고 룰루는 길고도 몹시 힘든 경로를 거쳤다. 듀크는 비장종양이라는 진단에서부터 비장절제술까지 만 하루가 걸린 반면, 룰루는 52일이나 걸렸다. 룰루와 듀크가 커다란 동공성 비장종양제거술을 받은 날짜는 우연히도 8월 23일 같은 날이었다.

듀크는 마취 상태로 복부를 통한 일반적인 비장절제술을 받았다.

수술은 45분 걸렸다. 제거된 비장은 조직병리과로 보내졌다. 그날 밤 듀크는 진통제와 정맥수액을 투여받은 뒤 집중치료실에서 회복기를 가졌다. 다음 날에는 먹고 마시고 걸을 수 있었고, 편안하게 있다가 오후에 보호자와 함께 집으로 돌아갔다.

한편 룰루는 개복해도 좋다고 말했는데도 의사가 복강경술을 통해 비장을 제거하려고 했다. 환자의 의도를 곡해한 기막힌 사례이다. 복강경술은 절개 부위를 작게 해 수술하기 때문에 수술 후 환자의 편의와 회복력을 높이고 병원에 머무는 시간을 줄일 수 있다. 사람 병원에서 복강경 비장절제술은 매력적인 시술법이다. 종양이 크고 무겁지 않고 파열될 걱정만 없다면 비장은 비닐백 안에 담겨져 밖으로 매끄럽게 나오는 과정을 거친다.

하지만 문제는 룰루의 종양의 크기가 14센티미터나 되었고, 그것도 점점 자라고 있는 낭종이라는 점이었다. 이런 사실을 알면서도 왜 복강경을 하기로 했는지 모르겠다.

수술은 네 시간이나 걸렸다. 수술은 절개를 최소화하는 복강경을 시도하다가 실패했고 결국 개복하는 방법으로 바꿨다. 결국 룰루는 왼쪽 갈비뼈 아래 25센티미터를 절개했다. 처음에는 절개를 작게 했다가 종양이 너무 크고 다루기가 어려워지자 절개 부위를 늘린 것이다. 룰루의 남편은 수술이 진행되는 내내 대기실에 앉아서 룰루가 회복실로 옮겨올 때까지 기다렸다. 아무 소식도 듣지 못한 채 다섯 시간 넘게 기다린 것이다.

절개를 최소화하는 시술은 경이롭지만 늘 좋은 것은 아니다. 단점도 있다. 복강경을 시도하다가 안 돼 개방절제술로 바꾼 것은 24

시간 산통을 겪다가 제왕절개술로 아기를 낳는 것이나 마찬가지이다. 최악의 상황이다. 복강경수술을 하려면 배를 부풀리기 위해 가스를 주입하는데, 가스는 수술이 끝난 후 복막, 횡경막을 자극해 통증을 유발한다. 게다가 룰루는 왼쪽 배를 25센티미터가량 절개해서 마취에서 깨어날 때 통증도 느낄 테니 이중 고통을 겪어야 했다. 결국 룰루는 비장종양으로 인한 극심한 통증을 수술로 인한 극심한 통증과 맞바꾼 셈이 되었다.

룰루의 비장은 병원에 큰 소란을 일으켰다. 의사는 룰루에게 오더니 휴대전화로 찍은 그녀의 비장과 함께 딸려 나온 종양 사진을 보여 주었다. 레지던트들은 크기가 농구공만 하고 놀랄 만큼 무거웠다고 했다. 엄청 크고 무거웠으니 사람들이 흥분할 만도 했다. 의사나 수의사들은 모두 이례적인 의학적 이상에 관심을 보인다. 만약 그만한 크기의 비장을 제거했다면 나라도 똑같은 반응을 보였을 것이다.

그런데 7주간의 지옥을 경험한 후 수술을 했는데도 룰루의 상황은 좀처럼 나아지지 않았다. 룰루가 입원해 있는 5일 동안 의사들은 그녀의 통증을 완화시키려고 노력했지만 통증은 사라지지 않았다.

기다림이라는 연옥

한편 듀크의 조직병리 검사 결과, 비장종양은 양성 혈종으로 확인되었다. 내 예상은 빗나갔지만 좋은 소식이었다. 듀크는 2주 만에 다시 병원에 와서 비장종양을 발견하기 전의 계획대로 목 부분 수술을 받았다. 남아 있을지 모를 암세포를 모두 제거하려고 넓은 경계로 절제했기 때문에 어깨에 흉터가 남았다. 다음 날 듀크는 경구용 진통제를 처방받아서 퇴원했다. 흉터에 대한 병리 보고서는 며칠 내에 나올 것이며 이제 암은 사라졌다. 모니터링은 남았지만 듀크의 치료는 끝이 났다.

룰루는 수술 후 11일이 지나 자신이 직접 수술 부위의 실밥을 뽑았다. 며칠 후 병리과 레지던트가 들뜬 목소리로 전화를 했다. 그녀의 종양이 양성 선천성 낭종, 다시 말해 태어날 때부터 있었던 것으로 암이 아니라는 소식이었다. 그들은 그것이 왜 갑자기 커졌는지 모르겠다고 말했지만 어쨌든 이 또한 좋은 소식이었다.

대개 이런 소식은 담당의가 직접 전하게 마련인데 왜 레지던트가 전화를 한 걸까? 흔치 않은 일에는 다 이유가 있게 마련이다. 병리과 레지던트는 이 사례를 발표하고 싶어서 룰루에게 전화를 걸었던 것이다. 사례 보고의 대상이 되는 것은 결코 좋은 일이 아니지만 룰루는 한 가지 단서를 달고 레지던트의 제안에 동의했다. 룰루는 그 글의 공동 저자가 되기를 원했다.

룰루는 그동안의 시련이 너무 끔찍해서 진단 결과도 위로가 되지 않았다. 양성 질환이든 악성 질환이든 만성 통증과 수면박탈, 진단을 기다리며 느끼는 스트레스는 다르지 않다.

반면 듀크는 반대였다. 듀크의 비장종양은 발견된 지 하루 만에 제거되었으며, 기쁘게도 조직병리 검사는 양성 혈종이었다. 하지만 8개월 뒤 듀크는 암이 전이되어 다시 병원에 왔고 안타깝게도 안락사를 하게 되었다. 부검 결과 광범위한 범위에 걸쳐 전이성 혈관육종이 확인되었는데 초기 비장종양에서 자랐을 확률이 높았다. 그

종양은 양성이 아니었다.

만약 당시 우리가 혈관육종을 정확히 진단해서 화학치료를 하면서 듀크가 여덟 달을 더 살았더라면 우리는 그걸 대단한 성공으로 여겼을 것이다. 하지만 우리는 정확하지 못한 진단으로 듀크를 치료하지 못했고, 듀크의 보호자도 이별에 대한 준비를 하지 못했다.

유일한 위로라면 보호자가 그동안 암에 대한 두려움은 겪지 않았다는 점이다. 암과 연관되었다면 어떤 상황에서도 두려움은 불가피하다. 명확하게 암 진단을 받았든, 수술과 병리 보고서 사이의 모호한 위치에 놓였든 마찬가지이다. 특히 병리 보고서를 기다리는 것은 힘겨운 일이다. 엄습하는 불안을 줄이는 유일한 방법은 가능한 한 빨리 결과를 받아 다음 단계로 나아가는 것이다. 갑상샘수술을 받은 후 나는 내가 이 연옥에 갇힌 사실을 알았다. 기다림의 연옥.

나는 암이 아니라
시스템과 싸웠다

암은 빨리 치료할수록 결과가 좋다

수술 후 첫 일주일은 회복에 집중한 나머지 병리 보고서에 대한 생각을 하지 못했다. 초조한 생각이 들기 시작한 것은 3주가 지나서였다. 나는 의사에게 이메일을 보내 조직검사 보고서를 확인했는지 문의했다. 담당의는 수술 후 3주 후에 보고서를 받을 수 있다고 말했다.

나는 깜짝 놀랐다. 내 동물 환자들은 구두로는 24시간 내, 서류로는 2~3일 내에 받아 볼 수 있는 걸 3주라니! 나는 위급할 경우 조직병리 샘플을 즉시 만들어 달라고 요구하기도 한다. 그런데 3주라니! 물론 조직세포를 포르말린에 고정한 다음 얇게 잘라 진단하는 데는 일정한 시간이 걸리기 때문에 바로 조직병리 샘플을 요구하는 것이 말이 안 되는 요구이긴 하다. 그래도 나는 요구한다. 요구가 많은 의사라는 비난은 내가 받으면 되는 것이고, 환자와 보호자를 위해서라면 비난을 기꺼이 감수한다.

나는 평상시에 조직검사를 하고, 조직검사 결과가 나오는 1~2주 이내에 환자를 입원시켜 수술을 받게 한다. 그럴 때면 환자를 빨리 치료하려고 아드레날린이 솟구친다. 세상에는 암 환자가 많다. 그리고 암은 빨리 치료할수록 결과가 좋다. 1~2주 정도 기다리는 것이 결과에 큰 영향을 미치지는 않지만 나 또한 반려인이라서 반려동물을 수술시키기 전에 기다리는 것이 얼마나 큰 스트레스인지 잘 안다. 물론 동물 환자들은 신경 쓰지 않는 것 같지만.

하여간 나는 양성과 악성 종양 사이에서 꼼짝도 할 수 없었다. 양성 진단을 받는다면 그동안의 스트레스와 걱정이 바로 사라질 것이다. 대신 그동안 내가 겪은 번뇌에 대해서는 입을 다물어야 한다. 아는 게 많아 탈이었다는 놀림이나 조롱을 받을 것이 뻔하기 때문이다. 뜬눈으로 지새운 밤이나 내면 깊이 받았던 스트레스는 모두 묻어야 한다.

나는 종종 똑같은 흉터를 지닌 어떤 여성과 길에서 마주치는 상상을 한다. 우리는 상대의 목에 난 흉터를 흘깃 본 뒤 시선을 마주친다. 할리데이비슨을 탄 두 명의 바이커가 고속도로에서 만나면 그렇듯이, 우리는 고개를 끄덕인 뒤 천천히 우리가 하나임을 인식한다.

기술적으로 보면 양성 종양도 암이라고 할 수 있지만 양성과 악성을 가르는 결정적인 요인은 세포가 불멸인가 아닌가에 달려 있다. 평범한 세포는 얼마나 생장하고 언제 재생할지, 가장 중요하게는 언제 죽을지를 결정하는 제어 장치를 갖고 있다. 하지만 암세포는 몸의 고유한 제어 장치나 신호를 전부 무시하고 계속 생장과 분열을 거듭한다. 암세포들은 끊임없이 활성화되며 몸의 다른 곳으로 퍼진다. 이 세포들이 불멸이면 인간은 죽을 수밖에 없다. 그것이 바로 암이다.

과로로 기진맥진해진 암 전문 수의사의 신파극?

목에 난 결절을 처음 발견한 순간부터 난 그것이 갑상샘암임을 알았다. 이유를 설명할 순 없지만 어쨌거나 그랬다. 불행하게도 그렇게 생각한 사람은 오직 나뿐이었다. 확신의 정도는 다르지만 네 명의 의사 모두 내가 틀렸다고 했다. 친구와 동료들도 마찬가지였다. 내 히스테리는 건강염려증으로 오인되었다. 아니면 지인들은 내가 암에 걸렸다고 생각하고 싶지 않았던 것일지도 모른다. 내부와 외부 목소리 사이의 충돌은 나를 미치게 만들었다.

수의사로서 내가 신뢰하는 것이 몇 가지 있다. 첫째는 내 손가락이다. 내 손가락은 훈련이 아주 잘 되어 있다. 나는 환자를 진찰할 때나 수술을 집도할 때 송수신을 하는 내 손가락을 신뢰한다. 내 손가락은 다른 이들의 손가락보다 더 예민하다. 목에 난 결절을 처음 발견했을 때 이틀 전까지만 해도 없었던 새로운 거라고 100퍼센트 확신했다. 내 손가락을 100퍼센트 믿었기 때문이다.

다음으로 내 두뇌를 믿는다. 천재는 아니지만 나는 꽤 똑똑한 편이다. 나는 암 전문의로 암이 어떻게 작동하는지 알기 위해 열심히 연구했다. 조기 발견과 치료는 암과의 싸움에서 결정적이다. 급속히 성장하는 종양을 보면서 '경과를 지켜보자'는 것은 암과의 싸움에서 역행하는 꼴이다.

그다음은 직관이다. 그동안 수의사로서 내가 저지른 실수는 대부분 직관을 따르지 않았기 때문에 일어났다. 나는 가끔 이성이 아닌 어떤 느낌에 따라 의학적 결정을 내릴 때가 있다. 동물 환자를 보자마자 한눈에, 그것도 확실히, 살지 죽을지 그냥 아는 것이다. 그래서 이번에도 내 손가락과 두뇌와 직관을 믿고 내 병에 대해 진단했는데 모든 사람이 내가 틀렸다고 말하고 있었다.

나는 자기 의심에 빠져들었다. 이게 어떻게 종양이 아닐 수 있지? 내가 맞다면 누군가는 틀려야 했다. 의사 네 명이 틀리든, 내가 틀리든. 어쩌면 내가 너무 놀란 나머지 암이라고 생각했을 수도 있다. 누구는 암이 아닌 게 뻔한데도 결절을 발견하자마자 일상을 접고 치료에만 매달리는 나를 제정신이 아니라고도 했다.

그래, 그럴지도 모른다. 어쩌면 이 괴이한 신파극은 과로로 기진맥진한 암 전문 수의사가 주의를 끌려고 발버둥친 결과일 수도 있다. 설상가상으로 직장으로 복귀하자마자 사람들은 진단 결과를 묻기 시작했다. 화장실에서, 복도에서, 수술하기 전 손을 씻을 때나 수술 도중에 혹은 회의에 참석할 때.

어쩌면 아직 아무 소식도 듣지 못한 것이 좋은 일일지도 모르겠다. 복도를 지나거나 점심식사를 하거나 문자를 보내거나 개를 산책시키다 나를 보고는 재빨리 안색을 살핀 뒤 "세라, 검사 결과는 아직이에요?"라고 묻는 사람들에게 뭐라고 답을 해 줘야 할지 모르겠다. 그냥 가던 길을 계속 가며 "네, 암이라네요, 물어봐 줘서 고마워요."라고 말해야 할까?

　물론 나를 걱정해서일 수도 있고, 단지 호기심이나 수다 소재로 또는 배려심이 부족해서 이런 질문을 한다는 걸 안다. 하지만 좋지 않은 답을 들을 준비가 되어 있지 않다면 질문하지 마라. 이런 질문을 듣고 처음에는 사람들이 둔감하기 때문이라고 생각했다. 하지만 곰곰이 생각해 보니 사람들은 모두 멀찍이 떨어져서 멍하니 자동차 사고를 구경하기 좋아한다는 생각이 들었다. 우리는 사고 현장을 보는 건 좋아하지만 부딪힐 만큼 바짝 다가가고 싶어 하지는 않는다.

　암에는 분명 사람들의 흥미를 끄는 요소가 있다. 암에 걸린 사람 얘기를 할 때면 사람들은 왠지 모르게 안도감을 찾으려고 애쓰는 것 같다. 암에 걸린 사람의 이야기를 통해서 알게 된 것이 있고, 덕분에 인생에 대해 뭔가를 배웠다는. 마치 암 포르노 같다.

　이 호기심 어린 행동을 어떻게 받아들여야 할까? 아마도 이것은 긍정적인 결과를 원하는 인간의 본성인지도 모르겠다. 우리는 누군가가 최악의 상황을 겪고 있다는 얘기보다 모든 것이 괜찮다는 얘기를 듣기를 희망한다. 사람은 끔찍한 것보다 좋은 것을, 뱃속의 아기가 유산되었다는 이야기보다 행복한 출산의 이야기를, 악성보다는 양성 종양이기를, 죽음보다는 치유를 기대하기 때문이라고. 하지만 현실을 직시해야 한다. 인생은 늘 그렇게 좋은 일만 일어나지 않는다.

올 것이 왔고 이제 기다림은 끝났다

어머니와 전화통화를 하느라 의사한테서 걸려 온 전화를 놓치고 말았다. 자동응답기의 메시지를 확인해 보니 녹음된 말보다 말 너머의 침묵이 결과를 말해 주고 있었다.

"안녕하세요, 세라. 애덤입니다. (침묵) 내일 다시 전화할게요."

결과가 좋지 않다는 사실을 감지할 수 있었다. 나 역시 내 보호자들에게 똑같은 메시지를 남기곤 한다. 고객에게 안 좋은 소식을 전하며 자동 응답기에 음성을 남기기란 결코 쉬운 일이 아니다. 상대의 침묵은 나쁜 소식이다. 발신자 번호 표시가 제한된 번호였고 의사는 따로 번호를 남기지 않은데다 늦은 시간이었다. 나 역시 그렇게 했었다.

나는 의사에게 전화를 못 받아서 죄송하다는 내용의 짤막하고 슬픈 이메일을 보냈다. 설사 의사가 이메일을 바로 봤다고 하더라도 늦은 밤이었다. 음성 메시지는 내 목에 난 것이 갑상샘암이라는 사실을 확신시켜 주었지만 나는 누구에게도 말하지 않았다. 양성일 수도 있으니까. 나는 하루 더 그 사실을 가슴속에 담아 두었다.

다음 날 의사가 연락을 해왔다. 나는 그날 세미나에 참석했는데 온종일 휴대전화를 손에서 놓지 않았고 5분마다 강박적으로 전화기를 확인했다. 전화를 받으러 자리를 뜨기 편하게 일부러 문가에 앉아 있었다. 그런데 진동 모드로 잠깐 호주머니에 넣어둔 사이에 전화가 걸려와 놓치고 말았다. 내가 어쩔 줄 모르고 세미나실 밖으로 달려 나가는 동안 전화는 음성으로 넘어갔다. 남겨진 번호로 전화를 걸었다. 그는 내 목에 난 결절이 유두갑상샘암종으로 확인되었다고 말했다.

내가 옳았다. 나는 갑상샘암이었다. 의사는 최초 생검 결과가 양성이었기 때문에 이번 결과에 조금 놀랐다고 했다. 나는 놀라지 않았다. 그는 확진을 위해 두 번째 병리 전문의에게 내 조직병리 보고서를 검토해 줄 것을 요청했다고 했다. 그동안 내가 한 말이 무슨 말인지 이제 확실히 알겠다고 했다.

우리는 이제 어떻게 할 것인지를 논의했다. 아직 두 번째 병리 전문의의 확인 절차가 남아 있지만 결과가 나오려면 2주나 더 기다려야 하고(대단하다!), 암이 확인되면 나머지 갑상샘을 제거하는 2차 수술을 받아야 했다.

수술을 받고 이제 겨우 예전의 나로 돌아온 듯했는데 그 모든 과정을 다시 겪어야 한다고 생각하니 실망이 이만저만한 게 아니었다. 진단 결과가 최종 암으로 나오면 2차 수술은 두세 달 안에 이뤄질 거라고 했다. 나는 혼란스러웠다. 통화를 한 날로부터 두세 달? 두 번째 병리 전문의 보고서를 받은 날로부터 두세 달? 의사의 대답을 정리하면 이랬다. 진단 결과 암종이 확인되었고, 추가 수술이 필요한데 수술은 앞으로 한 달 또는 넉 달 이내에 언젠가는 이뤄질 것이다!

통화 내용 중에는 수술절제면이 깨끗하고 혈관침범이 없다는 좋은 소식도 있었다. 그 말은 암세포가 모두 제거되었으며 흔히 암이 전이될 때 그렇듯 암세포가 혈관이나 림프관으로 침입하지 않았다는 뜻이다. 방사성 동위원소 치료는 지금으로서는 불필요할 것 같다고 말했다.

처방은 종양의 크기, 병리 보고서, 갑상샘 글로불린 수치, 림프절 전이 여부에 따라 결정되는데 내 결절의 크기가 2.7센티미터밖에 되지 않기 때문에 방사성 동위원소 치료를 받을 확률은 낮다고 말했다. 너무 까다롭다는 인상을 주지 않으려고 조심하면서 나는 내 결절의 크기가 사실 3.7~3.8센티미터였다고 정정해 주었다. 전화기 너머로 자판 두드리는 소리가 들리더니 병리 보고서상으로 결절의 크기가 3.2센티미터이니, 이 크기라면 방사성 동위원소 치료를 권하는 수준이라고 정정했다.

나는 포르말린 용액에 담기 전에 결절의 크기를 쟀는지 궁금했다. 세포조직은 포르말린에 고정시킨 후에는 줄어들기 때문이다. 내가 아는 지식에 따르면 방사성 동위원소 치료 권고에 알맞은 결절 크기란 없다. 그리고 결절의 크기 측정이 포르말린 처리하기 이전인지 이후인지, 초음파로 측정되는 것인지 그 자체로 측정하는 것인지도 확실치 않다. 그런데 의사는 그 문제를 전혀 염려하지 않는 것 같았다. 우리의 대화는 여기서 끝이 났다.

나는 충격적이지 않은 소식에 충격을 받았다. 여러 가지 감정 중 가장 강력한 감정은 안도감이었다. 안도감이 적확한 말은 아니지만 이보다 더 적확한 말을 찾기가 어려웠다. 나는 나쁜 소식에 안도했다. 불안하게 안도했다. 내 직감이 맞아떨어졌다는 안도감과 불안감. 이제 앞으로 나아갈 수 있다는 안도감과 불안감. 나는 건강염려증 환자가 아니다. 올 것이 왔고 이제 기다림은 끝났다.

암울한 소식에도 결절이 완전히 제거된 것 같다는 것은 기쁜 소식이었다. 고난이 끝난 것도 기뻤다. 병 때문이 아니라 기다림 때문에 생긴 고난이었다. 신참 암 환자는 전투적으로 싸워야 하지만 내가 싸웠던 건 병 자체가 아니라 시스템이었다. 나는 치료를 받기 위해 싸웠고 계속해서 내 자신의 목소리에 귀를 기울였다. 암은 무서운 적수이다. 하지만 지금까지 겪은 일들을 생각하면 암을 상대하는 것이 그리 두렵지만은 않다.

10

개 생명의 가치는
보호자에 의해 결정된다

암에 걸린 개의 운명을 좌우하는 몇 가지 요소

개에게 암이라고 의심되는 결절이나 멍울이 생겼다면 그들의 진단과 진료 과정은 사람인 내가 겪은 것과는 상당히 다르다. 보호자가 필요하다는 것은 공통점이지만 그 또한 조금 다르다. 동물 환자는 스스로 자신의 증세를 설명하거나 의사를 찾아오거나 자신의 건강과 관련해 어떤 결정도 내릴 수 없기에 전적으로 보호자에게 의존한다.

개의 운명은 몇 가지 요소에 달렸다. 그중에 개가 이해하거나 직접 할 수 있는 일은 없다.

개의 운명을 가르는 첫째 요소는 담당 수의사이다. 가장 먼저 수의사가 그것을 암으로 생각하느냐 그렇지 않느냐이다. 담당 수의사가 병을 암으로 판단한 다음 신속하게 진단 계획을 세우고 다양한 치료 방법을 모색한다면 살 기회가 있다. 만약 수의사가 암 가능성을 간과한다면 원인이 아닌 증상만 대처하다가 귀한 시간을 허비하게 될 것이다. 반면 담당 수의사는 암이라고 진단했는데 보호자가 동물에게 암치료는 부적절하고 불필요하다고 생각한다면 어쩔 수 없다. 반면·치료가 어려운 악성 종양으로 고통받는 노견을 안락사로 보내 주는 것이 자비로운 행위라는 생각을 받아들이지 않는 보호자도 있다.

둘째 요소는 보호자이다. 개에게 문제가 있음을 눈치 채고 얼마나 빨리 병원에 데려오는가는 개의 운명을 가르는 아주 중요한 요소이다.

경제력도 주요 요소이다. 모든 검사와 치료에는 돈이 든다. 수의사는 보호자에게 어떤 이유로 검사를 해야 하는지 설명하면서 여러 검사를 권한다. 하지만 검사의 필요성을 이해한다 하더라도 비용을 감당할 수 없으면 치료는 진행되기 힘들다.

보호자에게 개가 어떤 의미인가도 중요하다. 보호자와 같은 침대를 쓰는, 털이 있고 다리가 네 개일 뿐 자식과 같은 존재라면 치료 결정은 빠르게 내려진다. 하지만 가족으로 받아들여지지 못했거나 사람 아기에게 자식의 지위를 빼앗겼다면 결과는 비관적이다.

암에 대한 보호자의 생각 역시 중요한 역할을 한다.

"암이면 치료하지 않겠습니다."

"만일 암이라면 어쨌거나 우리가 할 수 있는 일이 없잖아요?"

이렇게 말하는 보호자들도 많다. 그들은 몇몇 종류의 암은 다른 많은 만성질환보다 오히려 치료가 쉽다는 사실을 모른다. 이렇게 개의 삶은 보호자의 생각에 따라 송두리째 위태로워지기도 한다.

스테이크를 처방한 수의사

세이디는 네 살짜리 오스트레일리언셰퍼드 종으로 내가 서부에서 수의사로 일할 때 만났다. 세이디의 보호자는 20대 후반의 매우 외향적인 성격으로 세이디와 잘 어울렸다. 둘 다 젊고 활발했으며 똑똑하고 매력적이며 다부졌다. 그야말로 이상적인 반려인과 반려견이었다.

어느 날 야외 스포츠를 즐기던 세이디가 기침을 해서 주치의를 찾았고, 흉부 엑스레이 촬영 결과 폐에 커다란 결절이 발견되었다. 폐암이 의심되었다. 수의사는 개가 살 날이 얼마 남지 않았으니 스테이크를 실컷 먹이라고, 그밖에 다른 치료법은 없다고 말했다. 스테이크를 실컷 먹이라니… 결코 수의사가 보호자에게 할 수 있는 말은 아니다. 처방전에 '스테이크 한 점, 레어로 1일 1회, 14일간 혹은 사망 시까지 복용'이라고 쓸 것인가? 개의 폐암은 수술과 항암치료로 고칠 수 있다. 환자는 장기간 생존할 수 있고 때에 따라 완치되기도 한다.

세이디의 보호자는 세이디에게 헌신적이었다. 주치의의 진단과 치료에 만족하지 못한 그는 인터넷을 검색했다. 보통 인터넷 검색은 말도 안 되는 황당한 결론을 내는데 가끔 아닐 때도 있다. 그는 전신성 진균증인 분아균증이라는 풍토병이 있는 서스캐처원 남부 지역에서 캠핑과 하이킹을 했으므로 세이디가 암이 아닌 폐진균증일지도 모른다고 생각했다. 그는 나를 찾아왔다. 그는 스테이크 말고 항진균제인 케토코나졸 처방을 해 줄 수의사를 찾아온 것이다.

나는 몇 주 전에 찍은 세이디의 엑스레이 사진을 살펴봤다. 폐에 종양처럼 보이는 결절은 곰팡이감염에 의한 것처럼 볼 수도 있었다. 전신성 진균증인지 살피기 위해 혈액검사를 하고 다시 엑스레이를 찍어 현재 폐의 상태를 확인해야 했다. 그런데 보호자가 반발했다. 그는 세이디가 분아균증에 걸렸다고 확신하고 있었다. 하지만 그가 원하는 약은 굉장히 비싼데다가 수개월을 투여해야 하고 부작용도 심해 약물치료를 시작하기 전에 반드시 정확한 진단이 필요했다.

새로 찍은 엑스레이 결과 세이디는 진균증에 가까운 확산성 폐질환으로 나타났다. 기관과 폐에서 세포 샘플과 체액과 점액질을 빼내는 동안 환자 몸에 진정제를 투여하고 기관 세척을 했다. 검사 결과 세이디의 폐에는 진균이 왕성히 번식하고 있었다. 보다 확실한 진단을 위해 샘플을 병리 전문의에게 보냈다. 병리 전문의도 분아균증임을 확인해 주었다.

주인에게 결과를 알려 주었다. 그는 '제가 뭐랬어요'라는 듯한 표정을 지었다. 나는 '제가 아니라고 한 적 있나요'라는 표정을 지어 보였다. 세이디는 약물치료를 시작했다. 암이 아닌 건 천만다행이지만 전신성 진균증도 만만치 않은 질병이다. 수개월 동안 치료를 해야 하는데 치료가 어렵기도 하고 약값도 많이 들었다. 게다가 치료가 진행되는 동안 감염이 뼈로 전이되는 바람에 세이디가 많이 힘들었지만 결국 완치되었다.

나는 항진균제를 처방해 주는 사람에서 세이디의 건강을 회복시킨 파트너로 격상되었다. 그리고 그는 수의사의 열렬한 찬양자가 되었다. 가끔 수의사와 보호자 사이에 이런 일이 일어난다. 우리는 보호자의 말에 귀를 기울이고 시간과 관심을 내어 준다. 보호자에게는 희망을, 동물 환자에게는 무조건적인 사랑을 준다. 동물 환자에게 주는 무조건적인 사랑이 보호자에게 가기도 한다. 그러다 보니 종종 수의사는 보호자에게 종교가 되기도 한다. 의사 가운을 입은 구세주가 되는 셈이다. 그러나 수의사가 원하는 건 수의사 찬양이 아니라 보호자가 건강해진 개와 함께 더 많은 행복을 누리는 것이다.

가짜 폐암 환자 마이크

마이크는 내가 치료한 가짜 폐암 환자였다(나는 반려동물에게 마이크나 세이디처럼 사람 이름을 붙여 주는 보호자들이 좋다). 마이크는 네 살짜리 수컷 래브라도리트리버로 좋은 환경에서 자란 전형적이면서 완벽한 반려견이다. 잘생겼고 활발하고 영리하고 침착했으며 가족을 잘 보호한다. 아이들과 잘 어울렸을 뿐 아니라 아빠를 지극히 사랑했다. 멋진 개 마이크는 훈련을 시키지 않아도 사람들이 바라는 모든 걸 다 아는 그런 개였고, 아파 본 적도 없었다. 전문직 부부와 사랑스런 아이들, 가정은 경제적으로도 여유로웠다.

앞의 세이디와 마찬가지로 마이크 역시 기침이 심해 흉부 엑스레이 촬영을 했다. 역시 폐에 암으로 의심되는 커다란 결절이 있었다. 마이크를 진찰했던 수의사는 엑스레이 결과를 암으로 확진하는 대신 우리 병원을 추천했다.

마이크 가족은 필요한 모든 조치를 해 주길 바랐다. CT 촬영 결과 한쪽 폐엽은 완전 굳어 있었으나 다른 부위는 감염되지 않은 것으로 확인되었다. 가장 가능성 있는 두 가지는 암 또는 기생충 질환이었다. 대변검사에서 기생충 질환에 대해 음성이 나왔지만, 가짜음성일 가능성도 있었다.

어느 쪽이든 한쪽 폐엽은 암 또는 기생충 감염에 의해 파괴되었기 때문에 제거해야 했다. 가족은 동의했다. 우리는 폐엽절제술을 했고, 수술 후 감염된 폐엽을 갈라 보니 다발 낭포성 부위 전체에 기생충 질환이 퍼져 있었다. 나는 마이크와 그 가족에게 너무 고마웠다. 결과가 나쁠 수도 있었는데 흔쾌히 수술과 치료를 선택해 주었기 때문이다.

마이크는 젊고 강하고 건강해서 회복이 빨랐다. 이틀 후 충분한 휴식을 전제로 진통제를 처방한 후 마이크를 집으로 돌려보냈다. 퇴원할 때 문을 박차고 튀어나가는 모습을 보니 마이크에게는 그리 많은 휴식이 필요하지 않을 것 같았다.

얼마 뒤 나온 검사 결과는 아주 좋았다. 마이크의 병은 암이 아니라 폐흡충이라는 기생충감염 질환이었다. 이후 마이크의 가족은 다시 병원을 찾지 않았다.

개가 기침을 하고 폐에 결절이 발견되었을 때 이후 상황은 보호자의 태도와 근본 원인에 따라 사망 선고가 될 수도 있고, 치료가 가능한 병이 될 수도 있다. 상황이 안 좋아 보여도 폐결절이 전부 암으로 판정되지는 않는다. 개를 살리기를 간절히 원하고 경제력이 받쳐 준다면 많은 장애를 극복하고 해결책을 얻을 수 있다.

그러나 모든 개들이 그런 행운을 누리는 것은 아니다. 때때로 진단을 받기까지의 길이 험난해서 싸워 볼 기회조차 갖지 못한 채 포기하기도 한다. 때로는 암이라는 단어 자체가 개의 생명을 끝내 버리기도 한다. 확고한 진단이 아닌 그저 가정일 뿐일 때도 그렇다.

개의 생명은 오직 우리가 중요하게 여기는 만큼, 우리가 감당할 수 있는 만큼, 또 병원비를 지불할 수 있는 만큼의 가치를 지닌다. 개의 죽음으로 인한 슬픔은 보호자가 개를 사랑하는 것과 비례하며, 개가 암이나 가짜 암으로부터 회복되어서 얻는 행복감은 보호자가 얼마나 회복을 바라고 원했는가에 비례한다.

치료

암은 우리가 섬에 산다는 사실을 일깨운다.

우리는 삶이 영원히 계속될 거라고 생각하지만 삶은 한계가 있다.

암에 걸려 죽든 죽지 않든 인생은 짧다.

암은, 우리에게 자신을 잘 보살피고 현재의 삶을 즐기라고 말한다.

1
앞이 주는 비애를
영원히 피할 방법은 없다

독은 암만큼 남용된다

나는 스파에서 내 병을 체감했다. 다양한 온도의 탕과 한증실, 목조 사우나를 차례로 돌 수 있도록 만든 사우나는 과학적으로 쌓인 독을 제거하고 쉴 수 있는 공간이다. 나는 평화가 필요했다. 스파는 재활원 같은 분위기를 풍기는데 내게는 암 환자 재활원이나 마찬가지였다.

마사지를 받기 전에 건강 질문지에 체크를 해야 했다. 그런데 질문지는 나이, 성별 등의 기본적인 질문으로 시작해서 병력을 깊게 파고들었다. 마사지를 위한 질문지가 주치의, 내분비 전문의, 마취과의, 두경부 외과의를 위해 작성하는 질문지보다 병력에 대해 더 세밀하게 물었다. 나는 질문지를 작성했다.

예　아니오

예	아니오	
☐	☑	알레르기(요오드, 해산물, 아몬드나 기타 견과류, 에센셜 오일, 음식)
☑	☐	피로, 우울, 불면, 불안
☐	☑	혈우병
☐	☑	심장 질환(박동조율기)
☐	☑	고혈압, 저혈압
☐	☑	순환기 질환(정맥염, 혈전증, 정맥류)
☐	☑	당혈증(당뇨, 저혈당)
☐	☑	전염병
☐	☑	소화기계 질환(신장, 간)
☐	☑	신경계 질환(두통, 편두통, 간질, 뇌혈관사고, 뇌졸중)
☐	☑	피부 질환(습진, 건선, 사마귀, 무좀)
☐	☑	호흡기계 질환(천식, 기관지염, 독감)
☐	☑	호르몬 질환(갑상샘항진증, 갑상샘저하증)
☐	☐	암
☐	☑	근육(관절 통증, 염증)
☐	☑	골절(손상, 사고)
☑	☐	스트레스
☐	☑	수술한 적이 있습니까?
☐	☑	임신했습니까?

암이 주는 비애를
영원히 피할 방법은 없다

암 관련 항목을 보고 나는 당황했다. 간단히 체크하기에 암은 너무 무거운 질병이다. 나는 질문지에서 눈을 뗐다. 마사지사가 내 상처를 보더니 상황을 파악했다. 마사지 룸에 둘만 있게 되었을 때 나는 최근에 오른쪽 갑상샘제거술을 받았으며 갑상샘암이라는 사실을 털어놓았다. 그녀는 마사지가 '독을 퍼트릴 수 있기 때문에' 암과 마사지는 서로 어울리지 않는다고 말했다. 그 말이 무슨 뜻인지 모르겠지만 나는 암 진단을 받은 후 거의 잠을 못 잤고 몸이 긴장으로 뭉쳐 있어서 긴장을 이완시켜 줄 수 있는 능력자가 필요했다. 그녀는 계속 암 확산, 에너지 흐름, 독, 림프관을 염려했다.

한 마디로 독은 암만큼이나 남용된다. 엄밀히 말해 몇몇 독성은 분명 암을 유발한다. 특정한 독에 오랫동안 노출되면 인간 세포의 DNA가 손상을 입고 걷잡을 수 없이 복제, 전이된다. 지나친 해산물 위주의 식단은 요오드 과잉 섭취로 인한 갑상샘암의 발병 요인일 수 있다는 미약한 증거도 있다. 나는 지난 24년간 육류를 먹지 않았지만 해산물, 우유, 달걀 등은 먹는 채식주의자로 살았다. 그동안 내가 먹은 해산물의 양과 그 작은 새우의 몸에 축적되어 있는 요오드의 양이 궁금했다. 해산물을 그만 먹어야 할까? 그렇게 하는 게 도움이 될까?

직장에서 납으로 만든 갑상샘 보호대를 계속 착용해야 하는지도 궁금했다. 우리는 환자 엑스레이를 찍으면서 방사선으로부터 보호받기 위해 납으로 된 가운과 목 보호대를 착용한다. 과다 노출되면 갑상샘암을 유발할 수 있는 엑스레이로부터 갑상샘을 보호하기 위해서이다. 나는 직장에서 항상 세심하게 납 보호대를 착용해 왔다.

그러니 방사선 안전 관리에 소홀해서 갑상샘암에 걸린 것은 아니다.

그러나 이제 갑상샘 보호대가 무슨 의미가 있을까? 곧 갑상샘을 완전히 잃을 예정이니 말이다. 이미 소 없는 외양간이다. 하지만 분명한 것은 유순한 암에 속하는 갑상샘암에 걸린 나는 장기 생존 환자가 되고 싶다는 것이었다. 흡연 관련 암 환자에 비하면 운이 좋은 셈이다. 그러니 더 이상 새우를 먹지 말고 납 보호대는 계속 착용하는 게 맞지 않을까?

나는 암을 치료하려는 것이 아니라 쉬러 왔다고 마사지사를 설득했다. 그리고 마사지로 인한 위험이 정 걱정된다면 갑상샘 부위를 빼고 해도 좋다고 말했다. 회복에 대단히 악영향을 미칠 수 있다고 경고하는 그녀에게 나는 고개를 끄덕였다. 그녀는 자신의 손이 내 암을 악화시킬 수 있다는 것에 대해 크게 걱정하면서도 고집을 피우지 않고 훌륭한 마사지를 해 주었다. 나는 몇 달 만에 처음으로 휴식을 취했다. 마사지를 받은 후 탕과 사우나에 가서 뜨거운 열과 고요함을 즐겼다. 더할 나위 없이 좋았다.

새로운 일상을 찾아야 한다

암 판정과 그에 따른 감정의 동요를 잊고 휴식할 수 있다면 무엇이든 좋았다. 친구가 암 때문에 얼마나 두렵냐고 위로했지만 진짜 문제는 두려움이 아니었다. 오히려 암에 걸린 게 아닐까 결과를 기다릴 때가 더 두려웠다. 암이 아니라는 결과가 나온다면 두려움을 잊고 일상으로 돌아가면 된다. 암에 걸렸을까 봐 두려워하던 시간에 사람들에게 더 잘해 주지 못한 것, 후회 없는 인생을 사는 법 등에 대해 생각했던 것은 금세 잊혀진다. 하지만 실제로 암과 마주하게 되면 두려움이 아니라 새로운 삶의 방식을 찾아야 한다. 새로운 일상을 찾아야 한다.

두려움이 나를 엄습했지만 그것은 현재의 두려움보다는 방금 일어난 일과 그 일의 결론이 어떻게 날지에 대한 두려움이었다. 내가 의료 지식이 없어서 수술을 고집하지 않고 "좀 더 지켜보자.", "암은 아니다.", "결절은 양성이다."라는 의사들의 말을 믿었더라면 상황이 얼마나 더 나빠졌을까 생각했다.

교통사고를 구사일생으로 피한 기분이었다. 아찔한 상황에 너무 놀란 운전자는 차를 세우고 마음을 진정시켜야 하는 법. 지금 내가 하려는 일이 그것이다. 나는 고속도로 갓길에 차를 세우고 비상등을 켠 뒤 마음을 진정시키고 다시 운전을 해야 했다.

암 덕분에 나는 인생에서 중요한 것들에 감사하게 되었다. 예를 들어 내 신용카드는 지난 몇 달 동안 고생이 많았다. 신용카드를 마구 긁었고 일체의 쇼핑이 용서되었다. 목에 난 수술 자국을 가리기 위해 스카프를 여러 장 샀고 새 스카프에 어울리는 옷도 샀고, 맥북, 최신형 아이폰, 신고 걸음조차 뗄 수 없고 갈 만한 곳도 없어서 실생활에는 필요도 없는 반짝이는 하이힐도 샀다. 두툼한 카드 고지서와 아찔한 이자를 빼면 문제될 건 없었다. 남편이 깜짝 선물로 멋진 신형 이탈리아제 빨간색 신형 스쿠터 베스타를 사줬다. 직장을 쉬어도 되고 소문이나 이메일에 무심해도 되고 마감을 지키지 않아도 되고 게으름을 피울 수도 있었다.

친구들에게 허세도 부렸다. 친구들이 감동할 만한 암 환자가 되려고 그랬는지 모르겠다. 나는 새로 뽑은 스쿠터와 함께 찍은 사진을 첨부해서 단체 이메일을 보냈다.

제목 : 내 갑상샘 소식

모두 안녕?

단체 메일을 보내서 미안해. 오늘 조직병리 보고서를 받았어. 나쁜 소식이야. 암으로 확인되어서 몇 달 내로 왼쪽 갑상샘도 제거해야 해.

좋은 소식도 있어.

1. 절제면이 깨끗하고 혈관과 림프관 침입이 없어. ☺
2. 이런 종류의 암은 내가 가장 선호하는 치료법인 수술로 치료가 가능해. ☺
3. 내 판단이 옳았어. 옳은 걸 확인하기 위해 그렇게 오랜 시간을 견뎠다는 데 모두 놀랐을 거야. 맞아, 나는 정말 고집불통이지. ☺
4. 나 쫌 짱이지. ☺

모두들 걱정해 줘서 고마워. 내 삶에 너희들이 있어서 얼마나 다행인지 모르겠다.

첨부한 사진은 스티브가 깜짝 생일선물로 사준 신형 베스타야!!! 근사한 장난감이지. 나를 매일 행복하게 해 주는 작고 반짝이는 물건이야.

세라.

친구들 대부분이 답장에 '어머 잘 됐다!' 정도의 반응만 보인 걸로 봐서는 웃음 이모티콘을 남발한 것이 과한 행동이었는지도 모르겠다. 암에 걸렸지만 결절은 제거되었고 신형 베스타를 선물로 받았으니 좋은 일 아닌가! 그래서 이모티콘을 씩씩하게 붙였는데 갑자기 슬퍼지면서 이제 어떻게 해야 할지 모르겠다는 생각이 들었다. 펑펑 울고 싶었지만 눈물도 나오지 않았다. 잠이 필요했지만 잠도 오지 않았다.

내 인생 역시 언젠간 사라질 섬

재활 치료 겸 카리브해에 있는 그랜드케이맨 섬에 있는 수의대학에서 학생들을 가르치기로 했다. 예정된 일정이었는데 암 판정을 받고 고민했지만 카리브해에서 휴식을 취하는 게 나을 것 같아서 취소하지 않았다. 11킬로미터에 달하는 긴 백사장에 앉아 아름다운 카리브해를 바라보고 있으면 세상의 모든 일을 잊을 수 있었다.

그랜드케이맨 섬은 케이맨제도에 있는 메인 섬으로 그랜드라는 단어가 붙었지만 담수가 없는 아주 작은 섬이다. 거의 모든 물건, 심지어 열대과일까지 수입품이다. 물은 화력발전을 돌려 담수화한다. 재활용은 하지 않고 섬의 곳곳에 엄청난 양의 쓰레기가 쌓여 있다. 거대 허리케인이 닥쳤을 때는 섬 전체가 물에 잠겨 연락망이 끊기기도 했다. 현재의 속도로 지구온난화가 계속되어 해수면이 상승한다면 수십 년 안에 이 섬은 사라질 것이다.

문득 우리 모두 섬에 살고 있다는 생각이 들었다. 우리는 대륙이라고 부르는 거대한 섬에 살고 있을 뿐이다. 인구 과밀은 현실이며 자원 공급은 지극히 한정되어 있다. 우리도 그랜드케이맨 섬사람들처럼 주변을 파괴하면서도 땅, 물, 에너지가 영원할 거라고 생각하며 살아간다.

암도 마찬가지이다. 암은 우리가 섬에 산다는 사실을 일깨운다. 우리는 삶이 영원히 계속될 거라고 생각하지만 삶은 한계가 있다. 당연하게 여기는 것, 가령 건강이나 삶은 유한하지만 그 사실을 잘 깨닫지 못한다. 또한 삶이 끝나는 것을 상상하지도 않는다. 언젠가 우리가 생태계 위기 앞에 무릎을 꿇게 될 것이 뻔하듯, 지금 같은 생활 방식, 잘못된 유전자, 불운, 세월이 우릴 낚아채면 우리는 물속에 잠길 것이다. 지구온난화와 암에 대한 해결책을 찾으려고 노력할 수는 있다. 하지만 암에 걸려 죽든 죽지 않든 인생은 짧다. 암은 우리에게 자신을 잘 보살피고 현재의 삶을 즐기라고 말한다.

그랜드케이맨 섬에서 돌아온 뒤 다시 집, 병원, 암이라는 일상의 현실로 돌아왔다. 나는 내분비 전문의와 약속을 잡았다. 내게 암이 아니라고 두 번이나 말하고 세포검사 결과를 양성이라고 전했던 의사이다. 만날 생각을 하니 화가 치밀었다. 암 환자로 생긴 분노를 의사에게 다 표출하고 싶었다. 덕분에 감정적으로 굉장히 힘들었다. 앞으로는 이런 일이 없도록 하겠다는 약속을 받아내고 싶었다. 내·외과의학회에 진정서를 제출하고 그를 고소하라는 사람도 있었다. 하지만 그렇게 해서 얻을 수 있는 게 뭔지 의심스러웠다. 내가 원하는 것은 그의 사과였다.

조금 흥분한 상태로 진료실에 도착했다. 의사가 들어와 자리에 앉더니 진료 기록을 훑어보기 시작했다. 그의 얼굴에서 웃음기가 사라지면서 안색이 하얗게 변해 갔다. 내 병리 보고서를 처음 본 것이다. 그는 몇 번 놀라움을 표시하고 고개를 흔들고 나서 내 손을 잡더니 치료를 제대로 받아서 다행이라고 했다. 화를 내며 따지려고 했던 계획이 순식간에 사라졌다. 그렇다고 달라질 것도 없다. 의사는 약물 투여량이나 살이 찌거나 머리가 빠지는 것을 원하지 않는다는 내 말에 귀를 기울였다. 그는 분명 처음 진찰할 당시에도 최선을 다했을 것이며, 암은 예상치 못한 일이었을 것이다.

상담을 계속했다. 결과가 충격적이라는 의사에게 나는 별로 놀라지 않았다고 털어놓았다. 의사는 내가 수술을 받은 게 행운이라고 말했다. 그런데 의사는 그 의미를 잘 모르는 것 같았다. 뜻밖의 행운이란 우연이라는 의미이지만, 의학에서는 어떤 것도 운에 맡겨져서는 안 된다. 하지만 솔직하고 친절한 사람에게 화를 낼 수는 없었다.

암을 막 선고받은 사람들은 부정적인 감정이 어떻게 폭발할지 알 수 없다. 나 또한 인생은 언젠가 사라질 섬이라는 사실을 깨닫고 마음의 평화를 찾았다고 말하고 싶지만 실상은 그렇지 않았다. 미칠 지경이라는 표현이 가장 적절할 것이다.

2차 수술을 받기까지 시간이 조금 있었다. 나는 가능한 한 열심히 일하고 놀고 여행을 다니며 바쁘게 보냈다. 다음 치료를 받을 때까지 한순간도 허투루 보내고 싶지 않았다. 신나는 일이 많을수록 기분이 좋아졌지만 그럼에도 불구하고 결국에는 부정적인 감정에 따라잡혔다. 암이 주는 비애를 영원히 피할 방법은 없었다. 하지만 나는 가능한 한 빠르게 도망 다닐 생각이었다.

2
반려인이 암이면 개, 고양이도 따라서 암에 걸린다고?

두 눈을 잃은 라일리네 집에 연이어 닥친 불행

'이만하길 다행이다.'

불행을 겪는 이들에게 이 말은 선의가 담겨 있으나 매우 얄궂기도 한 말이다. 나 역시 최근에 이 말을 많이 들었다. 내가 걸린 암은 착한 암이다. 훨씬 더 안 좋은 암에 비하면 다행이라는 말은 사실이다. 또한 암이 림프절로 전이되었다면 상황은 더 암울했을 것이다. 내 히스테리에 지친 남편이 반려동물을 데리고 나를 떠나는 모습은 상상만으로도 끔찍하다.

하지만 얼마나 더 나빠야 사람들이 '이만하길 다행이다'라는 말을 하지 않을까? 얼마나 나빠야 사람들이 밝은 어조로 설교하듯 늘어놓는 이야기를 듣지 않을 수 있을까? 얼마나 더 나빠야 사람들이 무슨 말을 해야 할지 몰라 침묵할 수 있을까? 물론 나 역시 어떤 말을 해야 좋은지 아는 것은 아니다. 나쁜 일을 당한 사람에게 그래도 긍정적으로 생각하라고 말하고픈 유혹은 누구에게나 있다.

하지만 고난도 충분히 가치가 있다는 듯 "모든 일에는 다 이유가 있잖아요."라는 말은 정말 끔찍하다. 우주가 우리 인생을 더 풍요롭게 하려고 불행을 계획했다니. 심지어 치료 가능한 착한 암 덕분에 폭 쉬면서 책도 출간했으니 운이 정말 좋았다고 말하는 사람도 있었다. 그러다 보니 '인생 복불복'이란 말이 가장 현실적인 조언처럼 느껴졌다. 하지만 이런 합리화의 저변에는 고난을 극복하려는 개인의 의지를 과소평가하려는 의도가 담겨 있다. 개인에게는 상황을 통제할 능력이 없다고 생각하는 것이다.

도대체 우주가 무슨 계획을 세우고 있는지 모를 때가 있다. 아니, 오히려 잔인하다. 내 얘기를 하는 게 아니다. 내 갑상샘암은 그저 약간의 불행이라고 할 수 있다. 다음 불행이 오기 전까지는 운 좋은 사람들 속에서 행복한 삶을 계속 영위할 테니까. 직업상 암에 걸린 동물 환자들을 자주 만나는데 그들에게 암은 빙산의 일각인 경우가 많다. 별것 아닌 불행부터 견디기 힘든 불행까지 많은 일들이 한꺼번에 나타나곤 한다. 좋은 일이 한꺼번에 생기기도 하지만 나쁜 일도 한꺼번에 몰려올 때가 있다. 연민 따위라고는 전혀 없이 말이다.

라일리는 눈이 없는 골든리트리버 믹스견이다. 수년 전 녹내장으로 양쪽 눈을 모두 잃었다. 눈을 적출한 뒤 흉측하게 움푹 꺼지는 것을 막기 위해 텅 빈 자리에 보형물을 삽입하고 피부를 봉합했다. 겉으로 봐서는 일부러 눈을 감고 걷는 것 같다. 몇 년 후 라일리의 한쪽 인공 안구 주변에 암이 발생했고 다시 병원을 찾았다.

라일리에게는 특별한 재능이 있었다. 라일리는 마치 눈이 보이는 개처럼 상대를 똑바로 바라보고 주위 환경에 반응한다. 라일리의 곁에 있으면 마치 오래된 영혼을 지닌 존재와 함께 있는 것 같은 느낌을 받았다. 보호자는 종양제거술과 두흉부 CT 촬영에 동의했다. 그들은 라일리가 자신들 삶의 전부라며 무엇이든 하길 원했다.

실제로 라일리가 그들에게 남은 전부였다. 몇 주 전 한밤중에 집에 불이 났을 때 시력을 잃은 라일리가 가족을 모두 깨워 대피시켰다. 라일리는 화재로부터 가족의 생명을 구했지만 집은 전소되었다.

"우리는 이제 집이 없지만 라일리는 남았어요."

라일리는 가족에게 사랑받는 개였다. 라일리는 시력을 잃은 개라고는 믿기 힘든 놀라운 일들을 해냈다. 산책을 할 때면 반려인의 인라인스케이트를 앞질러 뛰면서 이끌었다. 라일리는 내가, 인간이 볼 수 없는 것을 보는 개였다.

나는 라일리가 내가 자신을 도우려 한다는 사실을 직감적으로 안다는 걸 느꼈다. 라일리는 진료실로 들어서면 나를 알아보고 꼬리를 흔들며 계속 쳐다보았다.

라일리는 종양과 인공안구 주변부 뼈 일부를 제거하고 피부와 연조직을 대거 잘라내는 대수술을 받았다. 보호자들은 라일리의 외형에 별로 걱정하지 않았다. 잃어버린 시력에 대해서는 이미 오래전에 슬픔을 겪은 터였다. 며칠을 병원에서 보낸 후 라일리는 집으로 돌아갔다.

절제면이 깨끗하다는 조직병리 결과가 나왔다. 좋은 소식이었다. 라일리의 암은 국소적으로는 재발 위험이 낮았다. 하지만 병리 전문의의 소견에 따르면 종양이 매우 공격적인 모양이어서 전이 가능성이 크다고 했다. 화학요법을 권했지만 보호자들은 동의하지 않았다. 그들은 이미 경제적으로 파산했고, 무너진 삶을 일으키려고 필사적으로 노력하는 중이었다.

수술 몇 달 후 잘 견뎌 주던 라일리네와의 연락이 끊겼다. 아마도 보호자들은 화재로 경제적 타격을 입어서 라일리에게 필요한 치료를 계속해 줄 수 없는 것에 죄책감을 느끼고 있었을 것이다. 소식은 들을 수 없지만 라일리가 여전히 가족과 함께 인라인스케이트를 즐기고 가족을 보호해 주고 있기를 바란다.

온갖 불행을 겪은 사람은 차분하고 예의 바르다

개가 아니고 보호자가 라일리처럼 두 눈을 제거해서 시력을 잃은 경우도 있었다. 보호자는 짧은 기간에 너무 많은 걸 잃은 사람이었다. 아내는 아이들을 데리고 떠났고 남겨진 가족이라고는 어머니 한 분뿐이었는데 그분마저 얼마 전에 돌아가셨다. 그리고 자신은 최근에 시력을 잃었다. 이런 상황에서 반려견 핏불 더치스는 그에게 남은 전부였는데 더치스에게도 병이 찾아왔다. 몇 년 전 제거한 아래쪽 눈꺼풀 종양이 재발한 것이다.

나는 전화로 더치스를 위해 할 수 있는 몇 가지 선택을 자세히 설명해 주었다. 하지만 그는 경제적으로 힘들 뿐 아니라 현실적으로도 난관이 많았다. 보호자가 볼 수 없다 보니 개와 함께 상담을 오거나 치료로 인한 합병증을 관찰하거나 문제가 발생했을 때 신속하게 병원에 데려오는 일도 쉽지 않았다. 그가 선택할 수 있는 것은 셋 중 하나였다. 아무것도 안 하고 그냥 떠나보내거나, 수술 후 방사선 치료를 하거나, 종양과 안구와 주변 뼈들을 다 제거하는 것이었다. 더치스를 떠나보낼 수 없었던 그는 두 번째 방법을 선택했다.

치료 방법에 대해서 전화로 보호자와 이야기를 나눈 것은 크리스마스 즈음이었다. 그래서 새해에 수술하기로 결정한 뒤 나는 전화를 끊으면서 무심결에 행복한 크리스마스 보내라는 인사를 했다. 크리스마스를 보내고 병원에 오는 그와 더치스를 도와줄 사람도 없는 상황이었다. 그 말을 내뱉자마자 도로 주워 담고 싶었다. 나는 가끔 이렇게 멍청한 인간이 되곤 한다.

사실 난 크리스마스를 좋아하지 않는다. 왜들 그렇게 야단법석인지 이해할 수 없다. 하지만 시력과 가족을 잃고, 개는 암이 재발해서 치료를 감당하기 어려운 처지에 놓인 남자가 크리스마스를 행복하게 보낼 리 없다는 것은 분명히 알고 있었다. 전화 너머로 마지못해 행복한 크리스마스 보내라는 의례적인 인사가 돌아왔다. 전화를 끊으며 눈물이 핑 돌았다.

예정대로 더치스는 수술을 받고 방사선 치료를 받았다. 차분하고 사랑스러운 더치스는 방사선 치료를 아주 잘 받았고, 얼마 후 건강을 회복해서 아빠와 함께 집으로 돌아갔다.

살면서 힘든 일을 겪는 횟수와 사람이 갖는 겸허함 사이에는 관련성이 있는 것 같다. 아픈 반려동물을 둔 일부 돈 많은 보호자들은 일이 계획대로 풀리지 않거나 원하는 방향으로 진행되지 않으면 이성을 잃는다. 물론 그들도 반려동물이 아프니 스트레스를 받겠지만 그렇다고 스트레스를 엉뚱한 곳에 풀어서는 안 된다.

돈 많은 보호자들이 병원과 의료진에게 하는 요구는 점점 더 많아지고, 만족시키기는 점점 더 어려워지고 있다. 일정이 조금만 늦어져도 큰 문제로 삼고, 죄책감을 쉽게 느끼며, 엉뚱한 사람에게 분노를 표출하곤 한다. 분노의 대상은 의료 기사나 간호사, 인턴 등이 되기 쉽다.

반면 한꺼번에 온갖 불행을 겪은 사람들은 대체로 차분하고 예의 바르다. 아마도 균형 감각을 갖게 되었거나 좋거나 나쁜 일에 지나치게 놀라지 않는 법을 배웠기 때문일 것이다. 그들은 지나친 기대도 과도한 절망도 보이지 않는다.

까칠한 고양이 릴리의 성격은 암과 싸워 이기는 데 도움이 되었다

고양이 릴리의 주인인 아스트리드를 만났을 때 그녀는 불안해했지만 공손했다. 그런데 그녀는 내 말을 계속 잘랐다. 나는 어떻게든 끝까지 설명하려 했지만 소용없었다. 하는 수 없이 한 발 물러나서 그녀의 이야기를 들어보기로 했다.

아스트리드는 암 환자이다. 그녀가 고양이 릴리를 집에 데려온 것은 어머니가 대장암으로 돌아가신 직후였다. 가족력이 있어서 대장암 정기 검진을 받는 과정에서 그녀도 대장암 진단을 받았고 수술 후 화학치료 중이었다. 사정을 알고 나니 릴리에 대한 그녀의 격정은 물론이고 창백한 안색과 성긴 머리칼이 이해되었다.

2.8킬로그램의 혈기왕성한 열 살짜리 고양이 릴리는 깨어 있는 상태로는 진찰을 할 수 없을 정도로 공격적이었다. 병원만 오면 포악한 야생동물처럼 행동하는 많은 고양이처럼 릴리는 다루기 힘든

아이였다. 그러다 보니 흉부 CT 촬영뿐 아니라 종양 검사를 위해 필요한 모든 검사를 전신마취를 한 상태에서 해야 했다.

호흡곤란 병력이 있던 릴리는 가슴샘종 진단을 받았다. 결절을 제거하려면 수술을 해야 했다. 작은 고양이에게는 큰 수술이지만 다른 대안이 없었다. 아스트리드가 스스로 말하는 '내 인생 최대의 암흑기'를 잘 극복하려면 릴리의 예후가 좋아야 했다.

아스트리드는 어떻게 해야 할지 생각할 시간이 필요하다고 했다. 나는 그녀가 결정을 내리는 데 도움을 주고 싶어서 병원의 상담 전문가를 찾아가서 상황을 설명했다. 어머니가 대장암으로 사망했고, 보호자도 전이성 대장암 환자이며, 고양이도 암 환자라고 설명했다.

아스트리드의 상황을 설명하다 보니 내 눈에서도 저절로 눈물이 나왔다. 상담사는 잠시 가만히 있더니 이야기를 계속하겠느냐고 물었다. 젠장, 상담사는 아스트리드가 아니라 나를 상담이 필요한 사람이라고 생각하는 것 같았다. 나도 암에 걸렸으니 환자의 일을 심하게 자기 일처럼 느낀다고 생각하는 게 분명했다. 나는 괜찮고, 다만 이 모든 상황이 정말 슬프다고 말해 주었다. 사실 수의사 일을 하면서 가끔 울고 싶을 때가 있는데 그럴 때 상담이 필요하다는 생각이 들었다.

상담 서비스는 수의학계에서는 새로운 시도이다. 실제로 결정을 내리는 데 도움이 필요한 보호자가 많다. 그러다 보니 보호자는 가까운 수의사나 의료진이 함께 논의해 주기를 바라는데 우리는 상담 기술도 부족하고 안타깝게 시간도 없다. 이런 경우 숙련된 상담가가 필요하다.

그런데 상담 전문가와 만나볼 것을 권하면 화를 내는 보호자가 많다. 내가 자신들을 미쳤다고 생각해서 정신건강 전문가를 권한다고 생각한다. 그러나 아무런 편견 없이 함께 이야기를 나누고 도움을 줄 수 있는 전문가가 보호자에게도 반드시 필요하다. 상담에 돈이 들기는 하지만 힘든 시기를 건너는 데 도움이 되기 때문이다.

그래서 예전에는 보호자에게 전문가와 상담을 받을지 미리 물어보았는데, 지금은 아예 상담사를 진료실에 있게 한다. 그런 다음 보호자에게 상담사를 소개해 주고 나는 진료실에서 나온다. 숙련된 상담사는 어떤 불편한 상황도 부드럽게 해결해 줄 수 있음을 알기 때문이다. 자기를 걱정해 주고 이야기를 들어주는 누군가가 있는 것을 불평하는 보호자는 아무도 없다. 보호자가 자신과 반려동물을 위해서 최선의 결정을 내렸다고 믿게 하는 게 중요하다.

나는 아스트리드와 상담사에게 모든 걸 맡긴 채 몇 시간을 기다렸다. 힘든 시간이었을 것이다. 그녀의 복잡하게 얽힌 삶이 결정을 힘들 게 했을 것이다. 결국 그녀는 수술을 선택했다.

나는 상당한 압박감에 시달렸는데 다행히 릴리의 수술은 성공적이었다. 나는 릴리가 잘 견뎌내기를 바라는 이상으로 릴리의 성공적인 치료를 통해 아스트리드가 행복감을 느끼기를 바랐다. 릴리는 강인한 고양이였다. 릴리의 혈기왕성한 성격은 질병과 싸우고 회복하는 데 도움이 되었다. 아스트리드가 병원에 오면 우리는 그녀에게 보호복을 입히고 장갑을 끼웠다. 면역억제 치료를 받는 아스트리드를 보호하기 위해서였다. 여러 가족이 암에 걸리면 조심해야 할 사항이 많아진다.

가족이 암에 걸리고 얼마 후 개나 고양이가 암에 걸리는 일은 생각보다 자주 일어난다. 언젠가 어머니는 공원에서 만난 반려인들이 이런 일을 '따라서 생기는 암'이라고 부른다고 나에게 알려 주었다. 말도 안 되는 말이다. '따라서 생기는 암' 따위는 없다.

반려동물은 굉장히 멋진 존재이다. 우리에게 우정과 사랑을 주고 다양한 방식으로 우리 삶에 도움을 준다. 심지어 암을 감지할 수도 있다. 하지만 우리가 암에 걸렸다고 해서 같이 암에 걸리는 것은 그들의 영역이 아니다.

물론 이런 말을 하는 데는 몇 가지 타당한 근거가 있다. 세상에는 많은 종류의 암이 있다. 의료 서비스의 발달로 이제 사람이나 동물이나 더 오래 살게 되었고 따라서 암에 걸릴 수 있는 기간도 늘어났다. 그리고 반려동물이 사람과 같은 환경에서 살다가 보니 암을 유발하는 인자에도 똑같이 노출된다. 그렇다고 반려동물이 사람의 암을 따라서 걸리는 일은 없다. 그냥 운이 나쁜 것뿐이다.

릴리와 아스트리드는 여름 동안 집에서 함께 건강을 회복했다. 아스트리드는 학교 선생님으로 직장에 복귀했고 릴리는 그녀의 곁을 지키며 수의사들을 위협하는 고양이로 돌아왔다. 상황은 언제든 나빠질 수 있지만 언제든 다시 좋아지기도 한다.

03
긍정적인 사고는 암 환자의
생존에 아무 효과도 없다

암과 더불어 살라고?

암 진단을 편안히 받아들여야겠다는 생각이 밀물처럼 밀려들었다. 어쨌든 암을 받아들이고 그것과 함께 살아가야 한다. 이만하길 다행이라고 단 한 번도 생각해 본 적 없지만 암에 걸린 이상 어쩔 수 없었다. 담당 의사도 그렇게 생각하라고 권유했다.

'암과 더불어 살아갈 것.'

이 말은 과거에 나도 자주 했던 말이다. 하지만 이제는 끔찍하게 들린다. 이제 사람들은 암과 '더불어 살아가고' 암과 '더불어 죽는다.' 이것이 암을 대하는 새로운 관점이다. '더불어'라는 단어 하나가 암에 대한 생각을 180도 바꿔 놓는 것처럼 말하고는 한다. 혼란스러웠다. 암과 친구가 되어야 하는 걸까? 암과 전쟁을 치러야 하는 걸까? 암과 평화롭게 공존해야 하는 걸까? 암에게 격렬히 맞서야 하는 걸까?

아마도 어떤 암이냐에 따라 다를 것이다. 착한 암이라면 격렬히 싸울 필요가 없으니 암과 평화롭게 공존할 수 있다. 나쁜 암이라도 격렬히 싸워 봤자 어차피 죽을 테니 암과 평화롭게 공존할 수 있다.

종양학계에 떠오른 새로운 흐름이 있다. 암세포가 천천히 성장하고 변이가 없는 한 몸에 거주하는 암세포는 계속 그곳에 머무른다는 의견이다. 암에 걸려 '더불어' 살아가고 '더불어' 죽어 가는 암 환자를 제외하고는 모두 그 생각을 반기는 듯하다.

하지만 갑상샘암 세포가 내 림프절 안에 몇 달 아니 몇 년 동안 아무 문제도 일으키지 않고 떼 지어 머무를 수 있으니 걱정하지 말라는 말은 어떤 위로도 되지 않는다. 암세포가 거기에 있는 것을 알면서도 하릴없이 바라보고만 있으라고? 천만에! 나는 암세포가 사라지기를 원한다. 암세포는 제거되고 불태워지고 독살되어야 한다. 불청객과 함께 사는 건 끔찍한 일이다. 어쩌면 나만 이렇게 생각하는 것일 수도 있다. 나는 바람직한 암 환자가 아닐지 모르겠다.

이 논리는 개, 고양이에게 적용하는 게 훨씬 더 합당해 보인다. 개, 고양이에겐 삶의 질이 중요하다. 그들은 암을 진단받았다고 두려움에 떨거나 죽음을 걱정하지 않는다. 화학요법을 받거나 다리를 잃는 것을 걱정하지도 않는다. 사람들은 대부분 화학요법을 받는 개가 암 환자답게 수척해질 거라고 생각하지만 우리 병원에서 화학요법을 받는 개들을 보면 치료 기간 동안에 대개 살이 찐다. 보호자들이 개, 고양이가 좋아하는 걸 먹이기 때문이다. 털이 빠질 거라고 생각하는데 대부분 빠지지 않는다. 혹 외모에 변화가 생기더라도 그걸 감춰 줄 개, 고양이를 위한 귀여운 옷도 아주 많다.

개와 고양이는 순간을 살며 일상에서 기쁨을 발견한다. 그 태도는 우리가 배워야 한다. 삶의 질에 영향을 미치지 않을 만큼 개와 고양이가 지닌 암의 진행 속도를 늦출 수 있다면 대부분 정말 암과 더불어 죽을 수 있다. 사람에 비해 그들의 수명이 길지 않으니 암이 천천히 진행된다면 가능한 일이다. 게다가 개, 고양이는 암과 더불어 살라는 짜증 나는 충고를 듣지 않아도 된다. 개, 고양이가 사람의 말을 알아들을 수 없는 게 얼마나 다행인지 모른다. 슬픔과 스트레스는 반려동물이 아닌 보호자의 감정이다.

나는 암과 더불어 살기보다 결별을 원한다

암이라는 전화를 받고 4주 뒤 의사와 면담을 가졌다. 의사는 일의 진행 단계를 설명했다. 일단 남은 갑상샘제거술을 받아야 했다. 방사선 치료의 장단점에 관해서도 이야기했다. 방사선 치료를 하지 않은 상태에서 암이 재발하거나 전이되면 추가 수술과 방사선 치료를 할 수도 있었다. 의사는 이런 캐나다 의료체계의 과정을 별일 아니라는 듯 담담하게 말했다. 지난번에도 쉬웠던 것처럼.

병사란 병으로 죽는 것을 뜻한다. 병적 상태란 질병을 이겨내기 위해 견뎌야 하는 정신적 과정을 말한다. 암으로 죽지는 않을 거라는 얘기는 좋은 얘기이다. 내가 운이 좋다는 것도 알고 있다. 하지만 병적 상태가 걱정스러웠다. 내 시간을 온통 암이 차지하고 있었다. 나는 전력을 다하고 있는데 암과 '더불어 살기' 위해 힘든 과정을 찔끔찔끔 견디는 게 너무 힘들었다.

담당 의사는 암과 더불어 살아가는 것은 류머티스관절염에 걸린 것과 같다고 말했다. 내가 치료했던 류머티스관절염에 걸린 개들을 떠올려 보았다. 관절이 완전히 손상된 개들이 극심한 진행성 통증을 겪으면서 힘들게 걷는 절망적인 모습이 떠올렸다. 이 끔찍한 질환에 걸린 지인들도 생각났다. 류머티스관절염에 비하면 갑상샘암은 식은 죽 먹기처럼 보였다. 나는 웃음을 터트리며 비유하려면 다른 질병이 낫겠다고 말했다. 갑상샘암에 걸려 사는 것은 에이즈와 더불어 사는 것과 같을 것이다. 더불어 한센병, 약물내성 결핵, 크론병 정도라면 암과 비교될 만하다.

내게는 다른 계획이 있었다. 나는 수술과 충분한 방사선 치료를 원했다. 나는 암과 완전히 결별하고 싶었다. 어쩌면 내가 수의 종양학자이기 때문에 암에 대해 잘못 생각하고 있는지도 모른다. 나는 암을 흥미롭고 극적인 것으로 여기는 사람이니까. 나는 내 몸에서 암을 쫓아낸 뒤 다시는 보고 싶지 않았다. 암과 결별하는 방식이 공격적일수록 암이 접근하지 못할 확률이 높다고 생각했다. 방사선 치료를 받지 않으면 암이 언제든 다시 돌아와 더불어 살자고 연락할까 봐 두려웠다. 나는 암에게 '안 된다면 안 되는 거야'라고 단호하게 말해 주고 싶었다.

암과 더불어 살아야 한다면 암에 관한 모든 것을 알아야 한다. 나는 학술지 《갑상샘》에 게재된 〈미국갑상샘학회(ATA) 갑상샘결절 및 갑상샘분화암 진료 지침 개정안〉을 읽기 시작했다. 《갑상샘》이라는 전문 의학 학술지가 있어서 고마웠고, 내가 그것을 읽고 이해할 수 있어서 다행이었다. 암에 걸린 사람들은 인터넷을 헤매고 다니면서 자신의 몸에 무슨 일이 일어나고 있는지 이해하려고 애쓴다. 하지만 의도는 좋지만 잘못된 정보가 너무 많은 갑상샘암에 관한 몇몇 블로그를 보면 당혹스럽다. 사람 의사들은 충분한 시간을 들여 환자들에게 설명해 주지 않는 모양이다.

일단 암 진단을 받으면 암은 마치 유령처럼 영원히 환자와 함께한다. 영화 〈캐스퍼〉에 나오는 유령처럼 착한 갑상샘암 유령일 수도 있고, 영화 〈체인질링〉에 나오는 죽을 때까지 쫓아다니며 공포에 떨게 만드는 끔찍한 유령일 수도 있다. 환자는 유령의 종류를 선택할 수 없다. 그것은 암의 종류, 치료 정도, 암의 위치, 의사, 치료법, 치료 가능 여부, 환자의 의지력 등에 달려 있다.

긍정성은 결과가 아니라 삶의 질에 영향을 끼친다

암과 싸우라는 압력은 대단하다. 사람들은 마치 환자에게 직접 암을 물리치라는 듯 말한다. 그렇지 않아도 환자는 암과 전쟁 중이다. 이런 개념에는 상당한 문제가 있다. 암이란 단어는 변질되었다. 우리는 거미나 뱀을 두려워하는 것처럼 본능적으로 암에 두려움을 느낀다. 물론 환자는 암과 싸울 수도, 싸움에서 이길 수도 있다. 환자는 암 퇴치를 위해 걷거나 달리거나 자전거를 탈 수도 있다. 암 예방 단체의 이름인 '빌어먹을 암(Fuck Cancer)!'을 외치고 단체 이름이 적힌 티셔츠나 스티커를 살 수도 있다. 그러면서 기분이 좋아지고 암보다 강한 것처럼 느낄 수도 있다. 하지만 그것이 문제를 해결해 주지는 않는다.

우리는 암보다 강하지 않다. 암과의 싸움은 세계의 빈곤, 전쟁과 닮았다. 암, 빈곤, 전쟁은 모두 다양하고 복잡한 양상을 띠는 거대한 문제이다. 암은 하나의 이름을 가진 수백 가지 질병이다. 인간은 암에게 포괄적인 개념을 적용하고 있지만 원인이나 해결책은 포괄적으로 갖추고 있지 못하다. 인간은 죽음이라는 개념을 거부하고 죽지 않으려고 하지만, 우리는 모두 언젠간 반드시 죽는다. 모든 암을 끝장내려는 시도는 사실 불멸을 위한 경주인 셈이다.

이 모든 싸움은 갈수록 피곤해진다. 암 환자는 캐나다 의료제도와도 싸워야 하고, 암과도 싸워야 한다. 암과 싸우라고 우렁차게 외치는 전쟁의 북소리는 너무 피곤하다. 만일 싸움에 진다면 어떨까? 충분히 싸우지 않은 걸까? 부정적인 생각이 나를 파멸시킨 걸까?

긍정적으로 생각하면 암을 이겨낼 수 있다고 생각하는 사람도 있다. 그러나 최근 연구에 따르면 긍정적인 사고는 암 환자의 생존에 아무런 영향도 미치지 않는다고 한다. 물론 이런 절망적인 연구 결과를 반기는 사람은 없다. 우리는 긍정적인 생각을 갖고 용감히 맞서면 암을 이길 수 있다고 믿고 싶어 한다. 한때 우리는 랜스 암스트롱(약물 사건 전의 이야기이다)이라는 사이클 선수가 강인한 생존력으로 고난을 이겨내리라고 믿었다. 최고의 의료 혜택을 통해 치료 가능한 병이라고 믿고 싶었던 것이다. 암을 이긴 승리자가 아니면 암에게 진 패배자인가?

암에 굴복한 사람은 어떨까? 내 친구의 열네 살짜리 아들이 백혈병에 걸렸을 때 나는 살아날 거라고 확신했다. 예후도 좋았다. 아이는 수차례의 화학요법과 폐렴도 견뎠는데 결국 죽음을 받아들여야 했다. 자신의 죽음을 받아들이는 아이의 모습을 보는 것은 가슴이 찢어지는 일이다. 최근에 암으로 어머니를 잃은 친구도, 대장암으로 아버지를 잃은 친구도 있다. 그들에게 긍정성이 부족했던 걸까? 좀 더 긍정적이었다면 싸워 이길 수 있었을까?

사회민주주의 성향의 캐나다 정치인인 잭 레이턴은 어떤가? 나는 첫 수술을 마치고 회복되는 동안 이 대담하고 용감하며 위대한 좌파 정치인이 캐나다의 역사적인 선거에서 야당 지도자로 떠오르는 모습을 지켜보았다. 하지만 몇 달 뒤 정치인 경력의 최정점에서 두경부암으로 세상을 떠났다. 이제 막 진짜 변혁을 이뤄 내기 시작한 정치인의 죽음을 애도하는 물결이 캐나다 전역을 휩쓸었다. 누구도 그가 충분히 노력하지 않았다고 용기가 부족했다고 말할 수 없다.

암에 대한 태도가 암의 행로를 결정할 수 있다는 사고는 매우 위험하다. 그런 사고방식은 황폐화된 가족을 더욱 황폐하게 만들 수 있다. 사랑하는 가족이 삶에 대한 의지가 부족했다고 여기게 되기 때문이다.

우리가 암을 대하는 방식은 우리가 삶에서 고난을 만났을 때 대처하는 방식과 닮았다. 암은 분명 중대한 위기이지만 진단과 치료에 대한 태도는 삶의 질에 굉장한 차이를 만든다. 긍정성은 바로 이 부분에서 요구된다. 긍정성은 결과를 바꿀 수는 없을지 몰라도 삶의 질에는 영향을 미친다.

암 환자의 가족이나 친구가 갖는 태도는 환자가 느끼는 삶의 즐거움에 큰 영향을 미친다. 내 동물 환자들에게는 이것이 굉장히 중요한데 그들에게는 삶의 질이 전부이다. 그들은 순간을 살아가기 때문이다. 내게도 삶의 질이 전부이다. 암을 선고받은 사람은 대부분 잠깐 멈추고 자신이 행복한지 뒤돌아보게 된다. 인생에서 무엇이 가장 중요한지 자문해 보게 된다.

어쩌면 우리는 암과 싸워 이기고 지는 것의 의미를 재정립해야 할지 모른다. 모든 암은 같지 않다. 심지어 같은 종류의 암도 의사, 환자, 가족의 노력과 상관없이 어떨 때는 치료가 되고 어떨 때는 치료가 되지 않는다. 때때로 인생은 우리 손에 암이라는 나쁜 패를 쥐어 준다. 그 패로 어떤 게임을 펼치느냐가 중요하다.

4
수의사 선생, 당신의 반려견이라면
어떤 치료법을 선택할 건가요?

치료를 앞둔 보호자들이 가장 많이 하는 질문

수의학은 환자와 보호자에게 치료 방법에 대한 다양한 선택권을 제공한다. 그러다 보니 내가 가장 많이 받는 질문은 이것이다.

"당신의 반려견이라면 어떻게 하시겠습니까?"

수많은 치료 방법 앞에서 보호자들은 실수할까 봐 무서워서 결정을 내리기까지 지나치게 감정을 소모한다. 암에 걸린 동물 치료법에는 다양한 의견이 있으니 신중해야 한다. 특히 옆에서 무지한 의견을 내놓을 때 더 신중해져야 한다. 더욱이 반려동물을 키우지 않는 사람에게 묻는 것은 무의미하다.

그래서 나는 만약 당신의 반려견이라면 어떻게 할 거냐는 질문을 가능한 한 피한다. 내 개가 아니므로 대답할 수 없기 때문이다. 나는 고객들이 자신들의 목표와 한계에 집중하도록 도울 뿐이다. 그러면 대개 좋은 답변이 나온다.

가끔 목표가 합리적이지 않을 때도 있다. 가령 신부전에 폐암까지 앓는 열여덟 살 된 고양이 반려인이 고양이가 5~6년 정도 더 살 수 있도록 치료받고 싶다고 말한 적이 있다. 기적을 목표로 삼을 수는 없다. 하지만 장기적인 관리와 훌륭한 삶의 질, 치유를 목표로 삼을 수는 있다. 암 치료는 이렇듯 치료 성공의 의미를 재정립하는 것이다.

한계는 돈 문제일 수도 있지만 항상 그렇지만은 않다. 시간이나 고객의 다른 인생사 때문일 수도 있다. 최근 머리에 커다란 육종이 생긴 골든리트리버를 만났다. 좀 더 일찍 만났더라면 아마 수술로 치료할 수 있었겠지만 지금으로서는 다 드러낸다고 해도 예후가 좋지 않을 만큼 종양의 크기가 컸다. 대개 이런 경우는 개를 제대로 돌보지 않고 방치했거나 경제력 문제로 미뤘거나 무지나 두려움이 원인인 경우가 많다. 그런데 이 경우는 백혈병에 걸려 화학요법을 받는 여덟 살 된 아들 때문에 개를 챙길 여력이 없어서였다. 그들은 매우 지쳐 있었으며, 아들이 그토록 사랑하는 개에 대한 죄책감마저 느끼고 있었다. 이럴 때 내가 해 줄 수 있는 말은 이것뿐이다.

"자, 여기 아직 개가 살아 있어요."

수의대 졸업반 시절 최악의 사건을 경험한 적이 있다. 당시 나는 어깨에서 앞다리 윗부분까지 거대한 종양이 자리 잡은 사나운 허스키를 만났다. 종양이 개의 머리보다 더 컸다. 종양이 워낙 빠르게 자라 혈액 공급량이 그 속도를 따라잡지 못할 정도였다. 혈액 공급 부족으로 종양세포가 죽기 시작하자 괴사된 종양이 터지면서 악취가 나는 액체가 흘러나왔다. 개는 고개를 돌려 거대한 종양을 물어 뜯었고 결국 종양으로 흘러드는 대혈관 하나가 파열되었다. 주인은 피 웅덩이에 쓰러져 있는 개를 발견하고는 우리 병원 응급실로 왔다. 개는 과다출혈로 죽기 직전이었다. 몇 차례 수혈을 한 뒤 종양을 제거하고 다리를 절단했다. 종양이 너무 커서 제거만이 유일한 선택이었다. 치료 비용도 그 개가 감내한 고통만큼이나 어마어마했다. 결절이 작았을 때 치료했더라면 비용도 적게 들고 다리도 자르지 않을 수 있었다. 하지만 보호자는 수술 결과에만 흥분하고 왜 종양이 그토록 커지도록 두었는지는 설명하지 않았다.

종종 말기가 될 때까지 왜 치료를 하지 않았는지 설명하지 못하는 보호자들이 있다. 인간 환자들도 마찬가지이다. 그냥 내버려둔다. 복부에 커다란 종양이 자라는 것을 보고 심지어 복부가 돌처럼 딱딱해졌는데도 살이 좀 쪘나 보다 생각하고 만다. 병을 인정하지 않으려는 마음이다. 하지만 몸에 무언가 자라고 있다면 좋은 일일 리 없으니 관심을 갖고 지켜봐야 한다.

개보다 개의 다리에 집착하는 보호자들

"너무 힘들게 하는 건 아닐까요?"

치료 방법을 고민하는 보호자들이 두 번째로 많이 하는 질문이다. 개를 사랑하는 사람치고 개를 힘들게 하고 싶어 하는 사람은 없다. 문제는 '너무'의 정도를 정할 사람이나 방법이 없다는 점이다. 심지어 수의학계 내에서도 의견이 분분하다. 최근 일반의 두 명이 《캐나다 수의학 저널》의 편집자에게 수의 종양 전문의들을 폄하하는 모욕적인 편지를 보냈다. 내용인즉 종양 전문의들이 효과가 의심스러운데다 고통스럽고 불쾌하기만 한 극단적인 치료를 권한다는 것이었다. 종양 전문의들은 동물 환자들의 행복은 안중에도 없다는 비난이었다. 이는 해롭고 편파적이며 무책임한 주장이다. 이런 식의 논쟁은 미국 정치의 폐해를 닮았다. 승자는 없고 논쟁에 참여한 사람은 모두 패자가 된다.

동물 암 환자에게 어느 정도의 치료가 적정하며 '너무'는 어느 정도를 의미하는지에 대한 수의사들의 의견이 엇갈릴 때 보호자들은 어떤 결정을 해야 할까? 정답은 없다. 답은 개인별 의료 정보, 경제력, 보호자의 의지, 수의사의 의지, 의료 환경, 동물 환자의 성격 등의 유동적인 요소들이 결정한다.

그대로 두는 것이 훨씬 더 나쁘다는 사실을 모른 채, 치료 과정이 개가 견디기에 너무 가혹하다는 생각만 하는 보호자들이 있다. 수의 종양학계에서 이런 사례가 가장 많은 경우는 다리에 생긴 골육종 또는 골암이다. 골육종이 있는 개에게 가장 많이 추천되는 치료 방법은 다리절단술이며 개들은 대부분 그 과정을 잘 견뎌낸다. 나는 지금까지 골암에 걸린 개 수백 마리의 다리를 절단했다. 수술은 채 한 시간이 안 걸리며, 개들은 대부분 수술받기 전보다 수술 직후에 훨씬 더 편안해한다.

어떻게 그런 일이 가능할까? 골육종으로 인한 통증은 약물로는 통제가 어렵다. 반면에 수술 후 통증은 비교적 쉽게 누그러뜨릴 수 있다. 나는 절단술을 받고 골육종의 통증이 사라진 동물들의 얼굴에서 고통 대신 빛나는 눈빛과 미소를 보았다. 할 수만 있다면 개들이 앞발을 들고 내게 고맙다는 인사를 할 것 같다. 물론 다리 세 개로 살게 될 개를 정상이라고 말하는 것은 아니다. 그러나 암을 가진 채 사는 것 또한 정상은 아니다. 암에 걸린 인간과 개 그리고 보호자는 '정상'에 대한 새로운 정의를 찾아야 한다.

사람들이 많이 아는 이야기 중에 '개는 다리 세 개와 여분의 다리 하나'를 갖고 태어난다는 이야기가 있다. 나는 이 시시한 농담에 웃음도 나오지 않았는데 생각해 보니 일리가 있었다. 개는 대부분 다리 세 개만으로도 잘 살아가니까. 그래서 이런 이야기를 아무리 많이 해 주고 실제 사례를 보여 줘도 다리가 셋인 개를 받아들이지 못하는 보호자들이 있다. 개에게는 부러지고 고통스러워서 아무 쓸모 없는 다리인데도 말이다. 많은 보호자들이 정작 개보다는 개의 다리에 더 애착을 갖는다.

이제 이 개는 암컷이 되는 겁니까?

다리에만 애착을 갖는 것은 아니다. 고환도 빼놓을 수 없다. 고환은 보호자, 대부분 남자 보호자가 좀처럼 포기하지 못하는 기관 중 하나이다. 그들은 개는 물론 개의 고환에도 애착을 가진다. 개를 중성화시키는 것을 자신들을 중성화시키는 것으로 받아들인다. 그런 사람들은 소중한 친구인 개에게 또는 그들 자신의 고환에게 절대 그런 짓을 할 수 없다.

나는 수의대 졸업반 때 첫 중성화수술을 했다. 그런데 이 수술은 비밀리에 진행되었다. 보호자는 남편이 출장 간 사이에 병원으로 세 살 된 비숑프리제를 몰래 데리고 왔다. 남편은 중성화수술이 그렇지 않아도 수컷답지 않은 개를 더 얌전하게 만들 거라며 격렬히 반대했기 때문이다.

수술은 성공적이었다. 그런데 고환을 둘러싼 막을 봉합하지 않은 게 문제가 되었다. 어린 개는 중성화수술 후 막을 봉합하지 않는 것이 문제가 되지 않는데 성견은 막에 발달된 혈관이 있을 수 있으므로 출혈을 방지하기 위해 막을 봉합하는 게 낫다. 그런데 내가 미처 그 생각을 하지 못한 것이다. 막에 출혈이 생기는 바람에 고환을 둘러쌌던 음낭이 혈액으로 가득 차서 일반적인 중성화수술 후의 막의 크기보다 두 배나 커진 것이다. 결국 털이 하얗고 복슬복슬한 작은 개의 뒷다리 사이에 어둡고 불그죽죽한 자루가 매달리게 되어 남편이 알아차리지 못하게 중성화수술을 하려던 은밀한 작전은 실패하고 말았다.

수의사들은 대부분 개에게 고환이 선택 사항이라는 점에 동의한다. 사람들의 예상과는 달리 수의 종양외과의(사람을 치료하는 의사들도 마찬가지가 아닐까) 관점에서 보면 없어도 되는 장기와 기관은 상당히 많다. 몇 가지만 예로 들면 앞에서 언급했듯이 한쪽 혹은 양쪽 다리, 한쪽 또는 양쪽 귀, 한쪽 또는 양쪽 눈, 폐와 간의 상당 부분, 신장, 최대 일곱 개의 갈비뼈, 방광, 전립선, 음경, 2/3의 혀, 비장, 아래턱뼈, 머리뼈 상당 부분이 여기에 해당된다. 극단적인 예로 한 수의사는 자신의 개가 어렸을 때 비장, 편도, 자궁, 난소, 항문낭을 제거했다. 별로 중요하지 않고 암이 발생할 수 있다고 생각한 기관을 제거한 것이다. 암을 극단적으로 예방한 경우이다.

외과 레지던트 시절 캐나다 탐사보도 프로그램 〈W5〉의 기자들이 우리 병원을 찾아왔다. 의사들은 대부분 대화나 촬영을 거부했다. 그들은 'W5' 팀의 방문 목적이 과도한 치료비를 강조하고 수의사를 최악으로 묘사하는 흔한 그런 유의 방송일 거라고 생각했다. 하지만 당시 의심이 많지 않던 나는 마음을 열고 기꺼이 촬영에 응했다. 솔직히 미디어 추종자인 나는 TV에 나오고 싶었다.

당시 내 환자는 차에 치인 채 질질 끌려 다닌 개였고 나를 쫓아다니던 촬영 팀은 그 이야기를 촬영했다. 개는 복부에서 음경까지 큰 상처를 입었고 바스러진 음경은 치료가 불가능해서 제거해야 하는 상황이었다. 나는 전국으로 방영되는 방송에서 개의 음경을 제거했다. 날것 그대로의 생생한 동물병원 현장이었다. 수술이 끝난 후 나는 회복 중인 동물 환자 옆에서 인터뷰를 했다. 여기자는 아주 진지한 목소리로 물었다.

"그럼 이제 이 개는 암컷이 되는 겁니까?"

지금까지 내가 들었던 가장 어리석은 질문 중 하나이다.

"아니오, 개는 여전히 수컷이랍니다."

솔직히 나는 "내가 당신 젖꼭지를 잘라내면 당신은 남자가 되나요?"라고 묻고 싶었다.

나 역시 기관이 몇 개 없다. 열일곱에 편도를 없앴고, 스물일곱에는 쓸개를 없앴다. 서른여덟이 된 지금은 갑상샘을 없애려 하고 있다. 약 10년 주기로 나를 힘들게 하는 불필요한 조직을 없애는 셈이다. 다음에는 뭘 없앨지 나도 모른다. 아마 가슴이 되지 않을까? 최근에 배우 앤젤리나 졸리는 용감하게도 예방적 유방절제술을 받은 사실을 공개했다. 유전적 이유로 그녀가 유방암에 걸릴 확률은 지극히 높다. 그러니 위험한 유방을 제거하고 대신 새롭고 완벽한 가슴으로 대체하면 안 되는 이유가 어디 있을까? 아주 좋은 계획이라고 생각한다. 암에 걸릴 걱정이 없으며, 졸리-피트 부부의 축구팀 아이들에게 모유수유를 해야 하는 압박에서도 벗어날 수 있으니 말이다(졸리와 피트 부부는 축구팀을 결성할 정도로 많은 아이를 갖겠다고 말한 적이 있다).

아래턱을 모두 제거하고도 낙천적인 제이크

암 때문에 개의 턱을 제거하는 일은 흔하지만 그것이 내 개라면 몹시 어려운 결정일 수 있다. 제이크는 아래턱뼈에 빠르게 자라는 육종을 가진 아홉 살 반 된 수컷 믹스견이다. 보호자는 최근에 은퇴한 시끌시끌한 두 여자 조앤과 수잔이다. 결혼생활을 오래 한 부부가 대개 그렇듯 그들은 상담하는 동안 서로 다투고 잡담하고 웃었다. 말 많은 조앤이 질문을 퍼부으면, 수잔은 조앤에게 입 다물고 바쁜 의사 선생님께 질문 좀 그만하라고 무안을 줬다. 그들이 서로를 그리고 제이크를 깊이 사랑한다는 점은 분명했다.

제이크는 그들의 친구이자 경호원이자 새로운 사람을 만나게 해주는 매개체이며, 매일 산책을 통해 그들의 건강을 유지시켜 주는 존재라고 말했다. 키우던 개가 신장병으로 세상을 떠난 후 그들은 개를 떠나보내는 일이 너무 가슴 아파 다시는 개를 키우지 않겠다고 결심했지만 두 달 후 뭔가에 이끌리듯 유기동물 보호소로 가서 열 마리 새끼 가운데 있던 제이크를 발견했다.

수입이 한정된 그들에게 제이크의 병은 경제적인 부담이었다. 경제적 부담을 조율하는 일이 그들에게는 힘든 일이었지만 제이크를 잃지 않고 앞으로 나갈 방법을 찾으려 했다. 제이크는 아래턱 대부분을 제거하는 아래턱뼈절제술을 받았다. 우리는 종양과 함께 주변 뼈 경계를 광범위하게 제거했다.

제이크는 수술 후 고작 36시간이 지났을 때부터 캔에 든 음식을 먹기 시작했고 이틀 밤을 병원에서 보냈다. 개들은 수술 후에도 대부분 먹는 데 의욕을 잃지 않으며, 턱의 상당 부분이 사라졌다고 해도 먹는 것을 포기하지 않는다. 사료를 물에 불려서 주자 제이크는 혀와 남아 있는 약간의 아랫니로 사료를 떠먹었다.

퇴원 후 조앤과 수잔은 수술 후 제이크가 평소처럼 행복해하고, 3주 뒤에는 수영과 프리스비 원반 물어오는 놀이를 다시 하게 되었다고 알려 왔다. 물론 나는 그녀들에게 한 달 동안은 제이크가 장난감을 갖고 놀지 못하게 하라고 일렀지만 뭐 어쩌겠는가?

제이크의 턱을 검사한 병리 전문의가 절제면 경계가 깨끗하다고 했으므로 입에 난 종양이 재발할 가능성은 거의 없었다. 그러나 제이크의 종양은 향후 다른 장기로의 전이 가능성이 40~50퍼센트에 달하는 고등급 육종이었다. 이런 상황에서는 화학요법이 권장되지만 그들은 거부했다. 수술은 그들이 제이크에게 해 줄 수 있는 유일한 치료였고 그 결정만으로도 충분히 힘들었기 때문이다. 경제적인 어려움, 화학요법에 대한 부정적인 생각이 적극적인 치료에 방해 요인이 되었다.

6개월 후 제이크의 최근 소식이 담긴 이메일이 도착했다.

제목 : 박사님 안녕하세요

편안히 잘 지내시지요?

다름이 아니라 제이크의 입에 다시 결절이 생겨서 연락드립니다. 사진 몇 장을 첨부합니다. 아주 빠르게 자라고 있습니다. 이제 와서 할 수 있는 일이 없다는 건 알지만 병원에 연락해서 제이크의 파일을 업데이트해야 할까요?

행운이 함께하시길 빕니다.

조앤

나는 놀라고 슬펐다. 제이크의 암의 원인을 완전히 제거하고 싶었지만 조건상 하지 못했던 나로서는 몹시 착잡했고, 조직을 더 많이 제거하거나 혹여 다른 조치를 취했어야 했나 하는 생각에 심란했다. 그런데 보내온 사진을 보니 다행히 종양이 재발한 것처럼 보이지는 않았다. 그보다는 턱 아래에 침이 쌓인 것처럼 보였다. 아래턱뼈절제술 후 있을 수 있는 합병증이다. 답장을 썼다.

re: 박사님 안녕하세요

안녕하세요, 조앤.

사진과 함께 소식 들려줘서 감사합니다.

종양학과에 연락하는 건 아주 좋은 생각 같아요.

수의사가 제이크를 진찰했나요? 종양이 재발한 것일 수도 있지만 타액이 축적되어 침샘관이 막히는 침샘류일 수도 있습니다. 직접 진찰한 게 아니라서 조심스럽지만 담당 수의사나 우리 병원 종양 전문의에게 진찰을 받고 확인하는 게 좋을 것 같습니다. 침샘류는 만졌을 때 부드럽고, 재발된 종양은 딱딱하게 느껴질 거예요.

다음 소식 기다리겠습니다.

감사합니다.

세라 보스턴

다행히 그들은 내 충고를 따랐다. 제이크의 재검사가 진행되는 동안 나는 온타리오 병원에서 플로리다 대학병원으로 자리를 옮겼다. 그래서 내가 직접 재검사를 진행하지는 못했다.

re: re: 박사님 안녕하세요

박사님 안녕하세요.

제이크가 오늘 아침 입원했습니다. 박사님 말씀이 맞았어요. 제이크는 암이 아니라 침샘이 막힌 거였어요. 내일 아침 타액 배출을 돕는 수술을 받을 예정입니다. 모든 게 잘 되었으면 좋겠네요.

살펴봐 주시고 조언해 주셔서 감사드립니다.

행운이 함께하시길 빕니다.

조앤

제이크는 타액 침전물을 빼내는 간단한 수술을 받고 하루 만에 정상으로 돌아왔다. 나는 소식을 들려준 보호자에게 감사했다. 그들이 다시 생긴 결절을 보면서 무슨 생각을 했을까? 물론 그렇다고 앞으로도 암이 재발하지 않는다는 보장은 없다. 경계면이 깨끗하게 수술되었다는 병리 보고서를 받으면 종양 전문의는 굉장한 기쁨을 느끼지만 수술 경계면의 밀리미터 단위까지 평가하는 건 현실적으로 불가능하므로 언제나 재발 가능성이 존재한다.

몇 달 후 조앤과 수잔은 새로운 소식과 함께 많은 사진을 보내 왔다. 사진 속에서 제이크는 호숫가에서 커다란 나뭇가지를 물고 자랑스러운 듯 바라보고 있었다. 아래턱이 거의 없는 걸 감안하면 정말 대단한 일이다. 제이크는 기린처럼 나뭇가지를 혀로 말아 쥐고 있었다. 마치 암 따위가 자기가 좋아하는 나뭇가지 옮기는 일을 막지 못하게 하려는 것처럼 의연했다. 수술을 한 지 1년이 지난 뒤였다. 보호자들은 제이크가 여전히 '낙천적'일 수 있게 해 줘서 고맙다고 했다. 그런데 2주 후 나는 또 다른 이메일을 받았다.

제목 : 슬픈 소식

박사님 안녕하세요.

어제 제이크가 말 목장에서 끔찍한 사고를 당했습니다.

예민한 말이 있는데 낯선 사람이 방문한 것을 보더니 미친 듯이 날뛰었어요. 근처에 제이크가 있었고요. 너무 순식간에 일이 벌어졌습니다. 그 일로 제이크의 왼쪽 엉덩이가 탈구되고 오른쪽 발목이 바스러졌습니다. 제이크가 일어서지도 걷지도 못해서 동물병원에 데려갔더니 수술을 하자고 했습니다. 수술 후 치료는 제이크와 우리에게 너무 버거운 일입니다. 너무나 특별한 아이 제이크의 행복한 뜀박질을 다시는 볼 수 없겠죠.

우리는 오늘 아침 제이크를 안락사하기로 결정했어요. 심장이 무너지는 것처럼 충격이 심합니다. 2주 전만 해도 턱제거술을 받고 살아남은 1주년을 축하했는데 말입니다. 제이크를 잃을 슬픔을 말로 다할 수 없습니다.

제이크와 우리를 위해 기도해 주세요. 천사들이 우리에게 힘을 주기를.

조앤

결과적으로 제이크와 가족을 힘들게 한 것은 암이나 턱을 잃은 것이 아니라 말에게 당한 사고였다. 사고는 가족에게 비극이었고, 제이크가 암에서 해방되어 1년을 산 것은 희망이었다.

제이크가 내 개였더라면 어떻게 했을까? 내 개가 아니니 확실한 답을 줄 수는 없다. 내가 할 수 있는 최선의 답은 이어지는 많은 질문에 대해 고민하면서 완성될 것이다.

어떤 선택이 가장 후회가 적을까? 아무것도 하지 않는 것일까, 돌발 사고의 위험을 감수하고라도 최선을 다하는 것일까? 치료의 목표는 무엇일까? 완치일까, 일시적인 완화일까? 공격적 치료를 해야 할까, 소극적 치료를 해야 할까? 죽을힘을 다해 덤벼야 할까, 숨 죽여 기다려야 할까? 치료에 들어가는 돈, 시간, 노력을 감당할 여력이 있는가?

이 질문들이 보호자들을 최선의 답으로 이끌 것이다. 그리고 정답은 모두에게 각각 다르다.

동물병원과 많이 다른
캐나다 사람 병원 시스템

나쁜 의료진이 나쁜 환자를 만든다

나는 다시 열렬히 수술을 희망하는 사람에서 병원 가운을 입고 두려움에 떠는 사람으로 바뀌었다. 갑상샘암을 진단받은 후 수술을 받기까지 다시 석 달이 걸렸다. 2차 수술 절차는 첫 번째 수술과 비슷했다. 첫 번째 수술에서는 오른쪽 갑상샘과 결절을 제거했다. 이번에는 암의 재발 위험을 낮추기 위해 왼쪽 갑상샘 전체를 제거했다. 같은 토론토이지만 이번에는 다른 병원에서 했다.

병실에서 만난 옆 환자는 유방암으로 유방절제술을 받은 뒤 최근에 재건수술을 받은 폴란드 여성이었다. 샤워를 하려고 병실 밖으로 나갔던 그녀가 요란스럽게 돌아왔다. 커튼 너머로 보니 그녀 주위에 간호사 세 명과 남편이 몰려 있는 것으로 보아 샤워를 하다가 뭔가 끔찍한 것을 본 모양이었다. 목소리가 겁에 질려 있었다.

간호사 중 한 명이 재건술의 핵심이며 문제의 원인인 듯한 이식된 가슴 피부조직을 살폈다. 간호사는 멍이 들었을 뿐 정상인 것 같지만 당직 의사가 와서 살펴볼 수 있는지 알아보겠다고 말하고 자리를 떴다. 대화가 거기에서 그쳤어야 했는데 남은 간호사 두 명이 계속 걱정하지 말라는 식으로 이야기했다. 사실 간호사들도 괜찮은지 안 괜찮은지 정확히 모르는 게 분명해 보였기 때문에 그 말은 환자에게 어떤 위안도 되지 않았다. 말을 하면 할수록 환자는 거의 미칠 지경이 되어 갔다.

30분 후쯤 당직 성형외과 레지던트가 나타났다. 그는 이런 사소한 일로 불려온 것이 못마땅해 보였다. 그는 피부를 살펴보더니 멍은 정상적인 것이니 염려하지 않아도 된다고 말했다. 그는 폴란드 여성이 말을 못 알아들을까 봐 천천히 큰 소리로 고함치듯 얘기했는데 그것이 그녀를 더 화나게 만드는 것 같았다. 또 레지던트는 그녀에게 괜찮을 거라면서 혹시 괜찮지 않더라도 지금은 할 수 있는 것이 아무것도 없다고 했다. 의사의 의도대로 환자는 곧 풀이 죽었다. 중요한 일을 하시는 의사 선생님을 귀찮게 해드려 미안하다고 눈물을 흘리며 사과했고, 레지던트는 너무 자책하지 말라며 위로했다.

나는 많은 생각이 들었다. 환자와 소통하지 않는 법, 환자를 골칫거리로 만드는 법, 환자 스스로 자신을 구제불능이라고 생각하게 하는 법, 사소한 일로 위기 상황을 고조시키는 법, 환자의 당연한 걱정을 히스테리로 변형시키는 법에 관한 사례 연구를 보는 듯했다.

레지던트와 간호사들이 병실에서 나가자 그녀의 훌쩍이는 소리만 남았다. 남편은 재빨리 레지던트 뒤를 쫓아 나가 복도에서 아내의 행동에 대해 다시 한 번 사과했다. 남편은 대체 누구 편인가? 좀 진정이 되자 그녀는 내게 와서 인사를 건넸다. 그녀는 소란을 피워 미안하다고 했고, 우리는 각자의 병에 대해 이야기를 나누었다.

그녀는 나와 나이가 비슷했다. 지난 2년간 그녀는 유방암과 관련해 할 수 있는 모든 치료를 다 받았다고 했다. 캐나다에 온 직후 유방에 결절을 발견했다. 당시 크기가 2센티미터였는데 그녀를 담당했던 의사는 아무런 조치도 취하지 않았다. 그녀는 참을성 있게 기다렸다. 외과의를 만나 진단을 받기까지 4개월 반이 걸렸다.

그녀는 자신의 병이 시간이 지날수록 위험해진다는 사실도 몰랐고 도와줄 사람도 없었다. 그러니 캐나다 의료체계에 대해서 알 리 없었다. 수술을 받을 무렵 결절이 2센티미터에서 11센티미터로 자랐고 9개의 림프절로 전이되었는데도 그녀는 치료를 해 준 캐나다에 감사했다. 그녀는 자신이 계속 폴란드에 있었더라면 지금쯤 죽었을 거라며 성부와 성자와 성령의 이름을 부르며 가슴에 성호를 그었다.

캐나다에서는 문제가 심각해져 죽을 지경이 되어야만 제대로 된 의료 지원을 받을 수 있다. 한마디로 마지막에 뛰어들어 가장 공격적인 치료를 제공하는 것이다. 물론 모두 공짜다! 병실 친구는 유방 전절제술과 림프절절제술, 방사선치료와 화학치료를 받고 최근에 유방재건술을 받았다. 초기에 유방에 난 2센티미터 크기의 결절을 치료했다면 한결 수월했을 터였다.

그녀가 받은 수술, 화학요법, 방사선치료의 강도는 모두 높았다. 의료보험제도에 재정적 부담을 안기는 것은 물론이고 환자에게는 극심한 육체적·정신적 타격을 입힐 수밖에 없다. 공격적인 치료에도 불구하고 내 생각에 그녀의 장기 예후는 좋지 않을 것이고, 결국 암으로 죽게 될 것 같았다. 빨리 치료를 받았더라면 다른 결과를 기대할 수 있었을 것이다.

나는 그녀에게 담당 의사를 고소하는 걸 고려해 보라고 말했다. 많은 이들이 그렇게 말한다고 했다. 하지만 그녀는 그럴 맘이 없어 보였다. 그녀는 이미 너무 지쳐 있었다.

나는 내 병실 친구가 좋아졌다. 아이패드를 꺼내서 내가 개에게 시술했던 이식된 피부조직을 몇 장 보여 주었다. 그녀가 이식받은 것과 비슷한 것이었다. 그녀가 비교할 수 있도록 자줏빛에 따뜻한 정상 피부조직과 검고 차갑고 딱딱해진 문제가 있는 피부조직을 보여 주었다. 정상인 것은 회복되면서 울혈이 생겨서 자줏빛이 될 수도 있지만 대부분 며칠 내에 사라질 거라고 설명해 주었다. 그녀는 생각처럼 그렇게 영어가 서툴지 않았다. 그녀는 내 말을 듣고는 한결 편안해진 표정으로 침대로 돌아갔다.

얼떨결에 앞당겨서 하게 된 두 번째 수술

나는 며칠 동안 잠을 이루지 못했다. 속이 메스꺼웠다. 혈액 내 칼슘 농도가 정상 이하로 떨어져서 경련이 일었다. 진통제를 끊으려 했지만 세 번이나 실패했다. 힘들었다. 두 번째 수술이면 한결 수월해야 마땅했다. 종양은 이미 사라졌다. 나는 수술 후 경과가 어떨지 잘 알고 있었다. 이번에 입원한 병원은 규모가 더 크고 뛰어난 치료로 국제적 명성이 높은 곳이다. 문제가 있을 리 없었다.

하지만 다시 돌아가 보자. 수술 전 진료는 아무 문제가 없었다. 수술 준비 클리닉은 기름을 잘 친 기계처럼 효율적으로 돌아갔다. 병실에서 두 시간 반을 보내는 동안 여러 명의 간호사와 약사, 임상 병리사, 마취과 레지던트가 다녀갔다. 모두 친절하고 전문성이 있었으며 자기 일에 능숙했고 환자에 대해 잘 알고 있었다. 그들은 각종 검사를 하고 측정하고 찌르고 청진하고 촉진하고 소독했다. 한 간호사는 슈퍼박테리아 반코마이신 내성 장구균(VRE: Vancomycin-Resistant Enterococcus)을 확인하기 위해 내 직장에 면봉을 찔러 넣으면서도 나와 남편과 가벼운 대화를 이어갔다. 전문성이란 이런 것이다.

입원 수속을 담당한 파피는 사랑스러웠다. 그녀는 많은 것에 대해 물었다. 나는 첫 번째 수술 후 처방받은 약과 효과에 대해 말했다. 또 퇴원할 때 코데인 처방을 원치 않으며 구역질을 두려워한다는 얘기도 했다. 파피는 심지어 어떻게 해 주면 좀 더 편안하겠느냐고 묻기까지 했다. 와! 5성급 호텔에서처럼 지낼 수 있겠구나 생각했다. 내가 추위를 잘 탄다는 말을 거듭하자 따뜻한 담요를 충분히 주겠다고 안심시키면서 자기가 특별히 더 신경을 쓰겠다고 했다. 나는 미리 덥힌 담요를 내게 둘러 주고 살뜰히 보살펴 주는 파피를 상상했다. 병원 와이파이 비밀번호조차 '최상의 의료 서비스(OurHealth CareIs#1)'였다.

첫 번째 수술을 했던 병원의 입원 수속은 무섭고 불안했다. 그런데 2차 수술을 위한 입원 전 예약은 너무 완벽해서 이번에는 완전히 다를 것이라고 믿었는데, 역시나 크게 다르지 않았다.

시작은 오전 7시 24분에 걸려온 의사의 전화였다. 그는 내게 좀 더 일찍 올 수 있느냐고 물었다. 혼란스러웠다. 나의 예정된 입원 시각은 오전 11시였고 수술은 오후 1시에 잡혀 있었다. 아마도 앞 수술이 펑크가 난 것 같았다. 그 환자가 금식하라는 말을 들었는데도 잊고 아침식사를 한 걸까? 환자들은 대부분 의사가 한 말의 고작 10퍼센트가량만 이해하고 기억한다. 만약 의사가 수술 전 12시간 동안 금식을 하지 않으면 마취 상태에서 위의 내용물이 폐로 들어가 죽을 수 있다고 친절히 설명했더라면 환자는 조금 더 잘 기억했을 것이다.

담당 의사의 황당한 전화를 받았지만 나는 즉시 가겠다고 대답했다. 전화를 끊으며 10분 전에 사과 주스 한 잔을 마셨다는 사실이 떠올랐다. 수술 5시간 전부터는 아무것도 먹지 말아야 했다. 하지만 그 정도는 허용된 것이다. 나는 병원에 전화를 걸었지만 담당 의사와 통화할 수 없었다. 전화를 받은 사람에게 사과 주스를 마신 상황을 얘기했으나 별다른 해결책을 제시하지 못했다. 급히 병원으로 달려가 수속을 한 뒤 몇몇 간호사와 사과 주스 마신 일을 상의했다.

"얼마나 마셨나요?"

"200밀리 정도?"

"몇 시예요?"

"아침 7시 15분에요."

나는 의사의 갑작스런 요구로 수술 일정이 당겨진 거라고 얘기했지만 그들은 그저 주스를 마신 수술 환자가 성가신 듯했다. 나무라는 분위기였다. 마취과 의사 한 명이 사과 주스 사건을 고려해 그날 일정을 논의하려고 병실에 들렀다. 그녀는 웃으며 그것이 내 잘못이 아님을 알고 있다고 말했다.

나는 예정보다 세 시간이나 병원에 일찍 와서는 오후 1시까지 하릴없이 기다리다가 마침내 팔에 정맥주사가 꽂혔다. 마취과 의사가 내게 말을 걸었고, 담당 외과의가 오더니 짧게 말을 건넸다. 수술대를 밀어서 나를 수술실로 데리고 가는 남자는 20시간 교대 근무 중 14시간째 일하는 중이라고 했다. 인간 병원에서 20시간 교대 근무가 합법이라는 사실이 놀라웠다. 그는 어깨를 으쓱하더니 주택담보대출을 갚아야 하니 어쩔 수 없다고 했다. 마취약이 퍼지면서 나는 다시 의식을 잃었다. 얼마인지 모를 시간 동안 의식이 없었다.

의식이 돌아왔다. 기관에 튜브가 삽입된 게 느껴지면서 침을 삼키기가 힘들었다. 여기요! 튜브를 빼낼 시간이라고요! 튜브 때문에 말이 나오지 않았지만 그들이 내 움직임을 알아차리기를 바랐다. 마취과 의사가 튜브로 침을 넘겨 삼키는 날 보더니 관을 빼냈다. 느낌이 이상했다. 그동안 내 손을 거쳐 이런 느낌을 경험했을 개와 고양이들이 떠올랐다. 우리는 대개 개나 고양이가 음식을 삼킬 수 있는지, 관을 빼는 것이 안전한지 확인하기 위해 개나 고양이가 거의 튜브를 씹을 때까지 기다리기 때문이다.

회복실의 간호사는 예쁘고 성격도 좋았다. 얘기를 나누다 보니 나와 같은 캘거리 출신이었다. 내가 수의사라고 하자 그녀는 거북이에 관해 질문했다. 거북이에 대해서는 아는 것이 별로 없었지만 거북이 수술에 대해 아는 것을 말해 주었다. 그녀는 거북이와 인간 의학의 유사성에 대해 굉장한 호기심을 보였다. 훌륭한 간호사인 그녀는 나를 입원실로 올려 보냈다.

의료진도 병원 환경도 마음에 들지 않았다

입원실의 간호사는 사마라였다. 내가 통증을 호소했는데도 그녀는 오랫동안 나타나지 않았다. 나는 한 시간 넘게 진통제를 기다렸다. 나는 내가 요청한 약물인 하이드로모르폰 대신 모르핀을 투여받았다. 둘은 비슷하지만 모르핀 쪽이 잠재적 부작용이 좀 더 심했다.

간호사, 마취과 의사, 담당 외과의를 비롯해서 모든 의료인에게 첫 번째 수술했을 때와 동일한 통증 및 구토 억제제를 원한다고 말했는데도 내 요구는 받아들여지지 않았다. 흥미롭게도 이 병원에서는 진통제로 하이드로모르폰을 쓰지 않는다고 했다. 그런데 그러한 사실을 아무도 내게 알려 주지 않았다. 나는 그것이 경제적 이유 때문임을 알고 있다. 모르핀은 값이 싸다. 이런 이유로 더 비싸고 더 효과가 좋으며 환자가 더 견디기 쉬운 하이드로모르폰 대신 모르핀을 사용하는 것이다.

나는 사마라에게 석 달 전 같은 수술을 받았을 때 효과가 있었던 얼음찜질을 하고 싶다고 공손하게 말했다. 모르핀 때문에 착각한 것일 수도 있지만 그녀는 못된 사춘기 여학생처럼 눈을 부라리며 "우리 병원에서는 그런 걸 하지 않아요."라고 말했다. 나는 수술 후 절개 부위를 냉찜질하는 것에 대한 그녀의 의견을 물은 게 아니다. 내 판단으로 얼음이 필요하다고 의견을 피력한 것이다. 모르핀을 투여받은 성난 환자와 무례한 간호사 중 누구의 말을 따라야 할까? 이렇게 나와 사마라의 관계는 시작부터 삐걱거렸다. 입원 수속을 도와준 파피는 입원해 있는 동안 편안히 있을 수 있게 병원에서 모든 편의를 봐줄 거라고 말했는데 도대체 왜 안 그런 거냐고.

사마라는 마지못해 작은 얼음주머니를 가져다 주었다. 그녀는 면실로 짠 매듭 팔찌를 차고 있었다. 불쾌했다. 팔찌는 조잡했고, 무엇보다 빼거나 세탁하는 게 불가능했다. 여러 종류의 항생물질에 내성이 생긴 다내성 슈퍼박테리아를 환자들 사이로 옮기는 완벽한 매개체였다. 팔찌에서 눈을 뗄 수가 없었다. 의사들은 대개 머릿속에서 세균에 대한 생각을 떨쳐 버릴 수 없는데 그것은 축복이자 저주이다.

나는 혼자 남았다. 슈퍼박테리아 사마라는 보이지 않았다. 모르핀이 하이드로모르폰만큼 효과적으로 통증을 없애 주지 못한다는 사실을 깨닫고 있었다. 여전히 아프고 약간의 메스꺼움을 느꼈으며 기분이 아주 나빴다. 옆방에서 유난히 큰 소음이 들려왔다. 뭔가 도와줄 일이 있나 싶어 나갔던 남편이 고개를 흔들며 돌아왔다. 큰 소리는 최근에 얼굴에 대수술을 받은 다리가 없는 환자의 태블릿에서 나는 소리였다. 소리를 줄여 달라고 말하기가 어려웠다. 그는 앞을 못 보고, 소리로 보아 귀도 거의 안 들리는 것 같았다. 난감했다. 남자가 매우 불행한 일을 당한 것 같아 안타까웠고, 그가 듣는 것이 무엇이든 그것이 지금 그에게는 생명줄 같을 거라는 점은 이해되었다. 그러나 소음은 순조롭지 않은 내 회복을 방해하고 있었다.

사마라는 나를 화장실에 데려가야 하는 시간에 늦게 나타났고, 내가 사용할 2인실 화장실의 좌변기는 더러웠다. 나는 사마라에게 더러운 변기에 앉을 수 없고 앉기도 싫으니 다른 화장실로 가자고

동물병원과 많이 다른
캐나다 사람 병원 시스템

했다. 그녀는 쓸 수 있는 다른 화장실이 없다고 했다. 그녀는 지금 꼭 소변을 봐야 한다고만 했지 그 일이 왜 급한지는 설명하지 않았다. 사마라는 불과 두 시간 전에 갑상샘제거술을 받고 모르핀과 정맥주사를 맞은 내게 바닥에 쭈그려 앉아서 소변을 보라고 했다. 아니면 종이 타월을 변기에 깔고 앉아서 소변을 보는 방법도 있다고 했지만 배변 시 튄 오물이 묻을 게 분명해서 결벽증이 있는 나로서는 도저히 못할 짓이었다. 그것도 아니면 모자라고 부르는 물건(정말 모자처럼 생긴 물건이 세균이 득실거리는 화장실 한 구석에 놓여 있었다)에 소변을 보라고 했다. 순간 모자를 사용할까도 생각했지만 사마라가 지켜보는 가운데 다리 아래쪽에 모자를 놓고 서서 소변을 봐야 한다면 소변이 절대 나오지 않을 것 같았다. 머릿속이 하얘졌다. 유일한 방법은 다시 침대로 돌아가 누군가가 변기를 깨끗이 해놓을 때까지 기다리는 것뿐이었다.

외과의 수련 과정에는 열여섯 시간 혹은 그 이상 소변을 참는 훈련이 포함되어 있다. 지금 상태로는 도저히 소변이 나올 것 같지 않았고, 병실로 돌아가서 한 숨 자고 물이나 차를 마신 뒤에야 소변이 마려울 것 같았다. 하지만 후진국의 병원처럼 운영되는 병원에서 당장 화장실 청소 인력을 고용하지도 않을 것이다. 내가 처한 상황이 캐나다 의료보장제도가 해 줄 수 있는 최선이었다.

사마라가 문제가 해결되기 전에는 비키지 않겠다는 듯 화장실 문 앞을 막고 서 있어서 나는 병실로 돌아갈 수도 없었다. 마치 소변을 강탈당하는 기분이었다. 나는 종이 타월 몇 장을 빼들고 비누와 물을 이용해 직접 변기를 닦기 시작했다. 일을 마치고 밖으로 나와 그녀에게 종이 타월이 다 떨어졌으니 더 가져와서 누군가 화장실 청소를 해 줄 수 있는지 물었다. 그러나 입원해 있는 동안 화장실 청소를 하는 사람은 나타나지 않았다.

언론에서 난리를 떠는 슈퍼박테리아와 전염병을 해결하는 방법은 의외로 아주 간단한 것일 때가 많다. 손 씻기와 화장실 청소, 냄새 나는 면 팔찌 금지, 세균이 득실대는 인조 손톱 금지, 손 닦는 종이 타월, 위생 관념 있는 의료진이 기본이다.

값싼 약은 푸짐한 개똥이다

나는 씩씩대며 다시 병실로 돌아왔다. 아직 의사와는 얘기를 나눠 보지도 못했다. 내 수술을 보조했던 젊은 외과 레지던트가 수술복을 입은 젊은 여성과 함께 병실 문 앞을 지나갔다. 그는 걸음을 멈추고 안을 들여다보더니 양손 엄지손가락을 치켜들고 "잘 지내시죠?"라고 말한 뒤 가던 길을 갔다. 진심일까?

그는 수술이 끝나자마자 보호자 대기실로 가서 내 남편인 것을 확인도 하지 않은 채 어떤 남자에게 무작정 수술 경과를 설명해 준 사람이다. 스티브가 옆에 있다가 두 사람 사이에 끼어들어 자신이 남편임을 밝히자 레지던트는 미안하다는 말도 없이 녹음기를 틀어 놓은 것처럼 같은 설명을 되풀이했다. 그는 수술이 성공적으로 끝났으며, 상세한 설명도 없이 림프절도 몇 개 제거했다고 간단히 말했다.

나는 그를 병실로 불러서 어째서 림프절 일부를 잘라낸 거냐고 물어보았다. 뭔가 안 좋은 게 발견된 건 아닌지 걱정이 되었다. 그는 심드렁하게 말했다. "수술하다 보면 종종 그래요." 그는 내가 수의 외과 종양의라거나 내가 자신보다 같은 수술을 훨씬 더 많이 했을 거라는 사실도 모르고 있었다. 그는 거만한 큰 거짓말쟁이가 되기 위해 수련 중인 거만한 작은 거짓말쟁이였다. 수의사 세계에도 이런 의사와 레지던트가 있다. 그들은 종종 자신이 수의사라는 사실을 잊고 마치 전지전능한 의사인 것처럼 군다.

나는 혼자가 되자 휴대전화를 꺼내 친구들에게 문자를 보냈다. 가장 친한 친구들에게만 문자를 보냈는데 상태가 좋을 때에도 감정을 여과시키는 데 서툰 내가 모르핀의 영향을 받아서 쓴 글이다.

안녕 얘들아, 괜찮다는 안부를 단체 문자로 전한다.
난 불행히도 하이드로모르폰이 아닌 모르핀을 투여받았어. 지난번에는 구름 위를 걷는 것 같더니 이번에는 아주 안 좋아. 방금 건방진 풋내기 외과 레지던트가 와서 이야기를 하고 갔어. 이번에는 계획에도 없던 림프절 몇 개를 제거하는 바람에 스트레스를 받고 있어.
빨리 의사가 와서 설명을 해 주면 좋겠어. 외과 레지던트는 아는 게 없고 림프절을 왜 잘라냈는지도 설명을 못하더라고. 잘난 척에다가 나한테 마치 어린애한테 얘기하듯 말하더라니까.
게다가 맞은편 남자 환자는 볼륨을 최대로 올린 채 다큐멘터리 시청에 푹 빠져 있어. 시끄러워 잠을 잘 수 없지만 다리가 없는 사람에게 다른 사람 생각 좀 해 달라고 할 수가 없어. 다리가 없다는 카드를 들이밀면 갑상샘암 카드를 쥔 자는 언제나 지게 되어 있으니까 말이야.
그럼에도 나는 정말 잘 지내고 있어.

얘들아 사랑해.

쪽!

기분이 너무 안 좋았다. 나쁜 기분을 떨쳐 버리고 싶었다. 나는 아이패드를 집어들고 펍메드에서 모르핀과 기분에 관한 정보를 검색했다. 모르핀을 투여받은 환자는 만족도가 떨어지고 부작용으로 구역질과 불안, 섬망증(뇌손상으로 인한 환각 증상), 적의가 나타날 수 있다는 정보를 발견했다. 반면 하이드로모르폰은 환자에게 이상행복감, 좋은 무통증, 높은 만족도를 가져다줄 가능성이 높았다. 나는 확실히 구역질이 났고 섬망이 의심되었으며, 여전히 약간의 통증이 있고 다소 적의를 느끼고 있었다.

잠시 후 드디어 담당 의사가 나타나서 림프절에 대해 얘기를 조금 더 자세히 나눴는데 내용을 요약하면 이렇다.

"오늘만 해도 세 건의 갑상샘절제술을 해서 당신의 림프절에 대해서는 잘 기억이 나지 않습니다."

나 역시 하루에 여러 건의 수술을 하지만 환자 각각을 전부 기억한다. 게다가 환자가 바로 앞에 있을 때는 더욱 그래야 한다. 어쨌든 결론은 특별한 이유 없이 림프절 몇 개를 제거했다는 것이었다. 더 이상의 설명은 없었다. 사실 제거 후 조직검사가 필요한 림프절은 여전히 빗장뼈 안쪽에 그대로 있었다. 수술 전에 의사에게 그 림프절을 제거해 줄 수 있느냐고 했을 때는 눈살을 찌푸리며 "그런 일은 해 줄 수 없습니다."라고 말했었다. 그걸 제거하는 데 5분이면 족하다는 사실을 알기에 심한 좌절감이 들었다. 어쨌든 임의로 떼어 낸 림프 조직 일부를 병리 전문의가 검사한다고 생각하니 기분이 조금 나아졌다.

모르핀 대신 하이드로모르폰을 줄 수 없냐고 묻자 의사는 모르핀을 사용하는 것이 병원 정책이라고 했다. 지난번에 사용해 효과를 톡톡히 보았던 항구토제 온단세트론은 처방받을 수 있느냐고 묻자 그 또한 병원 정책상 정해진 약인 그라볼이 안 듣는 환자에게만 처방하도록 되어 있다고 했다. 그들은 내게 모르핀을 처방해서 돈을 절약하고, 효과가 뛰어난 항구토제를 주지 않아 나를 분노하게 만들었다.

모두 다 돈을 절약하기 위해서였다. 나는 의학을 공부하지 않은 일단의 병원 행정가들이 어딘가에 모여 앉아 하이드로모르폰이 아닌 모르핀을, 온단세트론이 아닌 그라볼을 사용했을 때 절약되는 금액이 얼마인지 산출하는 모습을 상상했다.

분명 비용 차이는 상당할 수 있다. 하지만 병원이 값싼 약을 사용함으로써 발생하는 실제 비용이 더 높을 것이다. 허위절약(false economy)인 셈이다. 값싼 샴푸를 쓴 뒤 윤기 없고 칙칙한 머리카락을 보강하기 위해 값싼 헤어 제품을 잔뜩 사야 하는 것과 같은 이치이다. 혹은 보충재가 가득 든 값싼 개 사료를 먹인다면 양을 훨씬 더 많이 주어야 하고 똥도 더 많이 치워야 한다. 이러한 병원 정책은 칙칙한 머릿결이고 푸짐한 개똥이다.

편안하고 기분이 좋은 환자에 비해 메스꺼움과 통증을 느끼고 화가 난 환자를 돌보는 비용이 어떻게 더 저렴할까? 고통스러운 환자는 도움을 청하기 위해 얼마나 자주 간호사를 찾을까? 행복한 환자에 비해 불안한 환자를 다루는 데 얼마나 많은 시간을 더 소요할까? 암 수술 후 더딘 회복은 차치하고라도 암 수술에 대한 환자의 만족도와 감정적 비용은 어떤가? 무형의 재화까지 계산해 보면 어떨까?

이런 여러 가지 일로 내 회복기는 평화롭지 못했다. 부당하게도 나는 모르핀 때문에 일어나는 화를 사마라에게 쏟아 냈다. 사마라와 달리 야간 근무조인 레이첼은 친절했다. 레이첼은 자기 소개를 한 뒤 통증이 어떤지, 더 필요한 게 없는지를 묻고서 얼음을 더 가져다주고 저칼슘혈증 징후가 없는지 목의 수술 부위와 안색을 살폈다. 이 모든 일을 하는 데 5분쯤 걸렸다. 전신의 긴장이 스르르 풀리는 듯했다. 정말 감사했다. 모르핀 때문에 너무 힘드니 하이드로모르폰으로 바꿔 줄 수 있는지 물었더니 그녀는 약을 바꿔서 가져다주었다. 환자 간호를 대부분 간호사들이 담당하는 만큼, 훌륭한 간호사 한 명은 상황을 완전히 바꿔 놓을 수도 있다.

퇴원해도 된다는 뜻일까?

그날 밤은 순조롭게 지나갔다. 나는 하이드로모르폰을 투여받은 뒤 훨씬 상태가 좋아져서 어느 정도 평온을 되찾았다. 다음 날에는 사마라 대신 리나라는 간호사가 왔다. 그러나 그녀 역시 사마라와 별반 다르지 않았다. 인사나 자기 소개도 없이 병실에 들어오더니 바이탈 사인을 점검했다. 매번 직접 진통제를 요구해야 했고 대부분의 시간 동안 홀로 남겨졌다. 리나는 할 일만 하려고 했다. 하루 동안 혈액 칼슘 농도를 모니터한 결과 칼슘 수치가 낮게 나타났다.

수술의 일시적인 부작용이기에 그 자체는 큰 문제가 아니지만 그 수치는 앞으로 24시간을 더 병원에 머물며 치료와 관리를 받아야 함을 의미했다.

밤에는 천사 레이첼이 나타나 내 건강 상태를 점검하며 그날 기분이 어땠는지를 물었지만 또 12시간이 지나자 다시 리나가 나타났다. 채혈을 하고 혈압과 체온을 잰 뒤 내게 알약 몇 알을 던지듯 주고는 사라졌다. 경구용 갑상샘약과 칼슘제도 처방받았다. 하지만 이 약들을 동시에 복용하면 칼슘이 갑상샘약과 결합하여 두 약 모두 흡수가 안 된다는 사실을 나중에 알았다. 이후 두경부 외과의가 와서 칼슘 수치가 조금 나아졌으나 여전히 낮은 수준이라며, 정오에 다시 점검한 뒤 퇴원 여부를 결정하겠다고 했다. 폴란드인 병실 친구도 다리가 없는 남자도 다 퇴원하고 나 혼자 남아 있었다. 나도 집에 가고 싶었다.

리나는 정오에 채혈을 하며 45분 후에 결과가 나온다고 알려 주었지만 소식이 없어서 오후 1시 30분이 지나 호출 버튼을 눌렀는데도 아무도 오지 않았다. 너무 화가 났다. 나는 간호사실로 가서 검사 결과가 아직 안 나왔는지 물었지만 답을 듣지 못했다. 다시 45분이 지나 리나가 약 처방전과 함께 월요일에 담당 의사에게 전화하라는 간단한 수술 후 지침이 적힌 작은 종이를 들고 나타났다. 칼슘 수치는 오전과 동일했다. 병원에 남으라는 건지 말라는 건지 의미가 불분명했지만 어쨌든 가도 된다는 말인 듯했다. 하느님 감사합니다.

저칼슘혈증은 심하면 발작을 일으킬 수 있는데도 이에 대한 설명이나 경고가 없다는 사실이 놀라웠다. 내게는 자세한 설명이 필요 없지만 대다수 환자들에게는 필요한 설명이었다. 내 동물 환자와 보호자는 퇴원하기 전에 나와 오랜 시간 면담을 갖고 여러 지침이 적힌 종이를 들고 집으로 돌아간다. 그렇게 해도 의사에게 물어볼 게 아주 많다.

집으로 오는 길에 친구들에게 문자를 보냈다.

모두 잘 있지?😊 포트 녹스 병원에서 방금 퇴원했어. 기분이 별로 야.😔 이 병원 서비스가 아주 훌륭하다고 한 사람은 리나를 만나지 않은 게 분명해. 여전히 칼슘 수치가 낮아서 얼굴에 미세한 경련이 있지만(쉿, 이건 비밀이야!) 집에서 비타민 D와 칼슘보충제 텀스를 복용하면 좋아질 거야… 해봐야지.
쪽~.

누구에게는 버겁고 누구에게는
상관없는 동물 치료비에 관한 이야기

수의학의 전문화는 동물 치료비 부담을 가중시켰다

수술을 위해 개를 병원에 입원시키는 일은 고도의 기술이다. 보호자의 목적과 기대를 잘 살펴서 계획을 세워야 한다. 또한 가능성 있는 합병증을 면밀히 살펴야 한다. 합병증의 가능성을 최소화하기 위해 노력하지만 간단한 수술에서도 그 가능성을 완전히 없애는 것은 불가능하다.

나는 모든 것을 자세히 설명하는데 이런 대화를 할 때면 보호자들은 대개 흥분한 상태이다. 따라서 합병증에 관한 사항을 따로 적어 그들이 위험성을 알고 있다는 증거로 고객의 서명을 받는다. 그렇더라도 사람들이 자신이 서명한 문서를 정말 이해했다는 건 아니다. 심지어 읽을 수 없는 경우도 허다하다(최근에 캐나다인 성인 인구의 30~40퍼센트가 글을 읽고 쓰는 능력이 떨어진다는 사실을 알게 되었다). 우리가 할 수 있는 일은 그저 최선을 다하는 것뿐이다. 위험성을 완전히 알지 못하더라도 적어도 우리를 믿고, 우리가 반려동물의 행복을 위해 노력한다는 사실을 믿어 주기를 바랄 뿐이다.

수의사들이 사용하는 권리포기각서의 수위는 다양하다. 나는 한때 변호사였던 수의사와 일한 적이 있다. 그가 작성한 보호자 동의서에는 일어날 수 있는 것은 물론 가끔이라도 일어나리라 상상할 수도 없는 합병증 이름으로 가득했다. 그리고 '부작용은 다음 증상들에 한하지 않음'이라는 문구도 적혀 있었다. 기가 막혔다. 책임을 피하려는 것이고 지나치게 선을 긋고 있었다. 환자를 배려하기보다 공격적이고 적대적으로 보였다. 마지막에 빠른 목소리로 모든 위험을 경고하는 저급한 비아그라 광고 같았다.

나는 법에 의존하는 태도가 기적이 일어나는 것을 방해한다고 생각해 왔다. 내가 가장 존경하는 수의사는 이와는 전혀 다르게 행동했다. 그는 고객들과 많은 대화를 나누고 사실을 솔직히 털어놓았다. 최고의 실력자였고 늘 최선을 다했지만 그에게도 때때로 안 좋은 일은 생겼다. 그는 보호자에게 절차와 위험을 설명하는 데 많은 시간을 들였지만 책임을 회피하기 위해 모든 합병증을 명시하는 일은 하지 않았다. 그런 태도 때문에 보호자들은 그를 더 신뢰했다. 그는 필요한 서류를 꺼내 고객 앞에 내밀며 말했다.

"이것은 제가 당신에게 거짓말을 하지 않겠다는 서류이고, 이것은 당신이 청구 금액을 지불하겠다는 서류입니다."

사지보존술 환자를 위한 입원 서류에는 단순히 '사지보존'이라는 글자와 비용 외에는 아무것도 없었다. 사지보존술은 수의학계에서 합병증 발병률이 가장 높은 수술 중 하나로 감염률이 40퍼센트나 되고 인공 삽입은 실패 및 국소 재발의 위험성이 있었다. 그럼에도 불구하고 그는 모든 고객과 눈을 맞춘 채 모든 위험성을 설명하고 확실히 이해시켰다. 그는 전설이었다.

서류에 대한 내 태도는 중간쯤에 속한다. 나도 멘토처럼 되고 싶지만 일이 잘못되면 보호자들이 공격하는 것이 현실이다. 보호자들은 때때로 들리는 말의 일부만 듣거나 기억한다. 일이 잘못되기 시작하면 보호자들은 일이 이렇게 될 줄 알았다면 수술을 선택하지 않았을 거라고 말한다. 인생이란 그런 것이다. 배우자가 어느 날 더 이상 나를 사랑하지 않으리란 걸 알았다면 결혼하지 않았을 것이다. 부동산 시장이 붕괴되리란 걸 알았다면 집을 사지 않았을 것이다.

나는 솔직하고 정직하게 말하려고 노력한다. 질병과 위험을 있는 그대로 얘기하되 너무 공포심을 주지 않고 선택할 게 많다는 걸 알려서 충격을 줄이려고 노력한다. 서류에 모든 합병증을 기재하고 서명을 받아 고객이 위험을 충분히 인식했음을 인정하게 한다. 문제가 생겼을 때 수의사가 자기가 뭔가 잘못하지 않았나 자책할 때 재빨리 책임을 전가하고 싶어 하는 보호자도 있기 때문이다.

치료비, 합병증, 합병증이 유발한 비용과 관련된 불평을 가장 많이 받는다. 미국에 비해 캐나다 보호자들은 동물병원 비용 때문에 자주 마찰을 빚는다. 의료비가 무료인 캐나다에 사는 사람들은 의료비로 큰돈을 지출하는 데 익숙하지 않다. 의료비는 늘 무료라고 생각하기 때문에 반려동물 병원비도 국가에서 부담해야 한다고 주장하는 사람도 있다.

우리 병원에 기부했던 한 독지가는 "반려동물의 치료비를 부담할 수 없는 사람들은 어떻게 하나요?"라고 솔직하게 물었다. 한번도 그런 일을 경험한 적이 없어 보였다. 경제적인 이유로 반려동물을 치료하지 못하는 사람들이 있다고 하자 충격을 받았다. 그 사람에게 세상에는 동물병원 비용은 물론 본인의 의료비, 치과 비용, 의식주 비용도 감당할 수 없는 사람들이 있다는 사실을 알려 줘야 하나 싶었다.

수의학의 전문화는 치료비 부담을 가중시켰다. 더 나은 치료일수록 비용은 더 많이 든다. 소동물 수술을 전공하겠다고 결심하면서 나는 한 번도 이 문제를 생각해 보지 않았다. 그런데 내가 외과 전공의 과정을 하고 싶다고 말했을 때 히피 친구 하나는 그 점을 잔인하게 지적했다.

"그래, 부자들 동물이나 치료해 주면서 경력을 쌓겠다고?"

그때까지 내가 들은 말 중 가장 모욕적인 말이었다. 물론 틀린 말은 아니었다. 그 친구는 기술자가 되어 정유회사에서 일한다. 그가 자신의 도덕적 우위를 계속 유지하고 있는지 모르겠지만 20년이 지난 지금까지도 그의 말은 여전히 내 마음속에 남아 나를 고민하게 만든다.

아픈 동물이 치료비 때문에 살 수 있는 기회를 놓치지 않기를

사샤는 부잣집에 사는 미니어처푸들이다. 사샤는 신경계이상으로 나를 찾아왔다. 보호자는 사샤의 얼굴이 비대칭으로 보인다며 당장 치료를 해 달라고 했다. 그들은 기다리는 것을 참지 못하는 부류였다. 그들은 사샤를 응급실로 데려왔고 수의 신경과 전문의에게 진찰을 받았다. 사샤의 임상 징후는 가벼웠으며 쉽게 고쳐질 것으로 예상되었다. 증세가 호전되지 않으면 MRI 촬영을 할 수도 있다는 설명에 호전 여부와 상관없이 바로 MRI 촬영을 해 달라고 했다.

MRI 결과는 놀라웠다. 사샤의 두개골에 뼈종양이 자라고 있었다. 두개골 중에서도 전두동(이마굴) 속으로 자라고 있었기 때문에 외관으로 종양을 발견해 내기가 불가능했던 것이다. 애초에 사샤가 병원에 오게 된 증세는 종괴와는 관련이 없을 수 있었지만 보호자가 2,500달러에 달하는 MRI 비용을 쉽게 낼 정도로 부유했기 때문에 정확한 진단을 할 수 있었다.

종양 진단이 내려지자 사샤의 보호자들은 빠르게 움직였다. 조직검사 결과 뼈종양의 일종인 다엽성 연골종인 것으로 드러났다. 수술로 치료하면 예후가 좋은 질환이었다. 물론 수술은 최고의 치료법이 될 수 있지만 동시에 심각한 출혈과 사망에 이를 수 있는 합병증 위험이 따랐다. 보호자들은 방사선 치료를 고려했지만 그러려면 특수 방사선 치료가 가능한 미국으로 가야 했다. 치료 비용이 6,000달러 정도 될 거라고 알려 주니 미국에 가기 위해 전용기를 전세 내는 것에 비하면 아무것도 아니라고 했다.

보호자는 수술 쪽으로 마음이 기울고 있었다. 그들은 사샤가 최고의 치료를 받기를 원했다. 사샤에게 필요한 수술은 종양이 있는 머리뼈와 그것을 둘러싼 정상뼈의 띠 부분을 제거하는 머리뼈절제술이었다. 우리는 영구 뇌손상, 심한 출혈, 사망을 포함해 수술의 위험성에 대해 자세히 논의했다. 사샤의 보호자들은 합병증에 대해 애기하는 것을 힘들어했고 한동안 침묵이 이어졌다.

수의사들은 절대 보호자를 겁주고 싶지는 않지만 위험성은 충분히 알리고 싶어 한다. 돈으로는 합병증을 막을 수 없다. 돈과 상관없이 최선을 다하지만 불행한 일은 일어나게 마련이다. 수술 합병증은 비용이 많이 들고, 견적을 내기 어려우며, 보호자와 수의사, 동물 환자의 스트레스를 증가시킨다.

물론 돈이 있으면 합병증 관리가 좀 더 수월해지는 것은 사실이다. 사샤가 수술 후 인공호흡기를 달거나, 수차례 수혈을 해야 하거나, 장기간 병원에 체류해야 한다고 해도 사샤의 보호자들은 치료비를 감당할 수 있을 것이다. 수의 중환자 치료가 매우 발달하기는 했지만 가끔 중환자가 질병 자체보다는 치료 비용 때문에 죽기도한다. 다시 말해 상태가 심각한 환자라도 주인이 치료비를 감당할수 있으면 회복될 수 있다는 얘기이다.

다행히 사샤의 보호자들에게 돈은 문제가 되지 않았다. 사샤의수술 비용은 합병증에 따라 6,000~10,000달러 정도 예상되었다. 사샤는 수술을 받았고 결과는 더할 나위 없이 좋았다. 종양도 무사히 제거되었고 수혈할 필요도 없었다. 사샤처럼 작은 체구의 개에게는 대단한 일이다. 회복은 순조로웠고 수술 후 케이지 안에 머무른 시간도 몇 시간에 불과했다. 보호자들은 수술 다음 날 사샤의 상태가 너무 멀쩡해서 집으로 데려가고 싶어 했다. 그들은 사샤가 병원 주차장에 있는 롤스로이스 차를 알아보고 얼른 타고 싶어 했다면서 나를 설득했다. 하지만 출혈이나 발작 같은 합병증을 방지하려면 사샤는 하룻밤 병원에 더 있어야 했다.

우리는 롤스로이스 옆에 서서 이야기를 나누었다. 가볍게 얘기하긴 했지만 그들은 계속해서 사샤를 집에 보내 달라고 재촉했다. 심지어 집에 보내는 걸 반대했다가 병원에서 무슨 일이라도 나면 책임져야 할 거라고 은근히 협박하는 바람에 하마터면 요구를 들어줄 뻔했다. 무슨 일이 있을 경우 고소를 당하는 게 걱정되기는 했지만 그래도 나는 굽히지 않았다. 아무래도 사샤의 보호자들은 "안 돼요."라는 거부의 말에 익숙하지 않은 부류인 것 같았다.

사샤는 평균보다 회복 속도가 빨랐고, 다음 날 아침에는 수제 양고기를 먹고 꼬리를 흔들었다. 그리고 그날 오후 집으로 돌아갔다. 최종 청구 금액은 4,200달러였다. 최소 예상 비용인 6,000달러보다 1,800달러 적게 나왔다. 어떤 보호자들은 처음 견적 금액에서 몇 백 달러만 초과해도 화를 내곤 한다. 하지만 예상 청구 금액을 정확히 산출해 내는 일은 생각처럼 쉽지 않다. 변수가 너무 많기 때문이다.

사샤가 퇴원하던 날 보호자들은 우리에게 감사 카드를 건넸다. 카드에는 5만 달러짜리 수표가 병원의 암센터 후원금으로 들어 있었다. 이렇게 큰돈을 기부하면서 그들은 기념식이나 감사 인사도 생략하기를 원했다. 그들은 그저 아픈 동물들이 치료비 때문에 살 수 있는 기회를 놓치지 않기를 바랐고, 어려운 집의 동물 환자들의 치료비로 써 주기를 바랐다.

동물 치료비와 관련된 황당한 말 10가지

모든 사람이 반려동물을 위해 기본적인 치료비 외에 추가 비용을 감당할 수는 없다. 아무리 긁어 모아도 큰돈을 마련할 수 없는 보호자도 많다. 어떤 보호자에게는 우선순위의 문제가 있다. 나는 동물 환자들이 인도적으로 치료받는지 고통을 겪지는 않는지에만 신경을 쓴다. 반려동물에게 돈을 얼마나 쓰느냐 하는 문제는 전적으로 보호자가 결정해야 하기 때문이다.

다음은 동물병원 치료 비용과 관련된 가장 황당한 말 10가지이다.

1. 총알 하나 값이 고작 99센트예요(총알 값에 비해 치료비가 비싸다는 의미이다).
2. 그냥 보호소에 가서 새로 건강한 개를 데려오세요.
3. 당신이 정말 동물을 사랑하는 수의사라면 무료로 치료해 주세요.
4. 개를 치료하느니 차라리 그 돈으로 굶주린 아이들이나 도우세요.
5. 고작 개일 뿐이잖아요.
6. 고작 고양이일 뿐이잖아요.
7. 수의사들은 틀림없이 모두 부자일 거예요. (장담컨대 절대 아니다.)
8. 이 병원에서 돈을 많이 써서 아마 그 돈이면 이 병원 병동 하나는 살 수 있을 거예요. (그렇지 않다.)
9. 지금 동물보험에 들면 그 보험으로 치료비를 커버할 수 있나요? (안 된다. 그건 사기이다).
10. 대체 누가 개한테 그렇게 많은 돈을 쓰겠습니까? (수의사가 하는 일을 통째로 부정하는 경우이다.)

사람들이 이처럼 심술궂은 것은 시기심 때문일 것이다. 개와 고양이가 어째서 99센트짜리 총알보다 소중한지, 왜 그토록 개와 고양이에게 애정을 쏟는지 이해하지 못하는 사람들이 느끼는 시기심 말이다. 개와 고양이가 사람의 마음에 들어오는 행운을 한 번도 누려 보지 못한 사람들이 느끼는 시기심.

초치를 살릴 수 있다면 무엇이든 할 수 있었다

초치가 죽었다. 초치를 살릴 수 있다면 난 무엇이든 할 수 있었다. 세상에서 없으면 살아갈 수 없는 것 하나를 대라면 나는 주저 없이 초치라고 대답한다. 초치는 골든리트리버와 보더콜리 잡종으로 수의대학 시절 내내 날 사랑해 주었다. 초치는 두 가지 견종의 좋은 특성을 두루 갖춘 개, 모든 반려인이 말하듯 내게는 세상에 하나뿐인 바로 그런 개였다. 내 삶에서 초치를 만난 것이 더없는 행복이었던 내 영혼의 동반자.

초치는 똑똑했다. 나는 초치에게 건널목을 만나면 언제나 일단 앉았다가 길을 건너는 훈련을 시켰다. 이렇게 하면 초치를 안전하게 지킬 수 있을 거라고 믿었다. 우리는 서스캐처원 곳곳을 개 줄 없이 산책했는데, 초치는 언제나 내 곁을 떠나지 않았고 건널목이 나올 때마다 즉시 정지하고 나를 기다렸다. 정말 사랑스러웠다.

초치가 아홉 살 때 나는 구엘프에서 스티브와 살면서 레지던트 생활을 하고 있었다. 남편은 초치와 몰리(우리가 키우는 또 다른 개)를 데리고 개 줄을 풀어도 되는 곳으로 산책을 나갔다. 초치는 주차장 근처의 협곡으로 들어갔고 거대한 파이프를 통해 다리 아래를 건너

반대편으로 나왔다. 나는 거기에 없었지만 초치가 반대쪽 도로가에
앉아서 건너도 된다는 허락을 기다리고 있는 모습이 그려졌다. 언
제나 해왔던 일이기 때문이다.

　남편은 초치가 반대편에 있는 줄도 모르고 도로를 등지고 서서
초치를 불렀다. 순종적이었던 초치는 그 소리를 듣고 도로를 건넜
다. 스티브가 등뒤에서 쿵 하는 소리를 듣고 뒤를 돌아보았을 때에
는 트럭이 떠나고 있었다. 스티브는 만신창이가 된 개를 수습해 내
가 일하는 병원으로 달려왔다. 남편이 도착했을 때 나는 막 수술을
마치고 나와서 중환자실 환자를 치료하기 위한 준비를 하고 있었
다. 나는 그때 중환자실에서 어떤 남자가 다급히 외쳤던 소리를 지
금도 기억한다.

　나는 소리 지르는 사람이 스티브이며 그의 팔에 안긴 채 축 늘어
진 개가 내 개, 내 심장이라는 사실도 모른 채 다가갔다. 나와 동료
들이 즉시 조치를 취했지만 가망이 없었다. 내가 지켜보는 가운데
동료들이 초치에게 심폐소생술을 실시했다. 나는 무력했고 흥분했
다. 심폐소생술을 하려고 초치의 가슴을 열자 피가 왈칵 쏟아져 나
왔다.

　레지던트 한 명이 수혈을 위해 혈액 백을 가지러 갔다. 중환자실
실장이 레지던트의 어깨를 치며 나직한 목소리로 기한이 지난 혈액
을 가져오라고 일렀다. 나는 그 말을 들었다. 그리고 그것이 뭘 의
미하는지 알았다. 그들은 내가 그들이 노력했다고 느끼도록 초치를
되살리려는 시늉을 했던 것이다. 초치의 심장은 이미 파열되어 온
몸의 피가 가슴에 고여 있었다. 가망이 없었다. 내 아름다운 개는

죽었다. 그들은 죽은 개에게 귀한 혈액을 낭비할 수 없었다. 그건 무의미한 일이었다.

나는 일개 레지던트라 돈이 많이 없었지만, 초치를 살릴 수 있었다면 그 순간 무슨 일이라도 했을 것이다. 초치를 살리기 위해 주택담보대출을 받고, 트럭을 팔고, 장기를 팔고, 몸을 팔고, 그밖에 무슨 짓이든 했을 것이다. 지난 9년간 내 영혼의 동반자이자 나의 충직한 친구는 죽었다. 나는 초치의 시체를 끌어안고 오래도록 흐느꼈다. 집으로 실려 온 후 나는 미친 듯이 큰 소리로 울부짖었고, 남편은 집 안의 모든 창문을 닫았다.

중환자실에 서서 내 아름다운 개가 심장이 파열되어 죽어 가는 모습을 눈앞에서 생생하게 지켜보았다. 내 생애 가장 슬픈 날이었다. 나는 초치의 열린 가슴과 심홍색 피가 부드러운 금빛 털 위로 쏟아져 나오던 모습을 결코 떨쳐 버릴 수 없을 것이다. 지금도 나는 초치의 피가 바닥에 떨어지는 소리를 듣는다.

누군가는 내 삶이 편해서 그렇다고 하겠지만 고통은 비교할 수 있는 것이 아니다. 끔찍한 경험은 상대적인 것이 아니다. 각자에게 절대적인 것이다. 초치는 내게 강렬한 사랑과 상실을 가르쳐 주었고, 사람의 심장에 낼 수 있는 가장 깊은 구멍을 냈다.

7

암 환자에게 찾아오는 분노

화풀이 대상은 어디에나 있다

2차 수술 후 나의 회복은 순조롭지 않았다. 수술 후 2주일 동안은 최악이었다. 감정을 잘 추스르자고 다짐했지만 수술이 끝나자마자 모든 게 흐트러지는 것 같았다. 그동안 과잉반응과 무반응 사이를 오락가락했는데 수술이 끝난 후에는 균형을 잃고 말았다. 갑상샘암은 행복한 재앙과 슬픈 안도감 사이의 어디쯤에 있었다. 착한 암에 속한다고 하니 행복한 재앙이었고, 내가 날 변호할 수 있어서 다행이니 슬픈 안도감이었다.

그러나 대가는 컸다. 통증과 수면 부족은 늘 표면 아래서 부글거리던 분노를 폭발시켰다. 온몸에 암 생존자의 독선적인 분노가 넘실댔다. 화풀이 대상은 어디에나 있었다. 잘난 체하는 의사, 눈을 치뜨는 간호사, 냉담한 간병인, 흡연자(흡연자의 의료보험료를 왜 더 올리지 않는 것인가? 왜 사람들은 뻔히 알면서도 암에 걸릴 수 있는 행동을 하는 것일까?), 캐나다의 비효율적인 의료체계 등.

가끔은 전혀 예상치 못했던 순간에 분노가 끓어오르기도 한다. 2차 수술을 받았던 병원에서 보낸 기금 모금 편지를 받았을 때가 그랬다. 그곳은 내가 최근에 간호 서비스와 비용 절감을 위한 잘못된 약물 정책에 대해 항의 편지를 보낸 곳이었다. 홍보부서와 개발부서 사이에 협력이 전혀 안 되는 듯했다. 봉투를 보는 것만으로도 화가 치밀어 올랐다. 봉투 겉면에는 '우리가 가장 약할 때 우리의 진정한 힘이 드러납니다.'라는 상투적이고 설득력 없으며 속 보이는 문구가 적혀 있었다.

내용은 더 심했다. 편지는 온통 결혼식 당일 거의 죽을 뻔했다가 인공심장 이식수술을 받아 지금은 새 삶을 살고 있는 젊은 여성에 관한 것이었다. 심지어 암에 관한 내용도 아니었다. 암 환자는 암에 관한 얘기를, 심장병 환자는 심장병에 관한 얘기를 듣는 게 옳다. 나는 심장병 얘기에 감동받지 않는다. 암에 관한 얘기에 감동받는다. 봉투 안에는 조잡한 크리스마스카드 열 개가 들어 있었다. 차라리 이런 제품을 만들 돈으로 기부를 했더라면 좋았겠다고 생각했다.

이후 병원은 기금 모금 편지에 온갖 종류의 암 리본이 그려진 스티커를 가득 담아 보냈는데 유독 갑상샘암 리본만 없었다. '기타'라고 쓰인 빈 리본뿐이었다. 그래, 나는 '기타 암'에 걸린 거구나.

암 때문에 신경이 곤두선 탓인지 모르겠지만 나는 캐나다 통계청에도 불만이 많다. 캐나다 통계청과 특별대책반은 환경 관련 조사 대상자를 무작위로 선정하는데 내가 선정된 모양이었다. 그들은 끊임없이 연락을 취해 왔다. 수개월 동안은 운 좋게 피해 다녔는데 어느 날 걸려 온 전화에 딱 걸리고 말았다. 그는 조사에 참여해 주면 고맙겠지만 의무는 아니라고 말했다.

"의무가 아니라면 참여하고 싶지 않습니다."

"이유를 알 수 있을까요?"

"기분이 좋지 않아서요."

그는 설문에 참여하는 것이 얼마나 중요한 일인지 설명하기 시작했다. 나는 예의를 잃지 않으면서 거부 의사를 밝혔다. 하지만 그는 받아들이지 않았다. 비웃음이 섞인 목소리로 기분이 좋지 않아서 조사에 참여하지 않았다고 적어도 될지 물었다. 결국 난 사실을 밝혔다.

"참여하고 싶지 않습니다. 암에 걸려 지난 6개월 동안 기분이 좋지 않았고, 그 때문에 좀 바쁘거든요."

내가 스스로 암을 밝힌 유일한 사건이다. 나는 정말 단순히 암 때문에 화가 난 것일까? 그렇진 않을 것이다. 나는 한동안 비난할 대상을, 내가 집중하고 집착할 위험 인자를 찾아 헤맸지만 그런 것은 없었다. 그럼 단지 유전자 탓인가? 내 유전자 말이다. 그나마 하늘이 도와서 착한 암에 걸렸으니 다행이라는 말에 고개를 끄덕여야 할까?

아니다. 나는 암 때문에 화가 난 게 아니다. 치료와 치유가 가능한 암을 다루는 전 과정이 나를 분노케 한 것이다.

포기한 것도 있었다. 나는 날카로움을 버렸다. 예민한 여자인 나는 지쳤고 화를 내는 게 힘들었다. 싸움과 변호는 사람을 약하게 만든다. 나는 싸우거나 도망가는 대신 그저 지금 있는 자리에 머무르는 법을 알게 되었다. 반응하지 않음으로써 얻어지는 평화를 알았다.

시간이 지나도 똑같다면 그때 가서 흥분해도 된다. 암은 분노를 어떻게 바라봐야 하는지 가르쳐 주었다. 암은 분노에 대한 균형감을 내게 알려 주었다. 어느 때 분노해야 가치가 있는지, 분노가 때로 자신을 해치기도 한다는 사실을 받아들여야 함을 알려 주었다.

8
암 전문의는 동물 환자에게
시간을 벌어 준다

코가 없어도 행복한 개 노스

암에 대해 긍정적으로 생각하려고 노력하면서 나는 노스를 자주 떠올렸다. 노스는 열세 살 반 된 골든리트리버로 잘생기고 위엄이 있는 개였다. 코에 커다란 문제가 있었지만 그것만 제외하면 삶의 모든 것이 완벽했다. 노스는 사랑하는 가족과 오랜 세월 멋진 인생을 살았다. 커피와 쿠키를 먹으러 스타벅스에 갔고 브루스트레일(캐나다에서 가장 길고 오래된 하이킹 코스)에서 매일 5~6킬로미터씩 산을 탔다. 가족이 가는 곳이면 어디든 따라다녔다. 그런데 코에 무언가가 생긴 것이다.

시작은 왼쪽 콧구멍에 작은 괴사가 일어나면서부터였다. 얼핏 궤양처럼 보였지만 좀처럼 낫지 않고 계속 커졌다. 무척 아팠을 텐데도 노스는 전혀 내색하지 않았다. 그때 함께 살고 있던 또 다른 개

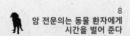

가 노스의 코를 가만히 두지 않았다. 노스를 따라다니면서 코를 부비고 킁킁대거나 핥으면서 가족에게 알리려고 노력한 덕분에 가족은 병원을 찾았다.

주치의는 노스의 콧구멍에 생긴 이상 조직의 조직검사를 하자고 했다. 검사 결과는 편평상피암으로 코, 입으로 연결되는 세포조직에 발병하는 공격적인 암으로 나타났다. 그렇게 노스는 내게 왔다.

노스는 밝은 금빛 얼굴에 주둥이가 희고 검은 눈에 검은 코를 가진 개였다. 코를 제외하면 아주 건강했다. 종양은 코 밖으로 전이되지 않았고 그럴 가능성도 없어 보였다. 수술로 치료가 가능하다는 것은 아주 좋은 소식이었다. 반면에 나쁜 소식은 코를 잃게 된다는 것이었다. 우리는 노스를 구하기 위해 코를 제거해야 했다.

노스의 보호자는 이 소식을 기쁘게 받아들였다. 그녀는 용감하고 유머 감각이 뛰어난 사람이었다. 사람들은 웃을 일이라곤 하나도 없는 비극 속에서도 유머를 찾아야 할 때가 있다. 노스가 걸린 암은 공격적인데다 외형을 손상시키는 종류였다. 수술 역시 공격적이며 노스의 외형을 손상시킬 터였다. 암을 치료하려면 반드시 해야 하는 과정이지만, 자신의 개가 그처럼 공격적이고 외형을 손상시키는 수술을 받아야 한다는 서류에 선뜻 서명하기란 어려운 법이다.

노스가 수술을 받으러 다시 병원에 온 날 보호자는 지금까지 찍은 노스의 얼굴 사진을 잔뜩 가져왔다. 그녀는 코에 종양이 생기기 전에 노스가 얼마나 잘생긴 코를 가졌었는지 의사인 내게 보여 주고 싶어 했다. 아닌 게 아니라 정말 잘생긴 코였다.

우리는 노스 코의 귀여운 검은색 부분 전체를 제거했다. 코를 제거한 후 콧속이 훤히 들여다보이지 않고 자연스러워 보이도록 윗입술로 코의 결손을 보완했다. 수술이 끝난 후 보호자에게 노스의 상태가 양호하며, 지금 중환자실에서 회복 중이라고 했다. 그리고 노스의 외모가 골든리트리버와 퍼그의 중간쯤으로 보이니 이제부터 두 이름을 합쳐 거글(guggle)이라고 불러야겠다고 했다. 다른 보호자라면 몰라도 그녀라면 이런 농담을 재밌어 할 거라고 생각했다. 그녀는 노스가 편안해하고 종양이 다 사라지기만 한다면 외형 따위는 별로 신경 쓰지 않을 사람이니까. 노스는 회복이 빨라 다음 날 아침에는 새로 얻은 재미난 얼굴에 웃음을 가득 띤 채 의기양양하게 돌아다녔다.

암이 완치되어 노스는 더 이상 추가 치료를 위해 병원에 올 필요가 없었다. 하지만 주인은 이메일로 소식을 자주 전해 주었는데 노스의 사진과 음악으로 꾸며진 이메일은 매번 날 울렸다. 노스는 종양이 제거된 후 한결 기분이 나아졌고 에너지가 넘친다고 했다. 개가 워낙 참을성이 뛰어난 환자이다 보니 수의사들은 종종 암제거술을 하면서 통증이나 불편함 같은 것에만 신경을 쓴다. 아이들의 행복감이 높아지는 것에 대해서는 미처 생각하지 못하는 것이다.

노스는 수술 후 행복했다. 노스는 계속해서 반려인과 브루스트레일에서 산을 탔고 스타벅스에도 자주 들렀다. 공원에서 노스를 본 다른 반려인들은 "이 개한테 무슨 일이 있었나요?"라고 묻는 대신 "무슨 품종이에요?"라고 물었다. 그럼 노스의 반려인은 언제나 진지하게, 암에서 해방된 종이라고 대답했다.

노스는 수술 후 18개월을 더 살고 열다섯 살에 떠났다. 가족들은

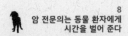
암 전문의는 동물 환자에게
시간을 벌어 준다

노스가 더 이상 움직이지 못하고 전립선 질환까지 생기자 안락사로 그를 보내 줬다. 떠날 때까지 암 재발은 없었다. 안락사 전날 밤 노스를 비롯해 온 가족이 모여 훈제 스테이크를 먹고 후식으로 라즈베리 아이스크림을 먹었다. 모두 식욕이 없었지만 노스는 준비한 음식과 정성을 고마워하며 맛있게 먹었다. 가족들은 밤새 노스 곁을 지켰고, 아침에는 노스와 마지막 산책을 하고 스타벅스에 들러 커피와 쿠키를 먹었다. 그리고 병원에서 노스가 마지막 숨을 내쉴 때까지 노스를 안아 주었다.

판단과 부끄러움은 인간적인 가치이다

개는 암 때문에 코를 잃었어도 여전히 귀여울 수 있다. "못생겼는데 귀엽다."는 말은 오직 동물이기에 가능하다. 반면 사람이 암 때문에 코를 잃었다면 사회생활이 어려울 것이다. 레지던트 시절 시내에서 자주 보던 한 남자는 암 때문에 코 전체를 잃었다. 나는 그가 콧구멍 위에 작은 거즈를 붙인 채 걷는 모습을 종종 보았다. 바람이 많이 부는 날이면 거즈가 날려 콧속이 훤히 들여다보이곤 했다.

코가 없으면 사회적 교류가 곤란해진다. 안경을 쓸 수도 없고 직업을 구하기도 어렵다. 비음이 섞여 목소리도 이상하고 알아듣기도 어렵다. 사람들은 자기도 모르게 쳐다보게 된다. 나도 쳐다보았다.

어느 날 지역신문에 그 사람이 보형물을 살 형편이 안 되어서 인공 코를 하지 못하고 있다는 사회복지사의 글이 실렸다. 그 후 인공 코 구입을 위한 모금이 벌어졌고 남자는 인공 코를 할 수 있었다. 신문의 사진 속에서 남자는 행복해 보였다. 고무로 만든 코가 사람들이 남자를 대하는 방식에 얼마나 큰 차이를 만들어 냈는지 사진만 보고도 알 수 있었다.

우리는 정말 속물인 것일까? 어째서 우리는 코가 없는, 암에서 해방된 남자의 새로운 모습을 노스한테 그랬던 것처럼 가볍게 웃어 넘길 수 없는 것일까?

개 환자들은 몸의 일부를 잃는 것에 크게 신경 쓰지 않으며, 특이한 외모로 판단된다고 해서 상심하지 않는다. 설사 외모로 평가된다고 해도, 자신이 판단받는다는 사실을 모른다. 판단과 부끄러움은 인간적인 가치이다.

안내견에서 탈락한 에너자이저 맘보

수의 종양외과의가 된다는 것은 한계를 알아간다는 것을 의미한다(인간 종양외과의도 마찬가지일 것이다). 이 일을 하려면 유머, 확신, 교육, 열정, 허풍, 창의, 외과적 허세를 적절히 갖춰야 한다. 한마디로 끌어당기는 힘이 필요하다. 그게 없는 수의사는 보호자에게 이렇게 말할 것이다.

"개가 육종에 걸렸습니다. 종양을 완전히 제거하려면 큰 수술을 해야 합니다. 할 수는 있지만 수술이 공격적이고 외형을 손상시킬 수 있습니다. 수혈이 필요할 수도 있고, 과다출혈로 사망할 수도 있습니다. 개가 수술을 견디지 못할 수도 있고 비용도 상당할 것입니다."

반면 끌어당기는 힘이 있는 수의사는 이렇게 말할 것이다.

"개가 육종에 걸렸습니다. 외형을 손상시키는 공격적인 종양이지요. 치료할 수는 있지만 종양을 완전히 제거하려면 큰 수술을 받아야 합니다. 수술 후에는 이전과 다른 모습이겠지만 털이 자라면 괜찮을 거고 그 모습에 익숙해질 겁니다. 출혈과 향후 종양 재발, 마취 합병증, 심지어 사망 등 몇 가지 위험이 있습니다. 전체 치료비가 얼마가 들지 견적을 내드릴게요."

앞의 두 말은 개를 수술시킬지 말지를 고민하는 보호자에게 미묘하지만 중요한 차이가 아닐 수 없다.

맘보의 주인은 내가 확신에 차 있기 때문에 수술에 동의한다고 말했다. 바로 이런 것이다. 맘보는 선택이 어려운 사례였다. 맘보는 시각장애인 안내견학교를 중퇴한 래브라도리트리버였다. 내 생각에는 가만히 앉아 있지를 못하고 사람과 도넛과 아이스크림을 너무 좋아해서 탈락한 것 같았다.

맘보는 안내견 시험에서 두 번 떨어지고 두 살 때 지금의 가정에 입양되었다. 안내견으로서는 집중력과 침착함이 부족했겠지만 지칠 줄 모르는 에너지와 열렬하고 열광적인 애정 공세는 반려견으로는 문제가 되지 않았다. 가족이 처음 그를 만나러 간 날 맘보는 꼬리를 마구 흔들며 케이지에서 뛰쳐나와 그들에게 달려들었다. 사람을 넘어뜨릴 정도의 환영 의식과 자유분방함은 안내견으로는 적합하지 않지만 이런 모습에 한눈에 반한 가족은 맘보를 그날 바로 집으로 데려왔다.

그런데 맘보는 겨우 네 살에 눈에 육종이 생겼다. 다른 병원에서 종양과 눈 제거술을 받은 뒤 방사선 치료를 위해 우리 병원으로 이송되었다. 그런데 첫 번째 수술에서 종양세포가 완전히 제거되지 않아 3주 만에 종양이 다시 자라 텅 빈 안와에 꽉 들어찬 게 MRI로 확인되었다. 방사선 치료를 진행하기에는 종양의 크기가 너무 커서 우리는 2차 수술을 권했다.

맘보에게 광범위한 절제술인 근치수술(radical operation)을 하기로 결정했다. 근치란 해부학적 부위 전체를 제거한다는 의미이다. 나는 학생들에게 근치수술에 대해 가르칠 때 근치란 '환상적'의 또 다른 말이라고 설명한다. 근치수술은 완치도 가능한 엄청난 수술이기 때문이다. 맘보의 경우는 안와를 비롯해 눈 주변 피부와 머리뼈 일부, 위턱 일부를 제거해야 했다. 큰 위험이 따르는 수술임이 분명하지만 수술을 하지 않으면 죽음을 피할 길이 없었다. 그것도 곧. 가족은 위험하지만 살 수 있는 길을 선택했다.

맘보가 대수술로 얻은 행복했던 시간, 16개월

맘보의 가족은 50대 부부와 젊은 딸이었는데 맘보는 가족의 운명이자 그들을 하나로 이어 주는 매개체였다. 모두가 맘보를 깊이 사랑했다. 그들은 각자 나름의 방식으로 수술을 고민했다. 딸은 매일밤 울었고, 아버지는 나와 상담할 때마다 많은 질문을 하며 정보를 최대한 모았다. 어머니는 라디오에서 '맘보 이탈리아노' 피자 광고 노래가 자주 나온다며 그것을 수술의 신호로 여겼다. 맘보는 그 노래가 나오면 엉덩이 전체를 홱홱 돌리면서 꼬리를 흔들었다. 자기 노래인 줄 아는 것 같았다. 그 모습을 보면 누구라도 그 노래를 흥얼거리지 않을 수 없다. 가끔 우리도 라디오에서 흘러나오는 노래를 들으면서 중대한 결심을 하지 않는가. 가족들은 나를 믿고 맘보를 수술대에 올렸다.

몇 시간이나 걸린 긴 수술이었지만 수술은 성공적이었다. 수술이 성공으로 끝나면 집도의가 칭송을 듣지만 사실 큰 수술은 혼자만의 노력이 아니라 팀의 노력으로 이뤄진다. 수술 결과가 성공적이려면 수의 마취 전문의, 방사선 전문의, 종양내과 전문의, 수의 간호사의 전문성과 훌륭한 시설이 뒷받침되어야 하고, 모두가 협력해야 한다. 물론 모든 위험을 감수하는 이는 환자이지만.

큰 수술인만큼 강력한 진통제가 필요했다. 맘보는 효과가 뛰어난 세 종류의 진통제를 투여받고 중환자실에서 건강을 회복했다. 수술로 인한 결함을 보완하기 위해 목에서 떼어낸 피부로 재건술을 시행했다. 재건한 맘보의 모습이 나는 아주 멋지다고 생각했지만 가족은 그렇지 않은 것 같았다. 가족들은 맘보를 보고는 프랑켄슈타인 개 같다며 눈물을 흘렸다. 하지만 약에 취해 의식이 흐린 상태에서도 맘보는 가족을 알아보고는 꼬리를 흔들며 이제 괜찮아질 거라는 걸 보여 주었다.

일주일쯤 뒤 맘보의 얼굴을 덮었던 이식된 피부의 가장자리가 검게 변하며 죽어 갔다. 완전한 재건을 위해서는 교정수술을 두 번 더 해야 했다. 결국 맘보는 원래는 매끈했던 얼굴의 상당 부분을 긴 목털로 뒤덮어서 왼쪽 눈과 종양이 있던 부위를 감춰야 했다. 그 모습이 모호크 원주민과 배트맨, 오페라의 유령 가면을 섞어놓은 것 같았다. 맘보의 태평한 성격과 강한 개성을 돋보이게 하는 아주 근사한 모습이었다.

전이의 위험이 높은 고등급 골육종인만큼 이어서 화학요법을 해야 했는데 얼굴 교정수술을 한 부분이 완전히 아물어야 했으므로 조금 연기해야 했다. 그런데 종양이 얼마나 빨리 재발하는지 아는 가족들은 그 점을 걱정했다. 맘보의 1차 화학치료도 순탄하지 않았다. 구역질을 했고 식욕을 잃었다. 맘보가 음식을 거부하는 것은 다른 개가 숨쉬기를 거부하는 것이나 마찬가지였다. 맘보는 차를 타고 가다가도 자기가 좋아하는 도넛 가게나 아이스크림 가게가 나타나면 차를 세우고 사달라고 난리를 치는 개였다.

맘보의 건강이 회복되자 나머지 치료도 순조롭게 이뤄졌다. 이후 가족에게서 걸려 온 전화는 맘보가 마트 계산대에 있는 당근 케이크를 통째로 먹어치웠는데 괜찮은지 묻는 전화 한 통뿐이었다. 맘보는 다시 트랙터를 쫓고 금지된 연못에서 수영을 하고 먹지 말아야 할 것들을 먹는 일상으로 돌아갔다. 맘보의 다섯 번째 생일 날 맘보와 가족들은 커다란 생일 케이크를 들고 병원을 찾았다. 물론 맘보가 가장 좋아하는 당근 케이크였다.

맘보의 암은 16개월 간 소강 상태를 보였다. 하지만 소강 상태가 종료되자 종양은 무서운 기세로 돌아왔다. 절개한 자리를 따라 종양이 재발했고 폐 전이도 확인되었다. 우리는 새로운 화학요법을 하고 가족들은 홀리스틱 수의학의 도움을 받았지만 더 이상 할 수 있는 일이 없었다. 맘보는 다시 음식을 거부했고 가족은 그게 무엇을 의미하는지 잘 알았다. 맘보는 우리 병원에서 안락사로 떠났다. 가족이 맘보를 쓰다듬으며 눈물을 흘리고 작별 인사를 건네는 사이 맘보는 가장 좋아하는 토끼 베개에 머리를 누인 채 평화롭게 눈을 감았다.

16개월은 긴 시간일까, 아니면 짧은 시간일까? 많은 돈을 쓰고

암 전문의는 동물 환자에게
시간을 벌어 준다

힘든 싸움을 할 만한 가치가 있을까? 치료는 맘보에게 도움이 되었을까, 아니면 가족에게 도움이 되었을까? 맘보가 살기를 바란 것은 이기적인 욕심이었을까, 아니면 말할 수만 있다면 맘보도 살고 싶다고 했을까? 암을 잊고 16개월을 더 사는 것이 암으로 몇 주 만에 죽는 것보다 좋은 일일까?

누구도 정답을 내놓을 수 없는 질문이다. 이것이 정답이라고 말하는 것은 자칫 보호자와 환자에게 상처를 줄 수 있다. 결국 수의사가 하는 일은 시간을 버는 일일까? 그렇다. 암을 치료하는 수의사들이 하는 일이란 바로 그것이다. 동물 환자들이 잘 견뎌낼 수 있을까? 그렇다. 개는 대부분 인간 환자보다 잘 견딘다.

맘보와 노스의 가족들은 같은 일이 일어나도 같은 선택을 할 거라고 얘기했고, 나로서는 그것으로 족하다. 개는 자신의 외모가 완전하지 못하거나 수술을 받았다는 이유로 절망하지 않는다. 개는 순간을 살며, 도넛과 과자(사람용 도넛과 과자는 좋지 않다), 충분한 산책, 가족들과의 놀이와 수영만 있으면 충분히 행복하다.

방사성 요오드 치료

나는 골든리트리버일까?

수술 3주 후에 의사와 만났다. 나는 그동안 상태가 좋아져서 잘 지냈다. 수술로 인한 육체적·정신적 혼란에서 벗어나고 있었고, 수술 부위의 회복도 잘되어 봉합선을 제거했다. 목소리도 잘 나왔고 덕분에 후두신경에 대한 걱정은 사라졌다. 의사는 수술에 대한 조직병리 보고서를 설명해 주었다.

제거한 갑상샘에서 2밀리미터 이내의 다발성 미세갑상선암이 발견되었고, 결절에 대한 조직검사 결과는 깨끗하다고 했다. 미세갑상선암이라고? 다발성의 미세한 종양? 이봐요, 잠깐만요. 의사가 다발성 미세갑상선암에 대해 빠르게 얼버무리듯 말했기 때문에 자칫하면 그냥 넘어갈 뻔했다. 사실 이 작은 암들은 갑상샘암 환자의 30퍼센트에서 발견되며, 나를 제외하면 아무도 신경 쓰지 않는 증상이었다.

정상, 최소한 '정상 암'이라는 얘기를 들었는데도 나는 작은 암들이 내 갑상샘에서 복제되고 또 복제되는 게 아닐까 걱정되었다. 혹시 내 갑상샘이 암 제조기가 아닐까 두려웠다. 수의사들은 종종 골든리트리버를 암 제조기라고 부른다. 골든리트리버는 아름다운 외모와 사랑스러운 성품을 얻기 위한 심각한 근친교배로 유전적으로 여러 가지 암에 취약하다. 나는 골든리트리버가 되어 버린 걸까? 내 갑상샘에 무슨 문제가 있는 것일까?

의사는 남아 있는 다음 단계 치료에 대해 설명했다. 갑상샘 조직을 제거하기 위해 방사선 치료를 할 수도 있지만 의사는 꼭 필요한 것은 아니라고 나를 설득했다. 사실 내 종양은 방사선 치료에 있어서 모호한 지점에 있다. 의사는 종양의 크기가 4센티미터 이상인 환자에게만 방사선 치료를 권한다고 했지만 내가 알기로는 2센티미터 이상의 모든 암에 대해 방사선 치료를 권고하는 자료도 있다.

내 종양은 초음파상으로는 3.8센티미터였고, 떼어낸 후 포르말린 처리를 한 후에는 3.2센티미터였다. 기준이 되는 종양 크기는 초음파를 이용한 것일 때도 있고, 포르말린을 처리한 것일 때도 있는데 2~4센티미터 사이의 종양에 대해서는 합의된 바가 없다.

의사는 방사선 치료가 생존에 별 도움이 되지 않는다고 말하면서도 방사선 치료를 받지 않으면 재발 가능성이 더 높다는 말도 했다. 나는 암의 재발을 막기 위해 할 수 있는 모든 조치를 받았는지, 혈액검사로 암의 재발을 쉽게 모니터할 수 있는지 알고 싶었다. 방사선 치료를 받지 않으면 혈액검사 결과는 모호해질 수 있다.

나는 모호한 것이 싫었다. 내 목의 림프절에 무슨 일이 일어나고 있는지 확실하게 알고 싶었다. 눈에 보이는 불룩한 부분은 통증이 있지만 그것이 상상에 의해 만들어진 것인지는 알 수 없었다. 의사는 '시간을 두고 지켜보자'는 식의 태도를 내가 못마땅하게 여기는 것을 알고는 어깨를 으쓱하더니 자신이 결정할 사항은 아니니 소개하는 방사선종양학 전문의를 만나 보라고 했다. 10분 만에 상담은 끝이었다.

의사는 갑상샘 상태를 점검하기 위해 나를 혈액검사실로 보냈다. 3개월 혹은 6개월 후 다시 병원을 방문해서 지금 의사나 방사선종양학 전문의, 내분비 전문의 또는 다른 의사 중에 한 명을 만나야 했다. 누구인지는 확실치 않았다. 나는 휴대전화 일정표에 3개월 후 누군가를 만나야 한다고 메모했다. 누가 나를 담당하게 되냐고 묻자 기본적으로는 모두가 담당한다는 대답이 돌아왔다. 그 말은 담당자가 없다는 뜻이다.

나는 검사실로 향했다. 검사실에 가려면 식당가를 지나가야 하는데 패스트푸드 점들이 모여 있었다. 식당가는 정확히 심장연구소 아래층에 있었다. 지금 이 순간에도 위층의 심장병 전문의와 영양사, 간호사는 환자들에게 염분이 많고 기름지며 형편없는 음식을 먹지 말라고 권고할 것이다. 그런데 콜레스테롤 수치를 확인하기 위해 검사실로 향하면서 햄버거와 감자칩을 집어들 수 있다니 참 대단하다. 검사를 마치고 돌아오는 길에 약국에서 콜레스테롤과 혈압을 떨어뜨리는 고지혈증 치료제인 리피토와 항고혈압약을 살 수 있다니. 병원은 아이러니한 원스톱 쇼핑몰이다.

방사선종양학 전문의와의 면담을 기다리는 일밖에 다른 할 일이 없었다. 3주 전에 예약을 했는데 5주나 더 기다려야 했다. 나는 면담 일자를 앞당기고 싶어서 병원에 전화를 걸었지만 실패했다. 담당의에게 도움을 청했지만 그는 나보다 훨씬 더 공격적인 형태의 갑상샘암 환자가 면담을 앞당겨 달라고 부탁했는데도 거절했다고 말했다. 그는 내게 이렇게 말한 셈이다.

"죽어 가는 사람도 기다리는 판이니 당신은 좀 더 기다리세요."

별 수 없이 5주를 기다렸다. 암 환자에게 시간은 쏜살같이 지나간다. 마침내 방사선종양학 전문의를 만났다. 그는 매우 친절했다. 그에게 내 직업을 말하고 내가 방사성 요오드 치료에 대해서 잘 알고 있다고 말했지만 그는 아랑곳하지 않고 방사성 요오드 치료의 장단점에 대해 자세히 설명했다.

방사성 요오드 치료를 받으려면 체내 갑상샘자극호르몬(TSH) 수치가 높아야 한다. 이는 타이로젠이라는 약물을 투여하거나 5~6주간 모든 갑상샘 약물을 중지해야 가능하다. 만일 갑상샘이 없는 상태에서 갑상샘 약물을 중지하면 인체는 더 많은 갑상샘자극호르몬을 만들어 갑상샘을 자극하려 애를 쓰기 때문이다. 타이로젠을 투여하는 것이 갑상샘 약물을 중지하는 것보다 훨씬 나은데 문제는 세계에서 단 하나뿐인 타이로젠 공장이 최근 오염 문제로 문을 닫았다는 것이다. 그래서 기한 없는 부족 현상이 세계적으로 나타났다. 별 수 없이 나는 약물을 중지한 채 갑상샘기능저하증을 견뎌야 했다.

나는 방사성 요오드 치료를 받기로 결정했다. 의사는 끔찍한 기분일 거라고 말했다. 간호사가 들어와 치료 전에 진행되는 과정을 설명했다. 일단 지금 먹고 있는 약을 사이토멜이라는 약으로 바꿔야 했다. 이 약은 인체가 갑상샘약을 제거할 시간을 벌어 주고 일정 기간 정상적인 기분을 느끼게 해 준다. 그러고 나서 모든 약을 끊는데 이때 굉장한 무력감이 찾아온다. 치료가 시작되기 일주일 전부터는 저요오드 식이를 시작해야 한다. 나는 이제 한 고비를 넘기고 내 병과 내 삶에 어느 정도 통제력을 갖게 되었다고 느끼게 되었다.

다음 날 나는 내분비 전문의와 얘기를 나눴다. 그는 내게 많은 관심을 보였다. 그는 약 복용량을 소량 늘렸다. 항상 숨이 차는 느낌이었던 내겐 반가운 일이었다. 하지만 내분비학의 세계에서는 모든 것이 천천히 진행된다. 마치 내 몸이 전원 코드가 빠진 것처럼 느껴졌던 터라 복용량을 늘렸으니 힘이 좀 더 나지 않을까 기대했지만 적정한 복용량을 찾으려는 시도는 더디게 이뤄졌다. 약물 용량을 적정화하는 것은 효과를 지켜보면서 수주에서 수개월에 걸쳐 진행되는데 복용량과 환자의 기분이 완벽해질 때까지 미세 조정이 이루어진다.

휴가라고 할 수 있을까?

사람들은 내가 정상으로 돌아올 거라고, 결국엔 행복하게 끝날 거라고 했다. 그러면서 자기가 아는 갑상샘기능저하증이나 갑상샘암에 걸린 사람들의 이야기를 들려주었다. 그들이 얼마나 힘들어했는지, 외모가 얼마나 형편없어졌는지, 머리카락이 뭉텅이로 빠지고, 살이 엄청 찌고, 피부가 엉망이 되었으며, 상황이 어느 정도 정리되기까지 1년여의 시간이 걸렸지만 약을 적정량 복용한 뒤에는 회복되어 정상으로 돌아왔다고 얘기했다.

그들이 호의로 들려준 이야기들은 내게 악몽을 선사했다. 꿈에 한 여성이 나타나더니 자신의 투병 이야기를 늘어놓았다. 자기 말로 괜찮아졌다니 위안이 되었지만 내가 보기에는 괜찮아 보이지 않았다. 머리카락이 다 빠졌고, 무지하게 살이 쪘으며, 턱 피부는 이중삼중 우둘투둘했다. 꿈속의 여인은 어쩌면 미래의 내가 아닐까? 확신할 순 없지만 갑상샘이 제거된 내 미래 모습이 그렇지 않을까 두려웠다. 쓸데없는 걱정인 줄 알지만 머리가 벗겨진 뚱보가 되고 싶지는 않았다. 나는 활력 넘치고 행복하고 날씬한데다 건강한 머리카락과 피부를 가진 채 암에서 자유롭고 싶었다. 그게 그렇게 큰 바람일까?

내 방사성 요오드 치료 결정에 대해서 말하자 내분비 전문의는 전적으로 찬성했고, 외과의는 특별히 권하지 않았으며, 방사선종양학 전문의는 내가 결정할 일이라고 말했다. 나는 이 세 명의 전문가 사이에 서 있었다.

치료 전 준비가 다 끝났다. 약을 사이토멜로 바꿔 3주 동안 투약한 후 모든 갑상샘약을 중단할 것이다. 방사성 요오드 치료를 시작하기 일주일 전부터는 저요오드 식이로 바꿀 것이다. 모든 상황을 종합해 볼 때 기분은 엉망이 될 것이 분명했고, 그 후 병원에 가서 방사성 요오드 약을 받아 집으로 돌아와서 7일간 격리될 터였다.

종점을 향해 각각의 일정을 치르는 동안 시간은 빠르게 흘렀다. 나는 이 모든 일이 무사히 지나가길 고대했다. 그동안 나는 혼자서 환자, 의사, 대변인 역할을 모두 해야 했다. 지쳤다. 사이토멜을 복용한 첫 주 동안 너무나 피곤하고 감정적이 되어서 대처하기가 힘들었다. 나는 복용량이 너무 적었기 때문이라고 확신했다. 게다가 약의 효과가 단시간 지속되는 바람에 약간의 조울증을 겪었다. 일반적으로 갑상샘호르몬은 24시간 큰 변화 없이 일정하게 작용해야 한다.

나는 주치의와 상의하려고 했다. 그런데 지금껏 한 번도 사이토멜을 처방해 본 적이 없던 주치의는 복용량을 조정하는 걸 꺼렸다. 나는 방사선종양학 전문의의 간호사에게 전화를 걸어 현재의 복용량으로는 힘이 든다고 했더니 내원해서 혈액검사를 받지 않는 한 복용량을 늘리는 것은 불가능하다고 했다. 혈액검사를 해서 결과가 도착할 때쯤이면 이 약을 중지할 시기가 될 터였다. 간호사에게 내가 일을 하는데 이런 상태에서는 일을 제대로 처리할 수 없다고 설명했다.

"네, 잘 처리하실 수 있기를 바랍니다."

이게 끝? 내게 해 줄 수 있는 게 고작 그 말뿐이란 말인가? 어쨌든 나는 그녀의 바람대로 일을 잘 처리해 냈다. 그 단계 이후 일체의 갑상샘약을 중단하자 이제는 실제로 갑상샘기능저하증이 나타났다. 나는 무기력해졌다. 갑상샘호르몬은 체내대사율을 조절한다. 갑상샘호르몬이 없으면 대사율을 비롯해 인체의 모든 활동이 느려진다.

다음은 캐나다갑상샘암협회가 보낸 자료에 나온 갑상샘기능저하증의 임상 증상이다.

* 피로, 활력 감소, 허약

* 수면장애, 악몽, 과수면

* 부기(특히 얼굴의 부기), 부종

* 집중력 저하, 기억력 감퇴, 건망증

* 체중 증가

* 불안, 공황발작, 초조, 조울

* 우울

* 안구, 피부, 모발의 건조

* 탈모

* 월경주기의 변화

* 관절통 및 관절강직, 근육경련

* 추위 못 견딤

* 변비

* 손가락 또는 발가락의 저림 혹은 무감각

* 가려움

* 이명

* 약간의 시력 변화

　난 이 중 대부분의 증상을 겪었다. 피곤한데도 불면증에 시달렸고, 건망증이 심해져서 언제나 물건을 흘리고 다녔다. 약간의 조울증이 있었다. 슬플 때가 많았다. 평소보다 더 추위를 참지 못했고, 특히 밤에 관절통과 근육경련이 나타났다. 하지만 심각하지는 않았고 대체로 잘 지낸 편이다. 가장 도움이 되었던 방법은 아무런 시도도 하지 않는 것이다. 가만히 있으면 괜찮았고, 애를 쓰면 쉽게 피로해졌다.

일을 쉬고 있었지만 휴가라고 할 수 없었다. 꼼짝 않고 앉아 있는 걸 휴가라고 부를 수는 없다. 사람들은 내게 "휴가를 즐겨요!," "즐겁게 지내요!"라고 말했다. 하지만 시간적 여유가 생기는 때란 실직을 하거나 병에 걸리거나 다치거나 신경쇠약에 걸리거나 혹은 아기를 가졌을 때라는 것이 인생의 아이러니이다.

우리는 좀처럼 바쁜 일상에서 벗어나 그동안 하고 싶었던 여행, 공부, 취미생활, 터무니없는 꿈을 좇는 일, 몸매 가꾸기 등을 할 자유를 자신에게 주지 못한다. 우리는 일을 위해 살아간다. 자신이 좋아하는 일을 하고 있다면 운이 좋은 것이고, 대부분은 장기 휴가를 받지 못한다. 우리는 자유롭지 못하다. 장기 휴가가 가능하다고 하더라도 장기 휴가를 떠나는 사람을 사람들은 무책임하고 열정이 없는 사람이라고 생각한다. 다 떠나서 경제적인 이유 때문에라도 오래 쉴 수 없다. 우리는 우리가 원하지도, 필요하지도, 즐길 시간도 없는 일들에 자신을 저당 잡혀 산다.

나는 이번 휴가를 최대한 가치 있게 쓰자고 스스로를 다그쳤다. 그동안 읽지 못한 책이 많았다. 외국어를 배우거나, 지난 20년간 늘지 않는 기타를 다시 쳐야겠다고 생각했다. 몇몇 고전영화도 보고 싶었다. 그래서 영화 〈티파니에서 아침을〉을 봤다. 그런데 웬 소동인지. 고양이에게 했던 오드리 햅번의 행동은 끔찍했다. 할 일 목록에서 고전영화 감상을 지웠다. 하릴없이 시간만 낭비하고 있었다. 그런 일을 할 기운이 있다면 벌써 일터로 돌아갔을 것이다.

미안합니다, 내가 암에 걸려 불편하시죠?

방사성 요오드 치료를 위한 준비 단계로 저요오드 식이를 시작했다. 나는 육류는 먹지 않지만 달걀과 유제품, 모든 종류의 해산물을 먹는 락토오보페스커테리언(Lacto-ovo pescetarian)이다. 다시 말해 불량 채식주의자이다. 그런데 저요오드 식이는 공교롭게도 달걀과 유제품, 모든 종류의 해산물을 제한한다. 또한 파스타, 콩 제품, 요오드 첨가 식염, 포장 및 외식 식품을 제한한다. 내가 일상으로 먹는 모든 식품을 먹지 말라는 것이다.

먹을 수 있는 것은 밥, 버터와 소금을 뺀 팝콘, 무염 견과류, 무염 땅콩버터, 과일, 야채 정도였다. 나는 거식증에 걸린 모델 또는 맛없는 채식 기내식을 주문한 사람이 된 것 같았다. 요리를 못하는데다 갑상샘기능저하증에 따른 체중 증가에 대한 두려움까지 더해지자 나는 합리적인 것을 선택했다. 아예 먹지 않는 것이었다. 기분도 우울해 입맛도 없었다.

진료 때마다 체중을 쟀는데 매번 같았다. 그런데도 암 진단을 받은 이후 내 체중에 대한 무수한 관심은 그칠 줄 몰랐다. 내 체중과 엉덩이 사이즈에 지대한 관심을 보인 이들은 주로 여자 동료들이었다. 나는 체중과 몸에 대해 무수히 많은 이야기를 듣고 질문을 받았다. "갑상샘기능저하증으로 체중이 늘었나요?", "암에 걸리면 정말 체중이 줄어요?", "암으로 인한 갑상샘항진증이면 체중이 줄어요?" 정말이지 나는 내 체중에 대해서는 이야기하고 싶지 않았다.

그런데 이 시기에 나는 확실하게 살이 빠졌다. 엄청난 걱정, 불면, 슬픔, 이 모두가 탁월한 식욕억제제였다. 게다가 스트레스성 장염으로 설사까지 했다. 내 허리둘레에는 좋은 소식이었다.

반면 남자들은 체중에는 전혀 관심이 없었고 은밀하게 치료가 성욕에 어떤 영향을 미치는지 물었다. 간단히 답해 주면 암은 훌륭한 체중 감량 전략은 될 수 있지만 성욕에는 별다른 영향을 미치지 못한다. 알다시피 갑상샘암은 최음제와는 별 상관이 없다.

암은 신체적 충격과 함께 정신적 충격을 일으킨다. 지금까지 나는 운 좋게도 외모가 별로 변하지 않은 편이다. 항암치료, 특히 화학요법을 받는 많은 사람들은 외모의 변화를 겪는다. 내게 "아주 좋아 보이는데!"라고 말하는 사람들의 속뜻은 "죽어 가는 사람 같지 않은데!", "생각보다는 좋아 보인다."이다. 암 환자가 평소와 별다를 게 없어 보이면 사람들은 놀란다. 암은 아름답지 않은 것이라고 생각하기 때문이다.

내 친구의 언니인 베스는 유방암 화학요법을 받으며 빠진 머리카락을 감추기 위해 온갖 노력을 기울였다. 가발은 불편했고 직장에서 모자를 쓰면 이상해 보였으며, 두건을 고르거나 매는 솜씨도 형편없었다. 그녀는 결국 모든 것을 포기하고 있는 그대로의 모습, 즉 대머리인 채로 직장에 나가기 시작했다. 남자 대머리는 괜찮은데 화학요법을 받는 여성이 대머리면 안 된다는 법은 없으니까. 우리는 대머리 남성이 점점 후퇴하는 헤어 라인을 가리려고 옆머리를 올려 빗는 애처로운 행동을 그만두었으면 좋겠다고 생각한다. 그런 것처럼 여성도 대머리를 가발로 가리지 않아도 괜찮다고 생각해 주면 좋겠다.

그런데 지나치게 암을 드러내는 행동에 대해서 불편을 느끼는 사람들이 있다. 베스의 동료들은 베스와 상사에게 그녀의 대머리가 부담스럽다고 불평했다. 아픈 사람에게 참 폭력적이다.

"미안합니다, 내가 암에 걸려 불편하시죠? 여러분이 신경 쓰지 않도록 가렵더라도 가발을 쓸게요."

이렇게 말해야 하는 걸까? 그래서 암 환자들은 사람들이 불편하게 생각하지 않을 만큼만 암을 노출해야 한다. 하지만 그게 어떻게 가능한가? 치료를 마치고 돌아왔을 때 머리카락이 멀쩡하고 몸이 날씬한데다 활력이 넘칠 수는 없는 일이다. 게다가 병가 기간 동안 동료들이 업무를 나눠서 맡았으니 미안하기도 하다. 그런 상황에서 사람들은 암에 걸려 힘든 감정을 지나치게 숨기고 밝게 구는 것도, 대머리로 나타나는 지나친 솔직함도 받아들이기 힘들어한다.

베스 언니의 이야기를 듣고 나서 나는 목의 흉터를 숨기려는 시도를 그만두었다. 솔직히 그동안은 여러 장의 스카프를 사서 여름 내내 하고 다니기도 했고, 아침마다 화장할 때 흉터와 다크서클을 가리려고 노력했다. 하지만 그냥 두기로 마음먹었다. 흉터를 가릴 장신구를 사는 것도 쉬운 일이 아니었다. 목에 딱 달라붙는 목걸이인 초커로 가리기에는 흉터의 위치가 너무 낮았고, 짧은 목걸이로 가리기에는 너무 높았다.

물론 어떤 이들은 시선을 떼지 못한 채 내 목의 흉터를 뚫어지게 바라보면서 흉터에 대해 말하려고 한다. 나는 현실을 받아들이면서도 흉터가 아예 없었다면 얼마나 좋았을까 생각했다. 그것은 한때 완벽했던 건강에 생긴 영구적인 결함처럼, 한때 완벽했던 목에 생긴 영구적인 결함이었다. 하지만 이제 흉터는 내 일부이다. 흉터가 나를 터프한 사람으로 보이게 해도 할 수 없다.

방사성 초능력이 생긴 게 틀림없다

끔찍한 곡조와 형편없는 가사에도 불구하고 영화 〈스파이더맨〉
의 주제곡이 계속 머릿속에 울렸다.

'…그녀는 강한가? 잘 듣게 친구. 그녀는 방사성 피를 가졌어."

〈스파이더맨〉은 방사능에 노출되면 초능력이 생긴다는 비과학적
이지만 잠재적인 믿음을 널리 퍼뜨렸다. 그게 사실이라면 얼마나
좋을까? 지금 내 피는 방사능에 오염되어 있으나 아직 초능력의 기
미는 보이지 않았다. 그러나 차를 끓이다가 이유 없이 컵이 깨지고
아이폰의 스크래블 게임에서 두 번이나 좋은 성적을 거둔 것을 보
면 어쩌면 그 말이 사실인지도 모르겠다.

나는 작은 방사성 알약을 하나 복용했다. 약은 처음에는 기분을
좋게 하다가 점점 고통스럽게 했다. 2차 수술을 받았던 토론토 병원
의 핵의학과로 갔다. 접수처에 있던 방사선사는 내가 갑상샘암이라
고 하자 자신있게 "금방 사라질 겁니다!"라고 말했다. 그는 이 약으
로 갑상샘암을 치료할 수 있다는 것이 의학적인 기적이라고 믿는 듯
했다. 물론 이 약은 굉장한 치료제임에 틀림없다.

다른 방사선사는 내게 방사성 알약을 먹는 동안에는 타인과의 접
촉을 제한해야 한다는 권고 사항을 재차 확인했다. 안 그래도 나는
집에서 격리 상태로 살고 있다. 아마 담당 방사선종양학 전문의가
엄격한 사람이었다면 나를 3일 동안 완전 격리 상태로 병원 격리실
에 잡아두었을 것이다. 그랬다면 정말 고독한 3일이었을 것이다.

간호사들은 매일 방사성 동위원소 치료를 담당하는 만큼 방사성 환자들과의 접촉이 제한되어 있기 때문이다. 한마디로 구금이냐 가택연금이냐의 차이이다.

약은 커다란 납 용기에 담겨 들어왔다. 내가 지시 사항을 들은 뒤 고무장갑을 끼자 방사선사가 밖으로 나갔다. 안전거리를 유지했지만 문이 열린 상태여서 대화를 나눌 수 있었다. 뚜껑을 여니 안에 더 작은 납 용기가 있었다. 작은 납 용기를 꺼내 뚜껑을 열었다. 안에 또 다른 용기가 있었다. 이번에는 일반적인 알약 용기였다. 모든 게 〈이상한 나라의 앨리스〉 같았다. '날 먹어요'라고 적힌 작은 쪽지가 있을 것 같았다. 뚜껑을 열고 손을 대지 않은 채 용기를 기울여 약을 입에 털어 넣은 다음 물을 마셨다. 방사선사가 장갑을 벗으라고 말했다. 그녀는 방사능측정기로 내 방사성 상태와 약이 몸 안에 있는지를 확인했다. 확인이 끝나자 그녀는 즉시 내가 그곳을 떠나주기를 바랐다.

나는 약간의 방사능 노출 정도는 두려워하지 않는 친구와 병원을 나섰다. 한 사람이 너무 많은 방사능에 노출되는 것을 막기 위해 차로 집까지 데려다 주는 사람은 함께 사는 사람이 아니어야 했다. 집으로 가는 길에 대해 나는 두 가지 큰 두려움을 느꼈다.

1. 출퇴근 교통 정체 때문에 병원이 권고한 한 시간 이상 친구가 나와 함께 차에 갇히게 될까 봐 두려웠다.
2. 차 안에서 토하게 되면 다음과 같은 문제가 추가로 발생할 수 있었다.
2-1. 친구가 방사성 토사물에 노출될 수 있다.

2-2. 교통 혼잡 때문에 방사능에 노출될 수 있다.

2-3. 나는 충분한 양의 방사성 요오드를 얻을 수 없다.

친구는 키가 작아 좌석을 가능한 한 앞으로 바싹 당겨 앉았고 나는 뒷좌석에서도 친구와 가장 멀리 떨어진 곳에 앉았다. 방사능 피폭 최소화의 가장 중요한 두 가지는 함께 있는 시간을 줄이고 거리를 멀리하는 것이다. 우리는 작은 차 안에서 어떻게 둘이 그렇게나 멀리 떨어져 있을 수 있는지에 대해 감탄했다. 하지만 우리는 차 안에서 함께 너무 오래 머무르고 있었다. 출발한 시각이 오후 3시 6분이었는데도 심각한 교통체증에 걸려 버렸다. 하지만 친구는 아무렇지도 않았다. 그녀가 좋은 친구이고 이 정도의 노출은 어떤 문제도 일으키지 않는다는 걸 알고 있기도 했지만, 위태로운 삶을 사는 걸 좋아하기 때문이기도 했다. 그녀는 1990년대 런던에서 즐겼던 광란의 파티가 지금 방사능에 노출된 운전보다 건강에 더 나쁘다고 생각했다. 우리가 끝에 가서 죽지 않는다는 것을 제외하면 영화 〈델마와 루이스〉와 비슷했다.

집에서의 첫 24시간은 별로 나쁘지 않았다. 의학적 유머이지만 병원에서는 방사성 동위원소를 섭취한 사람을 '뜨겁다(hot)'고 표현한다. '저는 당신이 아는 가장 뜨거운 여자일 거예요.' 따위의 뜨겁고 싱거운 문장들이 떠올랐다. 이런 좋은 흥분이 가라앉으면 갑상샘기능저하증 상태에서 약간의 메스꺼움을 느끼고 목이 따끔거린다. 하지만 집에 올 수 있어 기뻤다.

격리 규정에 따라 남편은 치료 후 처음 3일간 집을 떠나 있어야 했다. 우리가 엄청나게 큰 교외 저택에 살고 있다면 둘 다 집에 머무를 수 있었을 테지만 우리는 도심의 욕실이 하나 있는 100년 된 벽돌 집에 살고 있었다. 방사성 환자를 격리할 여건이 안 되는 집이었다. 남편은 하루에도 몇 번씩 집에 들러 3미터쯤 떨어진 곳에서 짧은 대화를 나눴다. 그리고 '함께' 개를 산책시켰다. 남편과 개가 걷고 나는 멀찍이 뒤따랐기 때문에 누가 보면 이상하게 생각했을 것이다.

개와 고양이는 나와 함께 있는 것이 허락되었다. 개 몰리는 열다섯 살이다. 몰리에게 해를 입히고 싶지 않아 충분한 거리를 두고 싶었지만 소량의 방사능이 그 나이의 개에게 잠재적으로 어떤 부정적인 영향을 끼칠지는 알 수 없었다. 지금까지 인간의 방사성 요오드 치료가 반려동물에게 미치는 영향을 측정한 연구는 없다. 하지만 원칙적으로 보면 방사성 물질에 대한 노출은 가능한 한 피하는 것이 최선이기는 하다.

고양이는 조금 더 신경 써야 했다. 수컷인 로미오는 아직 어리고 앞날이 창창하니까. 만일 로미오가 암에 걸린다면 나는 내 요오드 치료 때문이라고 생각할 것이기 때문에 로미오와는 거리를 유지해야 했다. 로미오는 껴안아 주고 싶게 사랑스러운 커다란 얼룩고양이이다.

로미오는 아주 영리한 고양이인데 이번에는 아니었다. 방사성 물리학에 따르면 방사능의 강도는 거리의 제곱에 반비례한다($I = 1/거리^2$)고 아무리 설명해도 로미오는 내 무릎 위로 올라오고 나와 함께 잠을 자고 싶어 했다. 나는 로미오를 침실에서 쫓아냈다. 로미오는 내가 밀쳐낼수록 나와 더 가까이 있고 싶어 했다. 내가 거리를 유지하려고 노력하기 시작한 이후로 로미오는 기를 쓰고 내게 가까이 오려고 했다. 로미오는 꼭 내 옆에 있어야 했다.

지금까지 고양이 심리를 잘 안다고 자부했는데 이번 일을 겪으면서 비로소 고양이를 완전히 이해한 기분이 들었다. 고양이는 자신을 무시하고 밀쳐낼수록 사람을 더욱 원한다. 다시 말해 내가 사랑에 빠지는 게 아니라 녀석들을 사랑에 빠지게 해야 언제나 고양이를 가질 수 있다는 말이다. 이걸 알아내다니 어쩌면 내게 정말로 초능력이 생긴 것인지도 모르겠다.

마지막 치료라는 사실에 행복했다

둘째 날 방사성 물질이 소화기관을 지나가는 게 확연히 느껴지면서 상태가 나빠졌다. 그동안 해온 저요오드 식이가 끝났기 때문에 원하는 건 뭐든 먹을 수 있었지만 아무것도 먹고 싶지 않았다. 방사성 알약이 몸 안을 돌면서 위와 장 내벽을 온통 헤집어 놓았고 소화기관 전체에 영향을 미쳤다. 부작용은 끔찍했다. 그래도 이 과정을 집에서 겪을 수 있어서 행복했다. 그리고 나는 이것이 지나갈 것임을 알고 있었다. 나는 난로 곁을 떠나지 않은 채 누워서 TV 시리즈와 영화를 몰아보거나 책을 읽거나 낮잠을 잤다. 친구들은 먹을 것이나 생필품 등을 현관에 갖다놓고 달아났다. 나는 물을 많이 마시면서, 간간히 전화를 하고, 이런 모습도 보여 줄 만큼 친한 친구들과 스카이프로 영상통화를 하면서 쾌활하게 지내려고 노력했다.

마침내 넷째 날 남편이 집에 오는 것이 허락되었다. 그 후 일주일 동안은 다른 방을 써야 하긴 했지만 최소한 집에 있을 수는 있었다. 남편을 맞이하기 위해 방사능에 오염된 욕실과 주방을 청소해야 했다. 그런데 극심한 피로에 시달리고 메스꺼움을 느끼면서 욕실 세면대를 문질러 닦는 일은 쉽지 않았다. 관련 자료를 병원에서 잔뜩 받아 왔기 때문에 나는 내가 오염시킨 방사성 물질을 어떻게 치워야 하는지 잘 알고 있었다. 방사성 요오드의 주요 배출 경로가 소변인만큼 소변 처리에 집중해야 했다.

자료에는 수많은 관련 연구 결과가 나와 있었는데 결과는 남자들이 지저분하다는 것을 과학적으로 증명하고 있었다. 방사능에 오염된 소변을 계수기로 측정하자 서서 소변을 보는 남자들은 변기를 온통 방사성 물질로 더럽히는 것으로 나타났다. 연구의 권고 사항에는 방사성 요오드 치료를 받는 남성이 변기에 앉아서 소변 보는 것을 꺼린다면 청소하기 쉽게 신문지 등으로 변기 전체를 감싸라는 설명이 있었다. 남자들이 앉아서 볼일을 봐야 한다는 주장에 이보다 확실한 근거는 없었다.

방사능에 감염되어 있는 동안 주방을 청소하고 용품을 관리하는 법에 관한 유용한 정보도 제공받았다. 방사성 요오드가 침과 땀에 모이기 때문이다. 나는 스트레스를 받는 한편, 남편을 안전하게 지켜야 할 책임을 느꼈다. 권고 사항에는 얼굴이나 눈을 만진 후, 손바닥에 땀이 난 후 방사능이 배출될 수 있으므로 손을 자주 씻으라는 내용이 있었다. 그 말은 내가 손을 씻을 때마다 수도꼭지가 오염될 수 있다는 얘기일까?

만약 방사성 물질에서 빛이 난다면 모든 일이 훨씬 쉬울 것 같다는 생각이 들었다. 그러면 뭘 닦고 치워야 하는지를 바로 알 수 있을 테니까. 만약 바의 불빛 아래서 진토닉을 주문했는데 내 눈물과 땀, 침만 환하게 빛난다고 생각하니 멋질 것 같기도 했다.

또한 방사능에 감염되어 있는 동안 음식을 만드는 법도 알게 되었다. 예를 들어 식사를 준비하며 맛을 보는 데 사용했던 수저는 오염되었으므로 다시 사용해서는 안 된다. 빵을 반죽할 때도 음식에 손을 많이 대지 말라는 내용이 있었다. 그런데 손을 대지 않고 어떻게 '반죽'을 할 수 있을까? 어쨌든 손에서도 방사능이 방출될 가능성이 있다는 얘기일 것이다.

그러고 나니 이런 생각이 들었다. 방사성 요오드 치료를 받는 환자들은 일반적인 갑상샘약과 일체의 갑상샘 보충제를 끊기 때문에 심각한 갑상샘기능저하증에 걸리는 데다가 암을 치료하기 위해 섭취한 방사성 물질 때문에 위장관계 부작용을 겪을 가능성이 높다. 그런데 왜 그들이 가족을 위해서 요리를 하고 빵을 굽나? 가족이 환자를 위해서 요리를 해야 하지 않을까? 3일간 음식을 사다 먹으면 안 되나? 나는 요리를 하지 않아도 되고 귀가 들리지 않는 나이든 개와 사랑에 빠진 고양이 말고는 딸린 식구가 없으니 다행이었다고 해야 하나?

며칠 동안 힘겨운 가택연금에도 이것이 내 마지막 치료라는 사실에 무척 행복했다. 내가 완전히 나을 확률은 월등했다. 방사성 요오드를 섭취하고 나서 일주일 뒤 나는 핵 스캔을 위해 다시 핵의학과를 찾았다. 그들은 감마 카메라로 내 몸 어디에 방사성 요오드가 있는지 살폈다. 나는 방사선사에게 부탁해서 내 스캔 사진을 직접 확인했다. 나는 그동안 날 미치게 만들었던 림프절을 찾았다. 림프절은 방사성 물질로 밝게 빛나지 않았다. 만족스러웠다. 좋은 징조라고 생각할 수 있었다. 그새 나는 방사성 요오드 치료는 부작용보다 이로움이 훨씬 많은 똑똑한 치료법이라고 믿게 되었다.

초능력은 얻지 못했지만 나는 수많은 의사와 연구자들의 노력 덕분에 알약 하나로 암을 극복했다. 정말 영웅이 아닐 수 없다. 나의 새로운 주제곡이 머릿속에서 떠나지 않았다. "그녀에게 인생은 엄청난 시련이지. 문제가 있는 곳엔 언제나 갑상샘 소녀가 있어!"

회복

살면서 죽음에 대해 거의 생각해 본 적이 없다.

그런데 이번 일로 죽음에 대해 조금의 자유를 선물 받았다.

암은 짧고 귀한 삶에 감사할 수 있게 해 주었다.

1
개의 유일한 배신은 이별 준비가
안 된 우리 곁을 떠나는 것뿐

우리는 그들이 언젠가 우리 곁을 떠날 거라는 걸 알고 있다

모든 치료를 마친 나는 암에서 자유로워졌다. 언제나 재발 가능성이 있으니 암에서 완전히 해방된 것은 아니었지만 그래도 기분은 좋았다. 방사성 요오드 치료 후 주치의와 방사선종양학 전문의를 다시 만났는데 두 사람 모두 스캔 결과 림프절이 깨끗하다며 6개월 후 초음파와 스캔, 혈액검사를 다시 받자고 했다.

암이 없다, 암세포가 없다는 말이다. 지금 없다는 말이지만 앞으로도 쭉 그럴 것이다. 물론 암에 걸렸던 사실은 없어지지 않는다. 나는 암에 걸렸다가 살아난 생존자로서 얻을 수 있는 지혜와 자유를 계속 유지하고 싶었다.

작고한 우고 차베스 베네수엘라 전 대통령은 크리스티나 페르난데스 아르헨티나 대통령이 갑상샘암에 걸렸을지도 모른다는 소식을 들은 후 남미 지도자들이 유난히 암에 잘 걸리는 것에 대해 언론 앞에서 이렇게 말했다. 미국이 남미 지도자들을 암에 걸리게 해서 제거하려는 음모라고. 문제가 되자 혼잣말을 한 것뿐이라고 해명했지만 내가 보기에는 차베스의 주장에는 허점이 있다. 차베스의 말이 사실이라면 미국이 갑상샘암처럼 완치율이 높은 암을 선택했을 리가 없다.

이후 페르난데스는 갑상샘암이 아닌 가벼운 갑상샘 질환으로 밝혀졌고, 차베스는 2년 동안 암과 투병한 끝에 사망했다. 차베스의 열렬한 지지자들인 차비스타는 아직도 미 정부가 그를 암에 걸리게 했다는 입장을 고수하고 있다.

나는 갑상샘 수치를 측정하기 위해 정기적으로 검사를 받아야 했다. 수치는 여전히 불안정하지만 정상으로 돌아가고 있다. 또 가능성은 별로 없지만 재발 검사도 받아야 했다. 나는 암을 겪으면서 죽음에 관해 많이 생각했기 때문에 재발한다면 충격은 받겠지만 죽음에 대한 두려움은 덜할 것 같다. 살면서 죽음에 대해 거의 생각해본 적이 없다. 그런데 이번 일로 죽음에 대해 조금의 자유를 선물받았다. 암은 짧고 귀한 삶에 감사할 수 있게 해 주었다.

나는 사람은 모두 죽는다는 사실을 잊고 살려고 노력했다. 하지만 이번 일을 겪으면서 죽음에 대한 생각이 늘 암울할 필요는 없다고 생각하게 되었다. 죽음은 내가 보다 중요하고 행복한 일에 집중할 수 있도록 도와주었다.

마찬가지로 사람들은 반려동물도 죽는다는 사실을 잊으려고 노력한다. 개와 고양이의 평균 수명이 우리보다 짧아서 먼저 떠날 것을 알면서도 죽음이 늘 멀리 있다고 생각한다. 보호자와 암 치료에 대해서 상담할 때면 나는 평균 수명을 점검하고 또 점검한다. 물론 지금은 그 어느 때보다 동물의 질병을 잘 치료할 수 있기 때문에 평균 수명도 매우 유동적이다. 그 어느 때보다 죽음을 면하기 쉬운 시대이다. 그래서 개가 열한 살에 암에 걸렸는데 그 견종의 평균 수명이 열두 살인 경우 보호자가 개를 치료하는 게 좋겠냐고 물을 때면 선뜻 대답하지 못한다. 다만 확실한 것은 치료를 하지 않으면 개는 열한 살을 넘기지 못한다는 사실이다.

동물도 인간도 타고난 기관의 수명이 다하고 신체가 기능을 멈추는 시점이 있다. 모든 치료와 지식이 전혀 소용없는 암도 있다. 우리가 반려동물 또는 자신의 수명에 대해 지적 차원에서 진실이라고 여기는 이런 사실들은 절대 감정적 차원으로 내면화되지 않는다. 보호자들은 자신의 반려동물이 암에 걸렸다는 사실에 충격을 받고 믿지 않으려고 한다. 반려동물이 죽는다는 것을 받아들이려 하지 않는 것이다. 하지만 사실 우리는 처음부터 알고 있었다. 그들이 언젠가 우리 곁을 떠나리라는 것을.

보호자들은 결정을 내릴 때 암 치료에 효과적이면서 저렴하고 수술은 최소화하는 치료 방법을 찾는다. 최대한 오랫동안 삶의 질을 보장해 주는 방법을 찾는 것이다. 인간을 치료하는 의사와 달리 수의사는 좀 더 다양한 치료법을 제시할 수 있지만 위험, 비용, 치료의 공격성, 사망률, 치료 효율성, 기대 생존 기간 등을 고려하는 것은 같다.

비싸지 않고 증상을 완화시키는 치료를 선택하는 보호자에게는 그에 맞는 상담을 한다. 이때 목표는 완치가 아니다. 최대 6개월까지 괜찮은 삶의 질을 보장하는 데 초점을 맞춘다. 그런데 이런 경우 대부분 평균 6개월 전에 다시 암도 재발하고 상황은 통제불능이 된다. 보호자는 또 다른 방법을 찾아보지만 방법이 없다. 이때가 가장 힘든 시기이다. 작별해야 할 시간이기 때문이다. 이 상황에서 치료를 계속하는 것은 옳지도 인도적이지도 않다. 나는 마법사가 아니다. 생명을 중단시키는 것에 대해 논의한다. 더 이상 어떤 선택도 남아 있지 않을 수 있다. 이런 상황에서 보호자는 이 순간이 자신의 개에게 닥친 상황임을 믿지 않으려 한다.

동물에게도 존엄하게 죽을 권리가 있다

인도적인 안락사는 수의사가 제공할 수 있는 치료법 중 하나이다. 나는 안락사야말로 궁극적인 자유, 고통 없이 죽을 수 있는 자유라고 믿는다. 인간은 죽음이 임박해 있고, 고통이 극심하며, 구원의 기미가 보이지 않을 때에도 저항을 멈추지 않는다. 더 이상 삶이 행복하지 않은 순간에 더 간절히 삶에 매달린다. 가족은 사랑하는 사람이 계속 고통받고, 죽어 가는 것을 지켜본다.

존엄하게 죽기를 바라는 사람은 뉴스가 되고, 대개 법정 싸움으로 이어진다. 언론에서 안락사 문제를 조명할 때면 생명윤리 전문가와 의사, 위독한 환자와 가족의 주장을 보여 준다. 그런 논란을 볼 때마다 나는 수시로 환자들에게 안락사를 행하는 의사인 수의사의 의견은 왜 묻지 않는지 이상하다고 생각한다.

수의사가 안락사를 결정할 때는 여러 요인이 영향을 미치는데 그중에서도 회복 가능성이 없는 불치병과 형편없는 삶의 질이 가장 큰 영향을 미친다. 이런 상황에서 아무런 조치도 취하지 않을 때 예상되는 결과는 명확하다. 환자는 계속 고통받다가 결국엔 죽는다.

안락사를 선택하면 우리는 많은 것을 결정할 수 있다. 원하는 이별 의식을 치를 수도 있고, 가족들이 상황을 통제하고 작별 인사도 건넬 수 있다. 환자는 혼자 죽지 않아도 되고, 죽음은 고통 없이 이뤄진다. 환자를 위해 평화롭고 빠르며 고귀한 절차가 이루어진다. 이렇게 죽음은 의식이 된다.

먼저 가족들이 보지 않을 때 개의 정맥에 주사관을 꽂는다. 그런 다음 가족들이 개에게 포옹과 키스를 하며 작별인사를 나눈다.

"사랑해. 넌 정말 최고였어. 괜찮아. 더는 아프지 않을 거야. 정말 사랑해."

가족들의 작별 인사가 끝나면 수의사는 정맥에 마취제를 다량 투여한다. 과정은 신속하다. 지켜볼 때마다 우리가 얼마나 순식간에 삶에서 죽음으로 넘어갈 수 있는지 놀라게 된다. 그 순간이 안락사 과정에서 최고이자 최악의 순간이다. 어떻게 인간의 안락사를 반려동물의 안락사에 비교할 수 있느냐고? 비교하면 안 되는 이유라도 있는가? 개에게도 당연히 존엄하게 죽을 권리가 있다.

우리 집 개 몰리는 집에서 안락사로 떠났다. 나의 갑상샘암 치료가 끝난 지 겨우 6개월이 지난 때였다. 열다섯 살 반인 몰리는 생명력이 다해 있었다. 질병도 없었고 그저 생명력이 다한 것이었다. 기력이 없고 청력을 완전히 잃었으며, 좋아하는 음식도 먹지 않고, 산책뿐 아니라 모든 걸 거부했다. 삶의 의지가 보이지 않았다. 내가 침대에 누워 있는 몰리의 뒷다리에 주사를 놓는 동안 남편은 몰리의 머리맡에서 유일하게 받아 먹는 음식인 치즈를 먹이며 귀를 긁어 주었다. 주사를 놓으며 우리는 둘 다 눈물을 흘렸다. 과정은 신속하고 평화로웠다.

남편도 나도 이처럼 훌륭한 죽음을 맞이할 만큼 운이 좋을 수 있을까 생각했다. 세상에서 가장 사랑하는 가족이 지켜보는 가운데 빛이 사그라질 때까지 침대에서 편안히 치즈를 먹는 그런 죽음을.

안락사 방까지 갔다가 목숨을 건진 개, 길리건

아무리 찾아도 반려동물의 죽음에 대한 해답을 찾을 수 없었던 순간이 있었다. 내가 전혀 죽음에 관여할 수 없었던 목이 메이던 그 순간. 그때 나는 10대였다. 여름방학 동안 동물보호단체인 휴메인 소사이어티의 유기동물 보호소에서 일하며 수의사 지망생으로 소중한 경험을 쌓고 있었다.

그런데 그곳에서 딱 하루 일한 후 나는 그곳에서 일하는 목표의 상당 부분을 포기했다. 동물들과 즐겁게 놀며 그들에게 좋은 환경을 제공하고 훈련시키고 사랑을 준다는 내 고상한 목표는 사라졌다. 당시는 보호소에서 하루에도 수십 마리씩 유기동물을 안락사시킬 때였다. 나는 안락사 일을 돕기도 했지만 주로 케이지를 청소했다. 동물들이 자신이 싼 똥을 너무 오래 뭉개지 않고, 신선한 음식과 물을 먹는 것으로 목표를 낮췄다.

나는 매일 아침 개들이 시끄럽게 짖어대는 아수라장과 마주했다. 케이지 안 이곳저곳에 개똥이 묻어 있고, 오줌범벅에, 여기저기 축

개의 유일한 배신은 이별 준비가
안 된 우리 곁을 떠나는 것뿐

축하고, 찢어진 신문지가 나뒹구는 그곳에 겁먹고 외로운 개와 고양이들이 가득했다. 대소변을 가리는 법을 모르는 강아지들은 최악이었다. 강아지들은 활발해서 상상도 할 수 없는 곳에 개똥을 묻히기 일쑤였다. 벽과 천장은 물론 밥그릇을 개똥으로 더럽히거나 창살 사이에 질퍽하게 발라 놓곤 했다. 내가 할 수 있는 일이라고는 청소를 하는 것뿐이었다. 쉴 틈 없이 일하다가 겨우 마지막 케이지 청소를 끝낼 때쯤이면 첫 번째로 청소한 케이지가 더러워져 있었다.

나와 견사 청소를 함께한 파트너는 40대 중반의 여성이었다. 사람들의 잔인함을 경멸하는 그녀는 사람보다 동물과 함께 있는 것을 좋아하는 전형적인 동물보호가였다. 그런데 그녀는 나를 못마땅해 했다. 내가 청소한 케이지는 흠잡을 데 없이 청결했는데도 자신과 다른 방법으로 한다고 지적했다. 온몸에 똥오줌을 묻혀 가며 열심히 청소를 하고 난 후 그녀에게 지적을 받으면 맥이 턱 빠졌다. 어느 날 개똥 치우는 일에 대해 왜 그리 잘난 척을 하는지 알고 싶어서 그녀에게 물었다.

"여기서 일한 기간이 얼마나 되세요?"

"17년."

한 방 맞은 기분이었다. 세상에 17년 동안이나 개똥을 치워 왔다니. 내가 산 세월보다 길었다. 그 후 나는 그녀의 방법대로 케이지를 청소하기 시작했다. 그 방법이 낫거나 옳아서가 아니라 애정이라고 생각했다. 나는 그곳에 겨우 두 달 있었고, 내가 떠나 수의사가 된 후에도 그녀는 그곳에 남아 자신만의 방식으로 케이지를 닦고 끊임없이 쏟아지는 개똥과 슬픔을 마주할 터였다.

그곳에서 일하는 동안 나는 몸이 길고 마르고 독특한 매력적인 개와 친해졌다. 그 개는 늘 케이지 구석에 앉아 몸을 떨기만 해서 입양될 가능성이 거의 없었다. 그곳은 예쁘고 성격 좋은 개들만 입양해 가는 잔인한 세상이었다. 예쁘거나 성격이 활발하지 않으면 죽을 수밖에 없었다. 보호소에서의 모든 경험이 공포였던 그 개는 앞으로 더 나쁜 일만 생길 거라고 생각하는 것 같았다. 그 아이는 너무 똑똑했다. 그러나 그 개도 산책 나가는 것은 좋아했다.

　　이미 여러 마리의 동물을 키우시는 부모님께 그 개에 대해 자주 말씀드렸다. 특이한 생김새에 상냥하고 아주 똑똑하다고. 나를 잘 아는 아버지는 그 개의 안락사 예정일에 집을 나서는 내게 말씀하셨다.

　　"무슨 일이 있어도 그 개를 집에 데려오면 안 된다!"

　　나는 그 개를 케이지에서 꺼내 안락사 방으로 데려갔다. 내가 동물을 잡고 있는 동안 마취제가 주입되고, 죽은 뒤에는 동물 사체로 가득한 커다란 쓰레기통에 던져 놓는 그런 곳이었다. 동물들의 다리와 머리는 부자연스럽고 기괴한 각도로 꺾여 통 안으로 떨어졌다. 건강한 강아지와 어린 고양이들이 죽여져 쓰레기통에 던져졌다.

　　왜 동물을 누구보다 사랑하고 그들의 죽음을 누구보다 슬퍼하는 사람들이 늘 이런 끔찍한 일을 맡아야 하나? 이건 너무 불공평하다. 나는 그 개를 데리고 복도를 걸어와 안락사 방의 문손잡이를 잡았다가 이내 몸을 돌려 원래 케이지로 들여보냈다. 나는 일이 끝난 후 그 개를 집으로 데려왔고 길리건이라는 이름을 지어 주고는 15년을 함께 행복하게 살았다.

개의 유일한 배신은 이별 준비가
안 된 우리 곁을 떠나는 것뿐

물론 내가 집으로 데리고 온 개가 길리건만은 아니다. 지금 부모님과 함께 살고 있는 근사한 잉글리시세터는 외과 레지던트 시절 양쪽 골반골절로 응급실에 실려 온 개였다. 개의 가족은 수술 후에 사냥견으로 일할 수 없다고 하니 안락사를 해 달라고 했다. 골반이 부서져 걷지도 못하고, 진통제를 투여하기 전이라서 극심한 통증을 겪으면서도 여전히 가족의 얼굴을 핥고 부러진 꼬리를 흔들려고 하는 6개월 된 강아지를 죽이라고? 나는 그 개를 집으로 데려왔고 부모님은 강아지를 보자마자 사랑에 빠졌다. 그렇게 바이런이라는 새 이름을 얻고 가족이 되었다.

수의 일반의로 근무하는 동안 나는 직접 보호자를 만나서 상의한 경우가 아니라면 안락사시키지 않겠다는 엄격한 방침을 정했다. 반드시 안락사의 이유를 알아야 했다. 그러던 어느 날 점심식사를 마치고 병원으로 돌아왔는데 뒷마당에 안락사를 기다리는 개가 한 마리 있었다. 그날 내 오후 업무는 뒷마당에 가서, 별다른 이유 없이, 처음 본 건강한 개를 죽이라는 것이었다. 말이 되는가?

점심시간에 접수대를 지키다가 그 개를 받은 수의 간호사는 왜 그런 결정을 내렸는지 보호자에게 묻지도 않았다. 그녀의 말에 따르면 보호자는 나이 든 여자로 매우 화가 난 상태였다고 했다. 그 노부인은 병원에서 몇 시간 떨어진 거리에 있으며 동물병원이 하나밖에 없는 작은 마을에 살고 있었다. 휴대전화가 흔하지 않던 시절이라서 보호자에게 연락이 되지 않았다. 그 마을에 있는 동물병원에 전화를 걸어 봤지만 그런 개에 대한 기록은 없었다. 다시 뒷마당으로 가서 개를 보았다. 셰퍼드와 콜리 믹스견으로 성격 좋고 어리고 건강했다. 목이 메었다. 그 개를 어찌할 수 없어서 밤새 그냥 두었다.

다음 날 문득 전자칩을 확인해 봐야겠다는 생각이 들었다. 물론 전자칩 역시 흔하지 않던 시절이었다. 그런데 칩이 있었다. 개의 이름과 주인, 주소가 뜨는데 그 개를 놓고 간 노부인의 이름과 주소와 일치하지 않았다. 일단 칩에 나온 사람에게 전화를 거니 보호자가 맞았다. 그 남자 말에 따르면 최근에 재혼을 하면서 새롭게 자녀가 둘 생겼는데 개가 그 아이들을 좋아하지 않았다는 것이다. 그래서 개에게 아이가 없는 더 좋은 집을 찾아주려고 했는데 장모가 자기가 아는 농장에서 개를 입양하고 싶어 한다며 데려갔다고 했다. 그러니까 장모라는 여자는 거짓말을 하고 개를 우리 병원으로 데려와서 안락사를 요청한 것이다. 남자는 병원으로 와서 개를 데려갔고 다시 함께 살게 되었다. 남자와 장모는 잘 지낼 수 있었을까?

엄마를 여러 번 살린 개 켈리와의 아름다운 이별

죽음이 늘 슬픈 것만은 아니듯 동물의 안락사 역시 늘 슬픈 것만은 아니다. 안락사가 중요한 이유가 여기에 있다. 고통을 줄이고 평온함을 찾기 위해 안락사를 선택하는 것이 옳다고 생각하다가 그 대상이 내 반려동물이 되면 차마 불가능한 결정처럼 생각될 수 있다. 반려동물들은 생사를 결정할 책임자로 우리에게 의지한다.

열세 살 된 골든리트리버 켈리의 책임자는 가족이자 수의사인 그레타였다. 켈리는 모든 면에서 사랑스런 개였는데 켈리가 가족에게 어떤 의미인지, 무엇이 가족들로 하여금 공격적인 치료법을 고집하

개의 유일한 배신은 이별 준비가
안 된 우리 곁을 떠나는 것뿐

게 했는지는 헤아리기 어려운 일이었다. 그레타와 그녀의 딸은 모두 수의사이다. 딸은 내가 수의 종양외과의로 일하고 있는 수의대를 갓 졸업했고, 그레타는 개업의이자 우리 지역의 소동물 수의사이다.

켈리는 건강에 문제가 많았지만 수의사인 그레타가 세심히 잘 관리하고 있었다. 켈리는 정형외과적, 신경학적 문제를 모두 가지고 있어서 걷는 것을 힘들어했다. 켈리의 상완골에 골육종이 생겼을 때 지각 능력이 뛰어난 그레타는 걸음걸이를 보고 변화를 바로 눈치 챘다. 이런 경우 다리절단술을 가장 많이 하지만 켈리는 다리 세 개로는 잘 살기 어려운 몇 안 되는 견종 중 하나였다. 누구도 그레타에게 켈리의 치료법에 대해 강요할 수 없었다. 그녀는 다리가 세 개뿐인 개들의 기적에 관해 누구보다도 잘 알고 있는 수의사였으니까.

골육종은 대부분 결국에는 전이가 된다. 하지만 다행히 켈리는 초기 검사 결과 암이 다리에만 있는 것으로 나타났다. 절단술을 원치 않았던 그레타는 켈리를 위해 할 수 있는 모든 일을 해 주기 위해 정위방사선수술을 선택해 미국으로 갔다. 전에 카니와 모세가 받은 수술과 같은 것으로 주위의 정상조직은 남겨둔 채 뼈종양에만 다량의 방사선을 조사하는 고도로 정교한 방사장비가 필요한 치료법이다. 시간, 거리, 비용을 고려하지 않는다면 아주 훌륭한 치료법이지만 한 가지 문제가 있었다. 치료가 끝난 뒤 종양과 방사선으로 인해 약해진 뼈가 쉽게 골절될 수 있다는 점이었다.

방사선 치료를 위한 여행을 마치고 집으로 돌아온 켈리는 화학요법 치료를 받으러 다시 우리 병원을 찾았다. 인기 환자였던 켈리는

우리를 보면 늘 기뻐했고 반가움의 표시로 꼬리를 흔들고 미소를
보여 주었다. 누구든 대기실에서 켈리를 봤다면 켈리가 암에 걸린
사실을 절대 눈치 채지 못했을 것이다. 켈리의 짙은 갈색 눈을 한
번이라도 본 사람이라면 개에게 그런 고가의 치료를 할 가치가 있
냐고 묻지 않을 것이다. 늘 열정적으로 꼬리를 흔들고 감사의 표시
로 장난감을 물어다 주는 켈리의 모습이 그 대답이었으니까. 켈리
는 행복했다.

　암 진단을 받고서 약 4개월이 지난 어느 날 화학요법을 막 끝낸 켈
리의 다리가 골절되었다. 켈리의 다리와 함께 주인의 마음도 부서졌
다. 그레타는 여전히 절단술을 거부하면서 안락사 역시 원치 않았
다. 그녀의 마음이 궁금했다. 수의사라서 그럴까? 수의사들은 때로
자신의 반려동물에 관한 문제에 중심을 잃을 때가 있다.

　통증을 완화시키기 위해 켈리를 응급실에 입원시켰다. 그레타에
게 결정할 시간을 주기 위함이기도 했다. 나는 절단술이나 안락사
대안으로 골절복원술을 제시했다. 좋은 선택이 아닌데다 수술이 실
패할 수도 있었지만 시도해 볼 수는 있었다.

　결국 그레타는 켈리를 안락사시키기로 어려운 결정을 내렸다. 그
레타가 최고의 친구에게 작별 인사를 하러 병원에 왔을 때 켈리는
미소를 지으며 꼬리를 흔들었고, 부러진 다리를 사용하려고 애썼
다. 그런데 그런 모습의 켈리를 보고는 그레타가 마음을 바꿨다. 켈
리는 아직 떠날 준비가 되어 있지 않았고, 그레타도 그대로 보낼 수
없었다.

　다음 날 그녀는 골절복원술에 동의했다. 수술 후 몇 시간 뒤 켈리

개의 유일한 배신은 이별 준비가
안 된 우리 곁을 떠나는 것뿐

가 일어서서 걷기 시작했다. 켈리는 걸으며 다리에 체중이 실릴 때마다 새로 복원된 자신의 다리를 쳐다보았다. 다리가 기적처럼 다시 튼튼해진 것을 보고 느끼면서 켈리는 진심으로 기뻐하는 것 같았다.

켈리는 지난 몇 달 동안 벌어진 일을 대부분 이해하지 못할 것이다. 그동안 종양으로 인해 다리에 통증을 느꼈는데 어느 날 방사선 치료를 받은 후 통증이 사라졌다. 그리고 골절로 인해 다시 통증을 느끼고 다리를 쓸 수 없게 되었는데 이제 다시 다리를 쓸 수 있고 편안해졌다. 암에 걸린 개 환자는 주인들이 겪는 고뇌를 알지 못한다. 다행이다. 순간을 사는 켈리에게 지금 이 순간 모든 것이 완벽하다. 다음 날 켈리는 그레타와 함께 퇴원했다.

그레타로부터 많은 이메일을 받았다. 이메일은 매번 감사와 함께 켈리가 집에서 어떻게 지내는지에 관한 좋은 소식들로 가득했다. 그레타는 우리가 자신의 가장 좋은 친구를 살렸으며 켈리는 자신의 전부라고 했다. 켈리를 살리는 일이 왜 그렇게 중요했는지 왜 그만둘 수 없었는지도 이야기했다. 켈리에게 그토록 매달렸던 이유를 말해 줄 필요가 있다고 느꼈던 것 같다.

켈리는 겨우 6개월이었을 때 그레타의 목숨을 구한 개였다. 당시 그레타는 환자의 상태를 살피기 위해 밤늦게 켈리를 데리고 동물병원에 갔다. 그런데 누군가 병원에 침입했고 켈리는 무서운 기세로 엄마인 그레타를 보호하고 침입자들을 위협해 내쫓았다. 생후 6개월 된 골든리트리버 강아지가 그토록 용감할 줄은 상상도 못했다.

그것만으로도 켈리를 위해 뭐든 해 주고 싶었을 테지만 켈리는 그레타를 위해 훨씬 더 많은 일을 했다. 지난 몇 년 동안 그레타의 남편은 도박에 빠져 모든 재산을 탕진했다. 그런데다 병까지 얻어 앓아눕는 바람에 그레타는 엄청난 빚을 떠안았고, 간병인 문제로 극심한 감정적 고통을 겪었다. 우울증에 빠진 그레타는 켈리의 도움으로 위기를 극복했다. 켈리의 변함없는 믿음과 미소, 살랑대는 꼬리, 우정, 조건 없는 사랑 덕택에 그레타는 안갯속을 빠져나왔다. 사람은 어떤 약속을 했든 상관없이 배신할 수 있다. 그러나 개가 할 수 있는 유일한 배신은 미처 이별할 준비가 되기 전에 우리 곁을 떠나는 것뿐이다.

내가 전혀 몰랐던 어려운 경제 사정에도 불구하고 그레타는 수천 달러를 쓰며 켈리를 위해 할 수 있는 모든 치료를 했다. 치료가 공격적이고 매우 비싸다는 사실을 알면서도 누구의 의견도 듣지 않고 결정했다. 그저 그녀 삶에서 가장 소중한 친구가 조금 더 자신과 오래 있기만 바랐다. 켈리는 수술 후 계속해서 무척 근사한 삶을 살았고 다리를 잘 사용했다. 통증에서도 암에서도 자유로웠다.

켈리가 골절복원술을 받은 지 3개월쯤 지났을 때 그레타가 마지막 이메일을 보내 왔다.

제목 : 켈리 소식

안녕하세요, 세라.

지난 주 수요일에 내 차가 추돌사고를 당했어요. 켈리는 뒷좌석에 안전하게 묶여 있었는데도 나뒹굴게 되었죠. 다리가 부러지고 고정 핀이

개의 유일한 배신은 이별 준비가
안 된 우리 곁을 떠나는 것뿐

상완골에서 8센티미터가량 튀어나오고 말았어요. 어떻게든 고쳐 보려고 했지만 더 이상 기적은 없었어요. 나와 내 딸은 켈리와 마지막 시간을 함께 보냈어요. 슬프게도 내 가장 좋은 친구는 떠났어요. 일요일에 안락사로 보내 주었어요.

켈리가 그렇게 허무하게 세상을 떠날 줄은 상상도 못했는데, 결국 그렇게 됐네요. 며칠 전만 해도 마당에서 뒹굴며 햇살을 즐겼는데.

켈리의 생명을 살려 주시고 내 곁에서 몇 달을 더 살게 해 주셔서 감사드립니다. 켈리와 함께했던 시간들이 너무 그립습니다. 켈리는 정말 잘 견뎌 주었지요. 켈리는 죽는 순간까지 행복했답니다.

그레타.

나는 이메일을 받고 너무 놀라서 헉하고 숨을 들이켰다. 가끔은 아무리 노력해도 죽음을 막을 수 없을 때가 있다. 그레타의 차를 들이받은 사람을 떠올렸다. 무슨 이유로 한눈을 팔다가 차를 들이받았을까? 잠깐의 부주의가 가족을 여러 번 살린 용감하고 아름다운 암 생존자인 개를 죽였다는 걸 그들은 알까?

2

캐나다와 미국의 의료제도
차이를 몸소 경험하다

나는 점점 암으로부터 자유로워졌다

일터로 복귀하는 일만 남았다. 언제 돌아갈지, 예전만큼 일을 할수 있을지 고민했다. 내가 다니는 병원의 보건안전관리부는 갑상샘암은 물론 직원의 병력을 자세히 관리한다. 그곳은 내가 직장에 언제 복귀할지, 병원이 법적으로 내게 제공해 줘야 하는 것이 무엇인지도 결정한다.

나는 1차 수술이 끝난 뒤에야 보건안전관리부 간호사와 면담해야 한다는 얘기를 들었다. 간호사는 자신과 상의하지 않고 1차 수술 후 3주 만에 업무에 복귀하겠다는 나의 일방적인 결정을 좋아하지 않았다. 그녀는 다시는 이런 일이 있어선 안 된다고 내게 분명하게 말했다. 직장 내에 이런 부서가 있다는 것이 반드시 축복은 아니다. 병을 앓고 있어서 제정신이 아닌 사람이, 조직이 만든 규칙에 계속 시달려야 하는 것도 쉬운 일은 아니기 때문이다.

병을 치료하기 위해 네 명의 의사를 정기적으로 만나고 있는 와중에 2차 수술 후 업무 복귀에 앞서 보건안전관리부의 의사를 만나야 했다. 의사를 만나 내 병과 고민에 대해 이야기를 나눴다. 그는 병원이 직원의 업무 복귀에 필요한 사항을 챙기고 일정을 조정하도록 법에 규제되어 있다고 했다. 나는 치료와 낮은 갑상샘 수치로 인한 피로 때문에 병원 업무가 어렵지 않을까 걱정했다. 그러자 의사는 병원 일을 반나절만 해보라고 권했다. 아마도 이 의사는 외과에 대해 잘 모르는 것 같다.

나는 내가 종양외과의라는 사실을 이해시키려고 애썼다. 어떤 수술은 몇 시간 동안 계속되는데, 한낮에 수술대 위에 반쯤 절개한 종양을 남겨 둔 채 퇴근할 수 없으며, 수술이 끝난 뒤에도 환자들을 살피기 위해 병원에 있어야 한다고 설명했다. 일하는 시간을 서서히 늘려 복귀할 수 있는 일이 아니었다. 사실 외과의가 하는 일은 임상적인 동시에 이론적이다. 그래서 가끔은 책상에 앉아서 글만 쓰기도 하니 그런 식으로는 일을 할 수 있을 것 같았다.

병원으로 돌아가기 4일 전 나는 동물암센터 기금 마련을 위한 갈라 행사에 참석했다. 대단한 행사였다. 티켓 가격이 500달러였고 400여 명에 달하는 손님이 초대되었다. 캐나다의 유명 인사들과 토론토의 부유하고 중요한 인물들이 모두 온 것 같았다. 보통 수의학계에서 이런 행사는 드물어서 나는 지금껏 '수의학'과 '갈라'라는 단어를 한 문장 안에 사용해 본 적이 없었다. 굉장한 밤이었다. 나는 행사장에서 발표를 하는 영예를 안았다. 일과 관련해 두 달 만에 처음 맡은 일이었다. 개인적으로나 직업적으로나 의미 있는 밤이었다.

치료를 받는 동안 친해진 편안한 평상복, 폭신한 슬리퍼, 부스스한 머리를 등이 파인 검은색 옷과 하이힐, 마스카라와 뒤바꾼 시간이었다. 사실 나는 그 시간을 위해 오전 미팅을 모두 취소하고 하루종일 침대에 누워 있었으며, 행사 다음 날에는 완전히 뻗어 버렸다. 페이스북과 웹사이트에 내 사진이 도배되었으니 동료들 눈에는 화려한 컴백이었겠지만 사실 나는 멀쩡해 보이기 위해 몸의 에너지를 모두 써야 했다. 이것이 갑상샘암 환자가 겪는 어려움이다. 한때 무한한 자원처럼 보였던 활력은 이제 뚜렷한 한계가 생겼다.

복귀한 후 나는 내가 사랑하는 일, 암 덩이를 제거하는 일을 시작했다. 수술을 통해 동물 환자를 고통에서 구해 내고 보호자를 행복하게 해 주는 이 일이 얼마나 하고 싶었는지 모른다. 하지만 아직기력을 회복하지 못한 탓에 수술을 하고 나면 기진맥진해졌다. 보호자들과 상담하는 걸 좋아하지만 상담에는 에너지가 많이 소모되기 때문에 퇴근 무렵에는 남은 힘이 하나도 없었다. 하지만 일 덕분에 내 암에 대해 골똘히 생각하지 않게 되어서 좋았다.

바쁜데다가 모든 것이 너무 빨리 흘러가서 가끔은 내가 갑상샘암에 걸렸다는 사실을 완전히 잊어버렸다. 그러다가 수술실에서 개의갑상샘암을 제거하다가 문득 깨닫곤 했다. 환자의 갑상샘암을 제거하면서도 자신의 갑상샘암을 잊기란 쉽지 않은 일이니까. 환자의암 덩이를 죽이기 위해 혈관을 묶고 태운 다음 포르말린 용액에 담그면 속이 후련했다. 나는 수의학 지식, 동물 환자와 보호자가 내게보여 주는 신뢰 덕분에 이런 소중한 경험을 할 수 있었다. 동물 환자의 암을 제거할 때마다 나는 암과 시간적·공간적 거리가 생기는 걸 느꼈다. 그때마다 점점 암으로부터 자유로워졌다.

업무 복귀는 사랑하는 일을 할 수 있다는 점에서는 좋지만 그렇지 않은 점도 있었다. 내가 없는 동안 병원 분위기가 나빠져서 병원이 마치 암에 걸린 것 같았다. 사람들은 모이면 병원의 운영 방식에 대해 불평했고 그만 두고 싶다고 이야기했다. 동료들은 대학이 아닌 교도소에 있는 것 같다며 부당한 일에 대해 끊임없이 이야기했다. 나는 "떠날 수 있잖아요. 못 가게 붙잡는 사람이라도 있어요?"라고 말하고 싶었다. 하지만 그들이 못 떠나는 이유가 두려움 때문임을 잘 알고 있었다. 더 나쁜 쪽으로 옮겨갈까 봐, 잘못된 선택일까 봐 또는 변화 자체에 대한 두려움 때문이었다.

하지만 이제 내게 그런 두려움은 없다. 내게 가장 큰 두려움은 불행해지는 것이다. 내 스스로 불행한 상황을 바꾸고 행복을 찾기 위해 노력하지 않을까 봐 두렵다. 인생은 아주 짧으니까.

'젠장!' 암 덕분에 모험을 시작했다

암 생존자들은 5년간 재발이 없거나 호전을 보이면 스스로를 암 생존자라는 특별한 위치에 놓는다. 더 이상 생존자가 아닐 때까지 생존자가 되는 것이다. 그런데 모순적이게도 덜 공격적인 암일수록 생존율이 높아지는 대신 자신을 생존자로 부를 자격이 덜하다고 생각한다. 왜 그럴까? 살아 있는 암 환자들은 모두 죽음과 대면해 싸워서 승리를 거둔 생존자들이다. 고통에 울고, 소리치고, 악몽을 꾸고, 불면증에 시달리는 일을 다 겪고 살아남은 사람들이다. 물론 결국 누구나 언젠가 떠나고, 삶의 끝에 죽음이 없는 사람은 아무도 없지만.

심지어 캐나다 갑상샘암 생존자들은 한동안 스스로를 타이-리버스(Thyrivors, 갑상샘을 뜻하는 thyroid와 생존자를 뜻하는 survivors의 합성어)라고 불렀다. 나름적절한 이름이지만 발음이 쉽지 않아서 단체 이름은 갑상샘암캐나다로 정착했다.

무슨 일을 해야 할지 고민할 무렵 갑상샘암캐나다에서 이메일 소식지가 도착했다. 열어 보니 청년 암 환자들을 레이크 루이스(캐나다 로키 산맥에 있는 호수)에 공짜로 보내 주는 휴가 정보가 있었다. 암 환자인 사실이 기분 좋아졌다. 링크해서 자세히 읽어보니 청년 암 환자들이 암을 이겨낸 청년들을 만나 암과 생존에 관해 이야기를 나누는 프로그램이었다. 낯선 이들이 만나 친구가 되는 여정이었다. 암 생존자들이 로키 산맥을 배경으로 야외에서 웃고 포옹하며, 모닥불에 둘러앉아 있는 사진이 보였다. 뭉클함이 느껴졌다.

가고 싶었다. 그런데 문제가 있었다. 내가 '청년' 암 생존자가 아니라는 점이었다. 청년 암 환자의 기준은 25~35세였다. 나는 청년이 아니었다. 자격 미달이었다. 나는 거의 마흔이었다. 서른다섯이라고 거짓말을 할까? 조금 더 젊다고 거짓말한다고 뭐 대단한 일이라고. 사람들은 암과 싸우느라 나이보다 늙어 보인다고 생각할 것이다. 나는 청년 암 환자가 아니었지만 노년 암 환자도 아니었다. 노년 암 환자들도 자체 단체가 있었다. 나는 청장년 암 환자에 속했다.

나는 스티브와 함께 시어른들과 플로리다에서 함께 보냈던 날이 떠올랐다. 시어른들은 매년 겨울이면 골프 치고 술 마시고 쇼핑하고 잠을 자기 위해 친구들과 플로리다로 갔다. 노인들이 좋은 시간을 보내고 그곳을 떠날 때쯤이면 봄방학을 맞은 대학생들이 찾아왔다. 스티브와 나는 노인과 대학생들이 겹치는 기간에 그곳에 있었는데 그때도 우리는 양쪽 그룹 어디에도 속하지 못했다. 대학생들은 앞으로 일어날 일을 전혀 알 수 없어 아무 걱정이 없었고, 노인들은 이미 겪었기에 아무 걱정이 없었다. 노인들은 은퇴했고 자녀들은 떠났으며 자신들이 곧 죽으리란 사실을 알고 있었다. 그래서 노인들과 대학생들 모두 세상의 온갖 문제를 나와 남편에게 맡기고서 영원히 죽지 않을 것처럼 혹은 내일 죽을 것처럼 마셔댔다.

내가 모든 치료를 끝내고 다시 병원으로 돌아온 지 몇 개월이 지났을 무렵 스티브와 나는 우리에게 변화가 필요하다는 판단에 플로리다로 이주했다. 그곳에서 사귄 뉴질랜드 친구 하나는 돌려 말하는 법이 없는 직설적인 사람인데 나는 그런 점이 좋았다. 어느 날 그가 물었다.

"왜 여기로 왔어요? 완전히 지쳐서 온 건가요?"

낯선 이의 눈에는 내가 그렇게 보였던 모양이다. 그러나 지쳐서 온 건 아니었다. 지나간 일을 떠나보내고 앞으로 나아가기 위해 온 것이었다. 병원 환경이 나빠졌다고 느끼던 즈음 좋은 기회가 저절로 찾아와서 그 기회를 잡기로 하고 옮긴 것이다.

나는 직장을 옮길 수밖에 없었던 훨씬 극적인 이유가 있었으면 했다. 영화 〈제리 맥과이어〉에서 톰 크루즈가 회사를 떠나는 장면처럼 말이다. 그랬다면 톰 크루즈가 회사의 물고기를 가져갈 때처럼 나도 병원에서 새끼 고양이를 흔들며 이렇게 소리쳤을 것이다.

"나 플로리다로 떠나요! 같이 갈 사람?"

하지만 현실은 다니는 병원과 새로운 병원 두 곳의 장단점을 나열하면서 꼼꼼히 따져 보는 것이었다. 직감에도 귀 기울였다. 그리고서 마침내 "젠장!"이라고 말한 뒤 새로운 뭔가를 시도하기로 했다. 나는 모험을 떠날 준비가 되어 있었다. 아무래도 갑상샘암에 걸린 것이 많은 영향을 미쳤을 것이다.

암에 걸리면 삶에 대한 통찰력이 생긴다

새로운 곳에서 새로운 사람들을 왕창 만나게 되자 내가 암에 걸렸다는 사실을 어떻게 얘기해야 할지 어려웠다. 어떤 시제를 써야 할지도 헷갈렸다. 암 투병 중이다? 암에 걸렸다? 암에 걸렸던 적이 있다? 암이었다? 다행히도 '투병 중'이라는 표현은 더 이상 맞지 않는 것 같았다. 그런데 굳이 밝혀야 할까? 가끔 "저는 암 생존자입니다."라고 말하기도 하는데 그럴 때마다 분위기가 어색해졌다. 사람들이 어떻게 받아들이는지 도대체 모르겠다. 가끔은 무심한 듯 재미있는 일화 중 하나로 말할 때도 있다. 그렇게 다른 재미있는 이야기들과 섞어서 말하는 동안 이야기는 재생되고 바뀌기도 하고 전반적으로 미화되기에 이른다.

새 친구를 사귀는 일은 설레면서도 피곤한 과정이다. 물론 가끔 신이 난다. 새로운 친구들에게 혼자서 욕실 배수구에 똬리를 틀고 있던 사나운 뱀 불스네이크 위로 얼음을 부어서 꼼짝 못하게 한 다음 잠이 들 때까지 기다렸던 이야기를 들려줄 때가 그랬다. 하지만 새로운 사람을 만나서 내가 살아온 모든 이야기를 하거나 그들의 모든 이야기를 듣는 일은 종종 피곤하다.

한편 내가 암에 걸린 후 한동안 연락하지 못했던 친구들도 챙겨야 했다. 암 치료 후 바로 플로리다로 이사한 그 많은 이야기를 어떻게 전해야 할지 아득했다. 크리스마스카드에 그동안의 근황을 이렇게 적어서 알릴까?

"나는 작년에 암 진단을 받았지만 지금은 나아졌어. 넌 어떻게 지내니?"

연하장은 죽음이나 이혼, 암, 자녀 문제를 완곡히 전하는 최고의 수단이니 연하장을 이용해 볼까? 연하장은 지루하고 재미없지만 나와 내 인생을 아름답게 꾸밀 수 있으니 한 번 보내 볼까? 결국 크리스마스카드로 결정하고 카드에 쓸 사진을 고르기 시작했다. 나는 사진이 잘 받지 않거나 내가 생각하는 것보다 못생긴 사람임에 틀림없다. 사진첩을 보고 또 봐도 악몽 같은 사진뿐이었다. 나는 고개를 돌리지 않고 10초 이상 쳐다볼 수 있는 사진을 가까스로 고른 뒤 크리스마스카드 메일에 첨부했다.

지난 몇 년간 연락 못한 친구들에게

우리가 연락한 지 오래되었지? 벌써 한 해가 갔구나. 연말연시에 너와 가족이 모두 잘 지내고 있기를 바란다.

연말에는 누구나 바쁘게 마련이지. 나도 여행을 다니고 전 세계를 다니며 강연을 하느라 바쁘게 지내.

아직 아이는 없어. 이 말은 아직 여행하고 내 옷과 신발을 사는 데 쓸 돈이 많다는 얘기지. 시간도 많아서 주말 낮에는 고양이 로미오와 함께 낮잠을 자.

아이가 없어서 좋은 또 다른 점은 젊었을 때 몸매를 여전히 유지한다는 사실이야. 정말이지 너희가 내 몸매를 봐야 해. 가끔 사람들로부터 연예인 아니냐는 오해를 받는다니까.

그 많은 멋진 신발과 여전한 금발에도 불구하고, 올해는 몹시 힘든 한 해였어. 목에 생긴 결절이 갑상샘암으로 판명 났거든. 놀랐지? 수의 종양외과의가 암에 걸리다니! 하하, 정말 기막힌 우연이지.

그런데 난 이 기막힌 여정을 통해서 나 자신과 캐나다 의료체계에 대해 많은 사실을 알게 되었어. 두 번의 수술을 무사히 마치고, 격리되어 혼자 방사성 요오드 치료를 받는 동안은 외로움을 즐기기까지 했지. 수술하는 동안에는 완전히 아기가 되었고, 방사선이 소화기관을 꿰뚫을 땐 울부짖었지.

그래도 날마다 '착한 암'이어서 다행이라고 나 자신을 위로했어. 치료가 가능한 암이니까. 착한 암이란 사실이 이제껏 받은 최고의 크리스마스 선물인 셈이야.

갑상샘암은 내 연령대 여성에게 가장 빠르게 증가하는 암이야. 내가 제대로 유행을 좇은 거지. 1990년대 후반에는 유방암이 유행했고, 지금은 두경부암이 폭발적으로 늘고 있어. 지금 난 거의 회복되었어.

지금 가장 신경 쓰는 문제는 갑상샘 수치를 정상으로 유지하는 일이야. 아직 갑상샘 수치가 정상으로 돌아오지 않았고, 이런지 일 년이 넘었어.

이곳 플로리다에서 내 치료를 도와줄 새로운 내분비 전문의를 찾았어. 그녀는 내 말을 주의 깊게 잘 듣고, 내가 지치지 않게 열심히 도와줘.

정말 다행이지.

참, 우린 플로리다로 이주했어. 왜 이주했냐고? 여러 이유가 있었어.
새 직장은 정말 괜찮은 곳이야. 이곳 대학은 뛰어난 동료들과 일할 수
있는 최적의 장소야.

암에 걸리면 없던 통찰력도 생기더라고. 짧은 인생이니 행복하게 살
기를 바란다. 그리고 적이 나타나면 부리나케 달아나렴. 싸울 가치도
없어.

모두 근사하고 평화롭기를. 그리고 암에서 자유로운 크리스마스가 되
길 바란다.

세라.

다른 듯 비슷한 캐나다와 미국의 의료체계

나는 플로리다에 있는 내분비 전문의에게 계속 치료를 받게 되었
다. 떠나오기 바로 전에 받은 검사에서 목의 림프절 일부가 약간 부
풀어 있었다. 의사 보조인 에밀리는 병원을 옮기는 절차가 끝났으
니 플로리다의 병원에 내 의료보험회사와 보험증권번호를 알려 주
라고 했다. 하지만 나는 아직 일을 시작하지 않아서 그런 게 없었
다. 에밀리는 곧 누군가 연락을 해올 거라고 말하고 이 일에서 손을
뗐지만 예상대로 아무런 연락도 오지 않았다.

얼마 후 미국의료보험이 나오자마자 에밀리에게 전화를 해서 도
움을 요청했지만 역시나 별 도움을 받을 수 없었다. 캐나다에서는
전문의에게 진료를 받으려면 일반의의 추천서가 필요하고, 해당 진
료소가 예약을 해 줘야 한다. 반면 미국 시스템은 좀 더 간편해서

전화로 예약만 하면 되는데, 이런 사실을 몰라 예약을 위해 에밀리에게 의존했던 것이다.

찾아봤더니 인터넷으로도 예약이 가능했다. 인터넷 예약 3일 후 예약 확인 전화가 왔다. 금요일에 전화가 왔는데 다음 주 월요일로 예약을 잡으면 되겠느냐고 물었다. 너무 빨라서 나는 믿을 수가 없었다. 다음 주가 아니라 다음 달을 잘못 들은 줄 알았다. 캐나다인인 나는 인터넷으로 추천서 없이 직접 예약을 하고, 그게 일주일 안에 다 이뤄진다는 것이 충격이었다. 상황이 급했다면 일은 더 빨랐을 수도 있다.

나는 내 진료 기록을 팩스로 다시 보내 줄 수 있는지 물어보려고 에밀리에게 전화를 걸었다. 그런데 자동응답기에서 전화를 받을 수도 없고 메시지를 남길 수도 없다는 대답이 흘러나왔다. 이런 자동응답기가 상상이 되는가? 어쩔 수 없이 토론토에 있는 담당의에게 이메일을 보내 새로운 주치의가 내 진료 기록을 받아볼 수 있게 도와달라고 부탁했다.

마침내 진료실에서 새 의사를 만났다. 그녀는 사랑스러웠는데 임신 8개월쯤 되어 보여서 걱정이 앞섰다. 캐나다라면 출산 후 1년간 출산 휴가를 받으니 나는 바로 다른 의사에게 치료를 받아야 하기 때문이다. 사정이 이런데 왜 새 환자를 받는지 의아했다. 그러나 이곳은 캐나다가 아니었다. 그녀는 내게 12주나 그보다 짧게 출산 휴가를 다녀올 예정이라고 했다. 그리고 휴가 중에도 내 치료 상황을 계속 점검할 거라고 했다. 이곳은 캐나다가 아니구나. 캐나다 갑상샘암 환자에게 12주는 아무것도 아니다.

그녀는 내 병력을 한참 동안 꼼꼼히 살핀 후 치료 계획을 세웠다. 내 활력이 낮은 편이니 갑상샘 수치를 재확인한 후 약물 용량을 조정하자고 했다. 나는 그동안 살짝 비대해진 림프절에 대해 이야기했다. 6개월 전 검사 때보다 조금 더 커져 있었다. 그녀는 갑상샘글로불린 수치를 측정하기 위해 경부 초음파와 TSH(갑상샘자극호르몬) 자극 검사를 해보자고 했다. 결과가 음성이면 전혀 걱정할 필요가 없었다. 그래도 불안하다면 림프절을 절제해 조직병리검사를 받을 수도 있다고 했다. 선택권이 있다는 사실에 조금 안심이 되었다.

그 주에 나는 혈액검사와 초음파 검사를 마치고, 전화로 검사 결과를 전달받았다. 갑상샘 수치가 약간 낮으니 약 용량을 늘리기로 했다. 만세! 자극받지 않은 생태에서 갑상샘글로불린도 전혀 검출되지 않았다. 그 또한 반가운 소식이었다. 하지만 재검의 필요성은 여전히 있었고, 초음파 검사 결과는 6개월 전과 비슷하게 살짝 비대해진 림프절이 보였다. 별문제는 없겠지만 그래도 6개월 후에 재검이 필요했다.

한 달 후에는 TSH 자극 검사를 하기로 했다. TSH 자극 검사에는 남아 있는 갑상샘암세포를 자극해 갑상샘글로불린을 생성시킬 수 있는지 확인하기 위해 타이로젠을 쓴다. 캐나다에서 방사성 동위원소 치료를 받기 전에 당시 세계적인 부족 현상이 나타나지만 않았다면 투약받을 수 있었던 바로 그 약이다. 어디에든 남아 있는 갑상샘세포(정상세포든 암세포든)가 없어야 하므로 TSH 자극 후 갑상샘글로불린이 측정되지 않아야 한다.

검사 날짜는 내 일정에 맞춰 잡을 수 있었다. 정말 놀라웠다. 보험회사가 검사 비용을 책임지는지 확인하는 데 시간이 걸렸기 때문에 검사 날짜를 조금 미뤘다. 타이로젠 가격이 비싸다는 사실을 알고 있었다. 보험 처리가 가능한지 누구도 분명하게 답해 주지 않았다. HMO, PPO, co-pay(HMO, PPO는 미국의 의료보험 종류이고, co-pay는 자기 부담금을 뜻한다)처럼 미국 의료 시스템에서 통용되는 용어를 모르니 더 갈피를 잡을 수가 없었다. 진료소에 전화하니 보험회사에 전화해 보라고 했다. 보험회사에 전화하니 진료소에서 비용 청구 코드를 확인해야 한다고 했다. 다시 진료소에 전화하니 비용 청구 코드 같은 건 갖고 있지 않고 이 건이 수술에 해당하는지, 약물이나 검사에 해당하는지 잘 모르겠다고 했다. 내가 기껏 그들로부터 들은 이야기는 '아마' 보험 처리가 가능할 거라는 이야기뿐이었다.

병원에서는 캐나다에서의 진료 기록을 팩스로 받을 수 있느냐고 물었다. 직접 전화하지 왜 내게 묻는지. 나는 캐나다로 전화를 걸었고 에밀리는 세 번이나 보냈는데 안 갔냐며 격분했다. 할 수 없이 스캔해서 이메일로 보내 달라고 했더니 하는 법을 모른다. 결국 그녀는 우편으로 보내 주기로 했다. 토론토에서 플로리다까지 우편 발송이라. 그것도 크리스마스 시즌에. 우편은 무려 2주 후에 도착했다.

공정하고 보편적인 캐나다의 의료제도

첫 진료 후 병원으로부터 놀랍기도 하고 생경한 질문이 담긴 이메일이 왔다.

저희 진료소는 환자의 의견을 소중히 여깁니다. 저희는 언제나 환자가 병원에서 더 좋은 경험을 할 수 있는 방법을 연구합니다. 몇 분 동안 설문지를 작성해서 여러분의 의견을 저희에게 전달해 주세요.

기대한 시간 안에 전화를 받았습니까?
→ 기대보다 훨씬 빨리 받았습니다.

전화를 받은 직원이 친절하고, 예의 있고, 유능하고, 잘 경청하고, 만족스럽고, 질문에 답할 만한 충분한 지식을 가지고 있었습니까?
→ 믿기 어려울 정도로 그랬습니다.

일정과 관련해서 원하는 날짜에 진료를 받을 수 있었습니까?
→ 예상보다 훨씬 빨리 받았고 역시 믿기 어려울 정도였습니다.

이들은 왜 이렇게 친절할까? 의사는 왜 이렇게 많은 시간을 내게 할애할까? 어째서 모든 것이 이토록 빠르게 돌아가는 걸까? 냉소적인 사람들은 미국 의사가 환자수와 진료수에 따라 돈을 더 받기 때문이라고 할 것이다. 또는 병원끼리 경쟁해야 해서 고객 서비스가 중요하기 때문이라고 할 것이다. 아니면 단순히 생각해서 많은 연봉을 받으니 환자에게 더 많은 시간을 쏟을 수 있는 것일까? 어쨌든 모든 것은 시간과 돈으로 귀결되는 것 같다. 일부 비윤리적인 병원은 돈을 더 벌기 위해 불필요한 추가 검사를 할 것이다.

어쨌든 내가 겪은 바에 따르면 미국 시스템이 훨씬 효율적으로 보였다. 처음 갑상샘 결절을 발견했을 때 내가 미국에 있었다면 치료 과정이 9개월이나 걸리지는 않았을 것이다. 모든 것이 훨씬 쉽고 빨랐을 것이다.

물론 미국도 완벽하지 않다는 건 안다. 나는 대학 근무자라서 좋은 보험에 가입되어 있었기 때문에 좋은 의료 혜택을 받을 수 있었던 것이고, 미국인 누구나 이런 의료 혜택을 받을 수 있는 건 아니다. 한 번도 의료보험에 가입한 적 없는 미국인이 수백만 명이나 된다는 것도 이해하기 어렵다. 어떤 이들은 오바마 대통령이 추진하는 오바마케어라 불리는 의료보험에 가입될까 봐 두려워했다. 불치병에 걸려 죽거나 총으로 서로를 쏴 죽일 권리는 누리면서 정부의 개입은 거부하다니 이해하기 어려웠다.

인생은 거래이다. 누구나 정중하면서도 냉담한 캐나다를 선택하거나, 무례하지만 역설적이게도 친절하고 사교적인 미국을 선택할 수 있다. 어느 나라의 의료제도도 완벽하진 않다. 미국은 좋은 보험에 가입된 부유한 사람들은 빠르고 효율적이고 양질의 의료제도를 누릴 수 있지만, 보험에 가입하지 않았거나 부실한 보험에 가입한 사람들은 충격적인 상황에 빠질 수 있다. 반면 캐나다의 의료 서비스는 무료이고 느리며 서비스의 질은 떨어지지만 모두에게 훌륭한 의료를 제공하는 공정한 의료제도이다.

물론 캐나다의 의료제도가 사회가 보장하는 공평한 의료제도라고 하지만 실제로는 최고의 부자들만을 위한 은밀한 상위 제도도 존재한다. 그들은 한 번 방문으로 즉각적인 서비스를 받기 위해 의사에게 돈을 주고, 줄의 맨 앞자리는 늘 그들을 위해 비워져 있다.

최근에 앨버타 주의 개인의료보험과 관련해 새치기를 해 물의를 빚은 사건이 방송에 보도되었다. 고맙게도 캐나다는 새치기가 사회적 물의가 되는 사회이다.

부유한 남성 중역만 가입할 수 있는 사설 헬스 클럽이 있는데 이곳은 회원이 되기 위해 매년 1만 달러를 내며, 회원이 되면 스파, 요가, 영양 상담, 침술 서비스를 제공받을 수 있다. 또한 막힌 관상동맥을 뚫거나 대장암 진단을 위한 대장내시경 검사는 곧장 대기 줄의 맨 앞으로 가는 특혜를 누릴 수 있다. 또 신종플루에 대한 공포가 확산되고 백신 부족 현상이 나타날 때도 그들은 가장 먼저 백신을 맞았다.

캐나다에서 이런 일은 일어나면 안 된다. 캐나다는 참을성 있게 줄을 서야 하는 나라이다. 누군가 제도를 망치고, 무료인 것을 돈을 주고 살 수 있게 해서는 안 된다. 캐나다에서는 불완전하고 과부하 상태이긴 하지만 질이 좋고 보편적인, 모든 사람에게 똑같이 제공되지만 서비스는 별로인 의료제도에 엄청난 세금이 들어간다. 그러니 새치기를 하고 싶다면 돈을 들고 국경을 넘어 미국으로 가거나, 그게 싫다면 줄을 서야 한다.

3
우리는 모두 행운의 개이다

집착은 암만큼이나 생명을 갉아먹는다

암에 걸리고 나서 나는 조금 변했다. 더 행복해지기 위해서라면 기꺼이 위험을 감수하게 되었지만 지지부진한 상황은 잘 받아들이지 못하게 변했다. 행복이 더 중요해졌고, 진척 없는 상황은 참지 않았다.

일과 인간관계에서 통찰은 아주 드물게 찾아온다. 완벽한 상황이란 없다고 불평불만을 터트리면서 변화를 위해 노력하지 않을 때가 많다. 인간관계도 일이고, 일은 재미있는 게 아니라서 일인 거라고 스스로를 설득한다. 어느 직장에도 이상한 사람은 있게 마련이고, 모든 일에는 스트레스가 있는 법이라고. 하지만 그렇다고 끔찍한 일과 인간관계에서 발생하는 극심한 스트레스를 언제까지 견뎌야 할까?

언제쯤 가슴이 하는 말에 귀 기울이고 그 길을 따를까? 언제쯤 두려움을 떨쳐내고 직관을 따를까? 언제쯤 내가 한 선택이 다 잘될 거라는 신념을 갖게 될까? 사소한 일에 집착하지 않는 것도 중요하지만 그렇다면 내 인생에서 중요한 일은 언제 하지?

갑상샘암은 중요한 일에도 집착하지 말라고 내게 가르쳐 주었다. 집착은 암만큼이나 생명을 갉아먹는다. 나는 미국으로 이주한 것이 옳은 결정인지 아직도 확신하지 못한다. 친구들과 가족이 많이 보고 싶고, 세금을 그렇게 많이 거둬 갔으면서도 갑상샘암을 그토록 더디게 치료한 의료제도가 밉기도 하지만 캐나다가 그립다. 물론 그러면서도 이곳의 일과 햇빛을 사랑한다. 모든 걸 다 가질 수는 없는 법이다.

나는 경과가 좋았다. 자극 후 갑상샘글로불린 수치는 음성으로 확인되었다. 갑상샘암 표식이 없다는 뜻이다. 목의 림프절은 아직도 조금 부풀어 있다. 6개월마다 초음파 검사를 받고 있는데, 조금 더 커져 있을 때도 있고 비슷할 때도 있지만 암세포로 꽉 찬 림프절이 아닌 정상의 착한 림프절이다.

그래도 의사는 불안하면 '악성 종양을 배제하기 위해' 림프절 조직 검사를 할 수 있다고 했다. 그럴 때면 걱정이 스멀스멀 올라온다. 내 의식은 대부분의 시간 동안 98퍼센트의 치유 가능성 쪽에 고정되어 있었지만, 이따금 내 무의식은 2퍼센트의 가능성에도 흔들린다.

모든 일이 다 잘 될 거라는 확신이 필요했다. 잘 되지 않더라도 다른 치료법이나 훌륭한 진통제, 합법적인 안락사를 선택할 수 있다는 것도 알고 있어야 했다. 최근 나는 이혼녀로 혼자 아이를 키우는 피부 미용사한테 왁싱을 받았다. 딸은 라임병에 걸렸고 그녀는 의료보험도 없었지만 자신에게 일어나는 일들을 기쁘게 받아들였다. 신이 그녀에게 새로운 직업을 찾아주고 심지어 완벽한 남자를 보내 줄 거라고 확신했다. 가끔은 신이 이끄는 대로 따르는 것도 위안이 되겠다 싶었다. 그런 믿음이 가져다주는 자유가 부러웠다. 신이 모든 일을 주관하므로 걱정할 게 없었다. 그것은 마치 막강한 권력자, 유능한 비서, 중매쟁이를 한꺼번에 고용한 것과 같아 보였다.

수술 전 개를 위한 기도는 문화적 충격이었다

나는 난생 처음 동물을 위한 기도에도 참여했다. 어느 날 남편과 아내, 두 명의 다 큰 자녀로 이루어진 사랑스러운 가족이 눈물을 흘리며 반려견 샘을 우리 병원에 데려왔다. 검사 결과 샘은 복부에 거대한 결절이 있었다. CT 촬영으로도 종양의 뿌리를 찾기가 어려웠지만 절제는 가능해 보였다. 전임의사, 전공의사, 수의학과 학생 등 8명이 모인 가운데 수술을 결정했다.

그때 샘의 가족이 입을 열었다.

"선생님, 저……."

무슨 말이 나올지 대충 짐작할 수 있었다. 수술 전에 샘을 볼 수 있을지, 그동안 치료해 주던 주치의에게 조언을 구해도 될지, 의사가 직접 다른 가족에게 전화로 설명해 줄 수 있는지 등일 것이다. 그런데 전혀 예상하지 못한 말이 나왔다.

"샘을 위해 다 함께 기도해도 될까요?"

나는 보호자들의 기도하는 모습에 익숙했다. 많은 보호자들이 기도를 원했고, 나는 기도가 도움이 되면 되었지 피해를 입히진 않는다고 생각하니까. 그런데 샘의 가족은 반원의 형태로 모이더니 나머지 반원을 의료진이 채워 주길 원했다. 그들은 의료진 모두 함께 샘을 위해 기도해 주길 바랐다. 문화적 충격이었지만 내색하지 않았다. 모두 고개를 숙였다. 약간 미화하자면 나는 우리가 서로 손을 잡았다는 확신이 들었다. 남부 특유의 억양과 열정적인 목소리가 기도를 이끌었다.

"하나님 아버지, 오늘 샘이 수술을 잘 마칠 수 있게 도와주소서. 샘은 당신의 귀한 창조물이며, 저희는 당신이 샘과 함께하며 보호하고 지켜봐 주시며 병이 낫게 도와주실 것을 믿습니다. 샘이 수술을 받는 동안 여기 선생님들과 함께해 주시고 샘을 수술하는 이 분들의 능숙한 손을 축복해 주소서. 샘은 저희 가족이며, 저희는 오늘 아버지께서 샘과 우리 모두와 함께해 주실 것을 믿습니다. 감사합니다, 주님. 아멘."

함께 기도하자는 제안에 처음에는 당황했고, 진료실을 뛰쳐나가고 싶은 충동이 일었지만 기도는 꽤 감동적이었다. 수술 전에 내 손이 축복을 받는 것도 기분이 좋았다. 보호자들이 이런 기도를 더 자주 해 주면 좋겠다고 생각했다. 그것은 종교적인 것이라기보다는 이곳에서 우주로 보내는 긍정의 에너지였고, 샘의 가족에게는 샘을 위해 할 수 있는 모든 일을 했다는 안심이었다. 그리고 이런 모든 마음에 대한 지지였다.

샘의 종양은 쉽게 제거되었다. 수술실에 들어가서 나오기까지 25분 걸릴 정도로 빨리 진행되었으며 샘은 현재 잘 지내고 있다.

포기하지 않은 덕분에 두 번째 삶을 얻은 개 바이런

내가 외과 레지던트 시절에 구조해서 부모님이 키우게 된 잉글리시세터 바이런은 열네 살 노령견이 되었고 최근 비장종양 진단을 받았다. 어릴 때 사고로 인한 골반골절로 고관절염을 앓고 있었고, 이제는 잘 걷지도 못한다. 나는 바이런과 언제 작별하는 게 좋은지 부모님과 이야기를 나눴지만 특별히 심하게 불편한 곳이 없었기 때문에 딱히 이런 이야기를 나누기도 어려웠다.

그러던 어느 날 바이런이 쓰러졌고 비장종양 진단을 받은 것이다. 종양에서 출혈이 발생해 빈혈이 심해서 비장제거술을 받아야 했는데 안타깝게도 나는 너무 멀리 떨어져 있어서 도울 수가 없었다. 내가 할 수 있는 일이라고는 부모님이나 주치의와 통화하고 조언하는 것뿐이었다.

지난 10년간 어머니는 자신은 반려견에게 절대 암수술을 시키지 않을 거라고 얘기하곤 했다. 그래서 나는 어머니가 딸의 일을 잘 이해하지 못한다는 느낌을 받았다. 그래도 딸이 종양외과 수의사인데, 내 앞에서 "내 개라면 절대 수술시키지 않을 거야."라거나 "수술비가 얼마라고? 세상에나!"라고 말하면 조금 의기소침해지고는 했다. 물론 어머니가 반려견 운동장에서 만난 사람들이나 주치의에게 내가 세상에서 가장 뛰어난 수의 암 전문의이자 온갖 동물의 권위자인 듯 얘기한다는 것은 알고 있었지만 그래도 서운했다.

나는 종양이 바이런의 안락사를 결정하는 계기가 될 거라고 생각했다. 바이런은 심각하게 아팠고 암일 가능성도 있었다. 이제 남은 선택은 수술 아니면 안락사였다. 나는 부모님이 어떤 선택을 하든

지지한다고 했다. 상황에 따라 안락사는 동물 환자와 보호자 모두에게 최선의 선택일 수 있다. 그런데 안락사를 선택하는 것은 혼자만의 결정이 아니어서 다른 가족의 동의가 필요할 때가 많다. 그래서 나는 부모님의 부담을 덜어 드리려고 일부러 그렇게 말했다.

그런데 아니었다. 부모님은 치료를 포기하지 않았다. 반려동물의 안락사와 이별 방법에 대해 오랫동안 생각하고 결심했다고 해도 내 개, 내 고양이에 대해 결정을 내려야 하는 순간이 오면 사람의 마음이 얼마나 달라질 수 있는지 다시 한 번 확인했다. 현실적인 어려움과 내 조언에도 불구하고 부모님은 치료를 하기로 결정했다. 부모님은 바이런에게 두 번째 삶의 기회를 주고 싶어 했다. 그들에게는 바이런이 완치될 거라는 믿음이 있었다.

부모님이 돈을 마련한 후 바이런은 비장절제술을 받았다. 나는 바이런이 수술을 견뎌내지 못하거나 온몸에 전이가 된 것은 아닌지, 부모님이 결국 많은 비용을 쓰고도 바이런을 잃게 되는 것은 아닌지 걱정되었다. 또한 종양이 혈관육종이라면 바이런은 곧 전이되어 사망할 것이다. 그렇게 되면 부모님은 자신들이 바이런을 너무 힘들게 했다고, 그럴 가치가 없는 일을 했다는 자책감에 시달릴 것이 뻔했다. 이 말은 내가 보호자들로부터 듣는 최악의 말이기도 했다.

하지만 감사하게도 바이런은 용케 회복했고 경과도 굉장히 좋았다. 바이런은 에너지가 넘쳤고 반려견 운동장에서는 활기차게 뛰어다녔다. 굽은 꼬리를 흔들고 짖는 모습을 보면 여전히 여기에 있을 수 있어서 행복하다고 말하는 것처럼 보였다. 비장종양은 바이런을 오랫동안 괴롭혔을 것이다. 조직병리 검사 결과 다행히 암이 아니라 양성 혈종이었다.

바이런과 부모님은 과거를 돌아보지 않고 행복하게 살고 있다. 오랜 친구이자 가족인 바이런이 살아날 거라는 믿음을 부모님에게 준 것이 무엇인지 나는 모른다. 아마도 수년간 자신들에게 많은 것을 주었으니 바이런은 두 번째 삶의 기회를 얻을 자격이 충분하다고 생각하셨을 것이다. 바이런의 인생은 이제 두 번째 기회와 확신으로 가득했다.

나를 '개 복권'에 당첨시켜 준 럼블

갑상샘암이 관리만 해 주면 되는 단계에 들어서자 걱정 따위 이제 그만 하자는 생각이 들었다. 스스로를 축하하는 의미로 하프 마라톤과 강아지 입양을 동시에 진행했다. 하프 마라톤은 암을 이긴 마흔 정도의 사람이 '암, 어쩔 건데.'라는 마음으로 으레 해야 하는 일처럼 여겨졌기 때문이고, 강아지 분양은 개 없이 사는 인생이 외로웠기 때문이다.

함께 살 개를 찾는 일은 내가 겪은 가장 끔찍하고 혼란스러운 경험 중 하나였다. 지금까지는 모두 개가 스스로 내게 왔기 때문이다. 이런저런 견종을 생각해 봤는데 모두 그동안 내가 일을 하면서 선천적인 건강 문제가 얼마나 많은지 적나라하게 확인한 견종이었다. 유기동물 보호소 개를 입양하고 싶었으나 플로리다 주 보호소는 온통 핏불테리어뿐이었다. 물론 나는 핏불도 괜찮았지만 캐나다로 돌아갈 때 문제가 생길 수 있었다. 우왕좌왕하면서 셰퍼드 성견 아홉 마리와 새끼 여덟 마리를 주방에서 키우는 이상한 저먼셰퍼드 브리더도 만났고, 늑대개를 키워야겠다고 결정한 적도 있었다. 또한 비참한 상태의 투견 강아지를 보여 주는 비용으로 20달러를 받고 그중한 마리를 '구조'할 수 있는 기회를 제공하는 대가로 마리당 400달러를 현찰로만 받는 수상쩍은 투견 구조 단체도 알게 되었다.

나는 아주 근사한 늑대개 환자를 몇 번 본 적이 있다. 그래서 내가 늑대개를 원한다고 생각했지만 가서 새끼들을 본 후 마음이 바뀌었다. 높은 늑대 혈통을 가진 개들은 절대 반려동물이 되지 못할것 같았다. 울타리 안에서 사는 개들은 비참해 보였다. 늑대 혈통이약해 보이는 개들도 사람과 함께 있는 것을 기뻐하지 않고 냉담했으며 탈출의 천재들이었다.

그런데 그곳에서 늑대개와 교배하기 위해 온 저먼셰퍼드를 보자정신이 들었다. 나는 브리더들이 왜 개의 유전자를 조작하려는지, 왜 야생종과 셰퍼드를 교배하면 더 좋은 견종이 나올 거라고 믿는지 이해할 수 없었다. 셰퍼드는 그 자체만으로도 완벽한 견종이다.

개를 키우면서 누리는 즐거움 중 하나는 다른 반려인들과 만나서자기 개에 대해 이야기를 나누는 것이다. 그런데 내가 늑대개를 입양한다면 그게 잘못된 것인지 알기 때문에 내 개가 늑대개라고 솔직하게 말할 수 없을 테고 분명 거짓말을 할 것이다. 사소한 선의의거짓말이라도 영혼을 갉아먹을 수 있다.

늑대개를 보러 가기 전에 이미 브리더에게 착수금을 먼저 지불했었는데 마음이 바뀌었다고 말해도 브리더는 착수금을 돌려주려고하지 않았다. 재정이 어렵다며 막무가내였다. 이미 모든 새끼가 한마리당 1,800달러에 분양된 상태라며 착수금 400달러는 돌려줄 수 없다고 했다. 할 말이 없었다. 다 내 잘못이다.

마침내 가까운 유기동물 보호소에서 나는 럼블을 만났다. 보호소의 아이들을 볼 수 있는 사이트를 살펴보고 있다가 오스트레일리언 레드힐러 믹스 강아지들을 보았다. 나는 두 번 생각하지 않고 다음날 바로 보호소로 가서 태어난 지 10주쯤 된 새끼를 안았다. 자라면서 얼마나 더 클지, 성견이 됐을 때 외모가 어떨지 등 예측할 수 있는 것은 아무것도 없었다.

그런데 이게 좋았다. 내가 통제할 수 있는 것이 없었기 때문에 그저 모든 일이 잘 되기를 기대하는 수밖에 없는 것이다. 보호소에서 지어 준 이름은 신코였지만 우리는 럼블로 바꿨다.

새끼를 길러본 지 너무 오래되어서 강아지를 키우는 데 일이 얼마나 많고 또 웃음이 얼마나 많아지는지 잊고 있었다. 럼블을 보는 것만으로도 행복했다. 개가 순간을 살아간다면 강아지는 그보다 더 짧은 순간을 살며, 그 짧은 순간은 매번 즐거움으로 가득했다.

지금 난 장난치고 있어요, 지금 난 오줌을 누고 있어요, 지금 난 당신의 팔을 잘근잘근 물고 있어요, 지금 난 자고 있어요, 지금 난 먹고 있어요, 지금 난 고양이를 놀래키고 있어요, 지금 난 달리고 있어요, 지금 난 삑삑이 장난감을 가지고 놀고 있어요, 지금 난 산책을 나왔어요, 지금 난 당신의 양말을 씹고 있어요, 지금 난 당신한테서 달아나고 있어요, 지금 난 자고 있어요, 지금 난 웃고 있어요.

누가 가르친 것도 아닌데 럼블은 반가운 사람을 봐서 기분이 좋으면 미소를 지었다. 입술을 뒤로 잡아당겨 이빨을 드러낸 채 바보처럼 웃었다. 간혹 이런 웃음을 짓는 럼블을 당혹스러워하는 사람도 있지만 나는 이렇게 웃는 개를 원했고 마침내 만났다. 럼블이 나를 보며 웃을 때마다 나는 '개 복권'에 당첨된 것 같은 기분이 든다.

생존자와 구원자

럼블은 늘 행복했고 덩달아 주변 사람들까지 행복하게 만들었다. 럼블이 어떤 종과 섞였는지 모르지만, 럼블은 내게 완벽한 개였다. 처음부터 완벽했는지, 우리와 살면서 점점 완벽해진 건지, 아니면 내가 럼블을 사랑해서 완벽해 보이는 건지는 확실하지 않다. 그런 것들은 럼블이 우리 마음속에 꽉 들어차는 데 조금도 중요하지 않다.

사람들은 럼블을 볼 때마다 무슨 종이냐고 묻고, 어떤 종과 섞인 것 같다며 다 자라면 어느 정도까지 커질 거라며 갖가지 의견을 내놓았다. 그들 중 반은 "발을 보세요."라면서 아주 커질 거라고 했고, 다른 반은 "발을 보세요."라면서 그렇게 크지 않을 거라고 했다. 그러고는 한눈에 봐도 잡종처럼 보이기 때문에 유기견이었는지 어디서 데리고 왔는지 물었다.

미국인은 자신의 신념을 표현하는 데 거침이 없다. 보호소에서 데려왔다고 하면 거의 언제나 "정말 잘 하셨어요!"라는 감탄사가 뒤따랐다. 사람들은 모두 이처럼 착해야 하고 보호소 개를 구조해야 한다는 의미를 확실히 전달했다. 내가 만약 정신을 못 차리고 늑대개를 데려왔다면 플로리다의 반려견 운동장에는 가지도 못했을 것이다. 어쩌면 그곳의 사람들은 내게 고함을 치거나 내가 얼마나 멍청하고 끔찍한 사람인지 온갖 설교를 늘어놓았을 것이다.

럼블은 날마다 내가 올바른 선택을 했다는 사실을 증명해 주었다. 그리고 덤으로 내가 좋은 사람임을 세상에 알리는 걸어다니는 표지판이 되어 주었다.

　이렇게 나는 치료 가능한 암의 생존자이자 버려졌던 사랑스러운 강아지의 구원자가 되었다. 생존자와 구원자. 모두 의미 있는 단어이다. 그런 얘기를 듣는 게 쑥스럽고 내게 그럴 자격이 있는지 모르겠지만 어쨌든 이 단어는 내게 계속 알려 준다. 럼블과 내가 행운아(lucky dog)라는 사실을!

저자 후기

이 책을 끝까지 읽고 심지어 저자 후기까지 읽고 있는 독자들에게 감사한다. 나는 책이 정말 재미있으면 저자 후기까지 빠트리지 않고 읽는데 이 책의 독자들도 그런 마음이면 좋겠다.

원고의 가능성을 알아봐 준 노아 리클러 씨에게 깊이 감사드린다. 진정한 지식인을 만났다는 것은 내게 대단한 행운이었다.

최초의 편집자이신 어머니(언짢은 내용이 있었다면 용서해주세요), 최초의 팬인 오빠 알렉스(여동생이 세계 최고의 수의사라고 굳게 믿으며 다른 말은 들으려 하지도 않는 사람이다), 최초의 비평가이자 훌륭한 경청자이신 아버지(내 글에 언제나 정직하고 공정한 평을 내린다), 최초의 독자이자 믿음직하고 훌륭한 남편 스티브(책이 완성되기 전 미흡한 원고를 열심히 들어주고, 힘든 일을 겪는 동안 변함없이 사랑해 줘서 고마워요)에게 고마움을 전한다.

내가 이 일을 할 수 있다고 지지하고 믿어 준 친구들과 가족들에게도 감사를 전한다(모두 이 책의 어딘가에 언급되어 있다).

날 돌봐준 의사들에게 감사를 전한다. 나를 대하느라 고생이 많았다. 당신들 모두 내 목숨을 살렸으며 불완전한 캐나다의 의료체계 안에서 최선을 다했다는 사실을 알고 있다. 나의 삶을 재미있게 해 주고 일을 의미 있게 해 주는 동물 환자들과 나를 믿어 주는 보호자들에게도 감사하다.

구하기 어려운 소중한 정보를 제공하면서 나를 비롯해 갑상샘암에 걸린 모든 사람에게 희망을 주는 단체인 갑상샘암캐나다에도 감사를 드린다. 여러분 모두 목을 잘 살펴보시길!

마지막으로 아난시 출판사의 모든 직원들에게 깊은 감사를 전한다. 덕분에 믿을 수 없을 정도로 행운아가 된 기분이다. 작가가 되고 싶었던 수의사를 믿고 모험을 떠나준 세라 맥라클란에게 감사하고, 문체를 부드럽게 하라고 상냥하게 충고해 주는 등 내게 많은 것을 가르쳐 준 멋진 편집자 메러디스 디스에게 특별한 감사를 전한다. 앞으로는 충고대로 쓸 수 있을 것 같다.

역자 후기

"누군가에게 희망과 조건 없는 사랑을 줄 수 있다면 당신은 그저 사랑스러운 사람이 아닌 종교가 된다. 당신은 의사 가운을 입은 구세주가 된다."

암과 같은 중병에 걸린 환자에게 의사의 말 한마디는 삶의 희망이거나 혹은 절망일 수 있다. 의사가 그냥 보통의 직업인이 아니며 보람이 큰 만큼 고뇌도 큰 이유일 것이다.

캐나다 수의 종양외과 전문의인 저자는 외모 가꾸기를 즐기고 신상 신발 구매에 열을 올리며 신경이 예민하다 못해 조금 까칠하다는 인상을 주지만 동물에 대해서만큼은 관대하고 여린 심성을 지녔다. 캐나다의 사람 의료체계가 동물 의료체계보다 훨씬 비효율적이라고 비판하는 그녀의 목소리에는 동물에 대한 관심과 사랑뿐 아니라 사람에 대한 따뜻한 배려가 녹아 있다.

저자는 목에 작은 결절이 생긴 것을 확인하고 나서 치료의 기본이라고 할 수 있는 정확한 검사와 진단을 받는 데 거의 6주를 보낸다. 거기에 의사들의 말이 맞는가를 끊임없이 확인해야 하고, 수술대에 올라서는 적절한 정보와 보살핌을 받지 못해 공포에 떨고 고통받아야 했던 것은 덤이다. 그렇잖아도 예민한 저자는 암이 커져 위험해질 수 있는 상황에서 극도의 스트레스를 받고 불안과 우울증에 시달리다가 '내가 개라면 어땠을까'를 상상하고, 그랬다면 하루 만에 진단을 받고 다음 날 입원해 수술까지 일사천리로 진행되었을 것이라는 결론을 내린다.

괴롭고 고통스러운 과정을 겪으며 저자는 자기반성도 한다. 자신이 겪은 공포와 불안, 우울을 개들은 어떻게 그렇게 너그럽고 대담하게 받아들였을까? 거기에 가족들이 보여 주는 사랑과 믿음, 숭고한 감정 등은 지켜보는 이의 마음마저 환하게 정화시켜 준다. 목에 난 작은 결절에도 일상생활을 하지 못할 정도로 마음을 끓이는데 다리 하나를 통째로 잃고도 죽는 날까지 행복하게 뛰놀던 개는 살아 있는 것 자체가 축복임을 온몸으로 전하는 메신저가 아닐까. 저자가 키웠던 여러 개에 대한 소소한 이야기도 재미있다.

반려견을 두 마리 키우다 보니 어떤 병원에 가면 수의사가 친절하고 자상하지만 병이 잘 낫지 않고, 여러 가지 가능성만 나열해 결정에 혼란을 초래하는 경우도 있다. 또 특별히 친절하다는 느낌은 없지만 물으면 대답을 잘해 주고 목소리에 확신이 있으며 치료 결과도 좋은 수의사가 있다. 치료가 의사의 태도와 확신에 크게 영향받는다고 믿는 나로서는 고민할 것 없이 후자가 당연히 최고의 수의사이다. 믿음직한 수의사의 말 한마디는 얼마나 고맙고 듬직한가!

의학 지식이 충분한 저자는 자신이 직접 병원에 입원해 검사받고 수술대에 오르면서 의사들이 '고객에게 필요한' 정보를 주는 대신 '자기에게 필요한' 것만을 말해 준다는 것을 느낀다. 혹시 모를 책임 혹은 소송을 피하기 위해서이다. 그런 의미에서 뜻밖의 불행에 몹시 당황하고 걱정하는 고객에게 복잡하고 어려운 용어 대신 확신 있는 태도로 간결하게 얘기해 주는 의사가 얼마나 고마운 존재인지 모른다.

책을 번역하는 동안 내 반려견도 수술을 받았다. 열네 살 노령견에게는 모든 수술이 목숨을 건 수술이라 많이 두려웠는데 다행히 좋은 수의사를 만나 힘든 시간을 무사히 넘겼다. 이 지면을 빌려 박승찬 수의사님께 감사를 전한다. 아울러 아픈 동물을 치료해 주고 사랑으로 보살펴 주는 모든 반려 가족과 수의사분들께 깊은 위로와 감사를 전한다.

우리 아이가 아파요!
개·고양이 필수 건강 백과
새로운 예방접종 스케줄부터 우리나라 사정에 맞는 나이대별 흔한 질병의 증상·예방·치료·관리법, 나이 든 개, 고양이 돌보기까지 반려동물을 건강하게 키울 수 있는 필수 건강백서.

개·고양이 자연주의 육아백과
세계적 홀리스틱 수의사 피케른의 개와 고양이를 위한 자연주의 육아백과. 40만 부 이상 팔린 베스트셀러로 반려인, 수의사의 필독서. 최상의 식단, 올바른 생활습관, 암, 신장염, 피부병 등 각종 병에 대한 대처법도 자세히 수록되어 있다.

개, 고양이 사료의 진실
미국에서 스테디셀러를 기록하고 있는 책으로 반려동물 사료에 대한 알려지지 않은 진실을 폭로한다. 2007년도 멜라민 사료 파동 취재까지 포함된 최신판이다.

개 피부병의 모든 것
홀리스틱 수의사인 저자는 상업사료의 열악한 영양과 과도한 약물사용을 피부병 증가의 원인으로 꼽는다. 제대로 된 피부병 예방법과 치료법을 제시한다.

개가 행복해지는 긍정교육
개의 심리와 행동학을 바탕으로 한 긍정교육법으로 50만 부 이상 판매된 반려인의 필독서이다. 짖기, 물기, 대소변 가리기, 분리불안 등의 문제를 평화롭게 해결한다.

임신하면 왜 개, 고양이를 버릴까?
임신, 출산으로 반려동물을 버리는 나라는 한국이 유일하다. 세대 간 문화충돌, 무책임한 언론 등 임신, 육아로 반려동물을 버리는 사회현상에 대한 분석과 안전하게 임신, 육아 기간을 보내는 생활법을 소개한다.

펫로스 반려동물의 죽음 (아마존닷컴 올해의 책)
동물 호스피스 활동가 리타 레이놀즈가 들려주는 반려동물의 죽음과 무지개 다리 너머의 이야기. 펫로스(pet loss)란 반려동물을 잃은 반려인의 깊은 슬픔을 말한다.

동물과 이야기하는 여자
SBS 〈TV 동물농장〉에 출연해 화제가 되었던 애니멀 커뮤니케이터 리디아 히비가 20년간 동물들과 나눈 감동의 이야기. 병으로 고통받는 개, 안락사를 원하는 고양이 등과 대화를 통해 문제를 해결한다.

나비가 없는 세상
(어린이도서연구회에서 뽑은 어린이·청소년 책)
고양이 만화가 김은희 작가가 그려내는 한국 최고의 고양이 만화. 신디, 페르캉, 추새. 개성 강한 세 마리 고양이와 만화가의 달콤쌉싸래한 동거 이야기.

개.똥.승. (세종도서 문학 부문)
어린이집의 교사이면서 백구 세 마리와 사는 스님이 지구에서 다른 생명체와 더불어 좋은 삶을 사는 방법, 모든 생명이 똑같이 소중하다는 진리를 유쾌하게 들려준다.

노견 만세
퓰리처상을 수상한 글 작가와 사진 작가의 사진 에세이. 저마다 생애 최고의 마지막 나날을 보내는 노견들에게 보내는 찬사.

강아지 천국
반려견과 이별한 이들을 위한 그림책. 들판을 뛰놀다가 맛있는 것을 먹고 잠들 수 있는 곳에서 행복하게 지내다가 천국의 문 앞에서 사람 가족이 오기를 기다리는 무지개 다리 너머 반려견의 이야기.

고양이 그림일기
(한국출판문화산업진흥원 이달의 읽을 만한 책, 한국출판문화산업진흥원 이달의 읽을 만한 책, 학교도서관저널 추천 도서)
장군이와 흰둥이, 두 고양이와 그림 그리는 한 인간의 일 년 치 그림일기. 종이 다른 개체가 서로의 삶의 방법을 존중하며 사는 잔잔하고 소소한 이야기.

고양이 천국
(어린이도서연구회에서 뽑은 어린이·청소년 책)
고양이와 이별한 이들을 위한 그림책. 실컷 놀고 먹고, 자고 싶은 곳에서 잘 수 있는 곳. 그러다가 함께 살던 가족이 그리울 때면 잠시 다녀가는 고양이 천국의 모습을 그려냈다.

깃털, 떠난 고양이에게 쓰는 편지

프랑스 작가 클로드 앙스가리가 먼저 떠난 고양이에게 보내는 편지. 한 마리 고양이의 삶과 죽음, 상실과 부재의 고통, 동물의 영혼에 대해서 써 내려간다.

인간과 개, 고양이의 관계심리학

함께 살면 개, 고양이와 반려인은 닮을까? 동물학대는 인간학대로 이어질까? 248가지 심리실험을 통해 알아보는 인간과 동물이 서로에게 미치는 영향에 관한 심리 해설서.

사향고양이의 눈물을 마시다

(한국출판문화산업진흥원 우수출판콘텐츠 제작지원 선정, 환경부 선정 우수환경도서, 학교도서저널 추천도서, 국립중앙도서관 사서가 추천하는 휴가철에 읽기좋은 책, 환경정의 올해의 환경책)

내가 마신 커피 때문에 인도네시아 사향고양이가 고통받는다고? 내 선택이 세계 동물에게 미치는 영향, 동물을 죽이는 것이 아니라 살리는 선택에 대해 알아본다.

유기동물에 관한 슬픈 보고서

(환경부 선정 우수환경도서, 어린이도서연구회에서 뽑은 어린이·청소년 책, 한국간행물윤리위원회 좋은 책, 어린이문화진흥회 좋은 어린이책)

동물보호소에서 안락사를 기다리는 유기견, 유기묘의 모습을 사진으로 담았다. 인간에게 버려져 죽임을 당하는 그들의 모습을 통해 인간이 애써 외면하는 불편한 진실을 고발한다.

후쿠시마에 남겨진 동물들

(미래창조과학부 선정 우수과학도서, 환경부 선정 우수환경도서, 환경정의 청소년 환경책 권장도서)

2011년 3월 11일, 대지진에 이은 원전 폭발로 사람들이 떠난 일본 후쿠시마. 다큐멘터리 사진작가가 담은 '죽음의 땅'에 남겨진 동물들의 슬픈 기록.

후쿠시마의 고양이

(한국어린이교육문화연구원 으뜸책)

2011년 동일본 대지진 이후 5년. 사람이 사라진 후쿠시마에서 살처분 명령이 내려진 동물을 죽이지 않고 돌보고 있는 사람과 함께 사는 두 고양이의 모습을 담은 평화롭지만 슬픈 사진집.

인간과 동물, 유대와 배신의 탄생

(환경부 선정 우수환경도서, 환경정의 선정 올해의 환경책)

미국 최대의 동물보호단체 휴메인소사이어티 대표가 쓴 21세기 동물해방의 새로운 지침서. 농장동물, 산업화된 반려동물 산업, 실험동물, 야생동물 복원에 대한 허위 등 현대의 모든 동물학대에 대해 다루고 있다.

동물들의 인간 심판

(대한출판문화협회 올해의 청소년 교양도서, 세종도서 교양부문, 환경정의 청소년 환경책, 아침독서 청소년 추천도서, 학교도서관저널 추천도서)

동물을 학대하고, 학살하는 범죄를 저지른 인간이 동물 법정에 선다. 고양이, 돼지, 소 등은 인간의 범죄를 증언하고 개는 인간을 변호한다. 이 기묘한 재판의 결과는?

용산 개 방실이 (어린이도서연구회에서 뽑은 어린이·청소년 책, 평화박물관 평화책)

용산에도 반려견을 키우며 일상을 살아가던 이웃이 살고 있었다. 용산 참사로 갑자기 아빠가 떠난 뒤 24일간 음식을 거부하고 스스로 아빠를 따라간 반려견 방실이 이야기.

치료견 치로리

(어린이문화진흥회 좋은 어린이책)

비 오는 날 쓰레기장에 버려진 잡종개 치로리. 죽음 직전 구조된 치로리는 치료견이 되어 전신마비 환자를 일으키고, 은둔형 외톨이 소년을 치료하는 등 기적을 일으킨다.

버려진 개들의 언덕

(학교도서관저널 추천도서)

인간에 의해 버려져서 동네 언덕에서 살게 된 개들의 이야기. 새끼를 낳아 키우고, 사람들에게 학대를 당하고, 유기견 추격대에 쫓기면서도 치열하게 살아가는 생명들의 2년간의 관찰기.

개에게 인간은 친구일까?

인간에 의해 버려지고 착취당하고 고통받는 우리가 몰랐던 개 이야기. 다양한 방법으로 개를 구조하고 보살피는 사람들의 이야기가 그려진다.

사람을 돕는 개
(한국어린이교육문화연구원 으뜸책, 학교도서관저널 추천도서)

안내견, 청각장애인 도우미견 등 장애인을 돕는 도우미견과 인명구조견, 흰개미탐지견, 검역견 등 사람과 함께 맡은 역할을 해내는 특수견을 만나본다.

채식하는 사자 리틀타이크
(아침독서 추천도서, 교육방송 EBS 〈지식채널e〉 방영)

육식동물인 사자 리틀타이크는 평생 피 냄새와 고기를 거부하고 채식 사자로 살며 개, 고양이, 양 등과 평화롭게 살았다. 종의 본능을 거부한 채식 사자의 9년간의 아름다운 삶의 기록.

햄스터
햄스터를 사랑한 수의사가 쓴 햄스터 행복·건강 교과서. 습성, 건강관리, 건강식단 등 햄스터 돌보기 완벽 가이드.

토끼
토끼를 건강하고 행복하게 오래 키울 수 있도록 돕는 육아 지침서. 습성·식단·행동·감정·놀이·질병 등 모든 것을 담았다.

고통 받은 동물들의 평생 안식처
동물보호구역
(한국어린이교육문화연구원 으뜸책)

고통받다가 구조되었지만 오갈 데 없었던 야생동물의 평생 보금자리. 저자와 함께 전 세계 동물보호구역을 다니면서 행복하게 살고 있는 동물을 만난다.

똥으로 종이를 만드는 코끼리 아저씨
(환경부 선정 우수환경도서, 한국출판문화산업진흥원 청소년 권장도서, 서울시교육청 어린이도서관 여름방학 권장도서, 한국출판문화산업진흥원 청소년 북토큰 도서)

코끼리 똥으로 만든 재생종이 책. 코끼리 똥으로 종이와 책을 만들면서 사람과 코끼리가 평화롭게 살게 된 이야기를 코끼리 똥 종이에 그려냈다.

야생동물병원 24시 (어린이도서연구회에서 뽑은 어린이·청소년 책, 한국출판문화산업진흥원 청소년 북토큰 도서)
로드킬 당한 삵, 밀렵꾼의 총에 맞은 독수리, 건강을 되찾아 자연으로 돌아가는 너구리 등 대한민국 야생동물이 사람과 부대끼며 살아가는 슬프고도 아름다운 이야기.

고등학생의 국내 동물원 평가 보고서
(환경부 선정 우수환경도서)

인간이 만든 '도시의 야생동물 서식지' 동물원에서는 무슨 일이 일어나고 있나? 국내 9개 주요 동물원이 종보전, 동물복지 등 현대 동물원의 역할을 제대로 하고 있는지 평가했다.

동물원 동물은 행복할까?
(환경부 선정 우수환경도서, 학교도서관저널 추천도서)

동물원 북극곰은 야생에서 필요한 공간보다 100만 배, 코끼리는 1,000배 작은 공간에 갇혀 있다. 야생동물보호운동 활동가인 저자가 기록한 동물원에 갇힌 야생동물의 참혹한 삶.

동물은 전쟁에 어떻게 사용되나?
전쟁은 인간만의 고통일까? 자살폭탄 테러범이 된 개 등 고대부터 현대 최첨단 무기까지, 우리가 몰랐던 동물 착취의 역사.

동물 쇼의 웃음 쇼 동물의 눈물
(한국출판문화산업진흥원 청소년 권장도서, 한국출판문화산업진흥원 청소년 북토큰 도서)

동물 서커스와 전시, TV와 영화 속 동물 연기자, 투우, 투견, 경마 등 동물을 이용해서 돈을 버는 오락산업 속 고통받는 동물의 숨겨진 진실을 밝힌다.

동물학대의 사회학
동물학대와 인간 폭력 사이의 관계를 설명한다. 페미니즘 이 론등여러이론적관점을소개하면서앞으로동물학대연구 가 나아갈 방향을 제시한다.

돼지 에스더
미니돼지인줄 알고 입양한 돼지 에스더는 사실 몸무게가 300킬로그램이나 되는 사육용 돼지였다. 에스더를 만나 채식을 하게 되고, 동물 보호소를 운영하는 등 삶이 바뀐 두 남자의 좌충우돌 유쾌하고 행복한 이야기.

암 전문 수의사는
어떻게 암을 이겼나

초판 1쇄 2016년 5월 24일
2판 1쇄 2018년 10월 11일

지은이 세라 보스턴
옮긴이 유영희
그린이 김영미
펴낸이 김보경

펴낸곳 책공장더불어
편 집 김보경
교 정 김수미

디자인 나디하 스튜디오(khj9490@naver.com)
인 쇄 정원문화인쇄

책공장더불어

주 소 서울시 종로구 혜화동 5-23
대표전화 (02)766-8406
팩 스 (02)766-8407
이메일 animalbook@naver.com
블로그 http://blog.naver.com/animalbook
페이스북 www.facebook.com/animalbook4 **인스타그램** www.instagram.com/animalbook.modoo/
출판등록 2004년 8월 26일 제300-2004-143호

ISBN 978-89-97137-31-2 (03840)